PIRATI DELLO SPAZIO!
LIBRO I

PIRATI DELLO SPAZIO

MARK VOSS

BAL
KON
media

PIRATI DELLO SPAZIO

Pubblicato da Balkon Media
ISBN brossura: 978-1-916970-41-0
Disponibile anche in ebook

Illustrazione e progettazione della copertina: Balkon Media

www.vossiverse.com

ALTRI LIBRI DI MARK VOSS

La Serie Pirati dello Spazio!

Space Pirates

Dead Men Launch No Ships

Salvage Rights

Echoes of the Plague Moon

The Quiet Rebellion

The Bounty Paradox

The Black Drift

Till the Engines Fall Silent

The Median Gambit

UNO

Rask Helvan scese dalla navetta malconcia nel buco del culo della galassia e si pentì immediatamente di ogni decisione che l'aveva portato fin lì. Port Dreggar, come pubblicizzato dai più creativi cartografi dell'impero, era un "nodo commerciale interstiziale", il che significava una carcassa di cemento a spirale tenuta insieme da contratti sindacali e mantenuta in posizione da una nube di disperazione che lentamente si addensava. L'atrio d'attracco puzzava come l'interno di una lumaca in decomposizione. Rask sbatté le palpebre due volte, cercò di non inspirare e premette il ricevitore impiantato nel palmo della mano.

Niente. Nessuna risposta. Borbottò una maledizione nel dialetto di sua madre e si fece largo tra un capannello di scaricatori che contrattavano per una cassa da carico la cui forma suggeriva che volesse esplodere. L'illuminazione della stazione tremolava con la stessa rassicurante costanza del battito di un cuore morente. Rask contò i passi fino alla paratia. Settantadue. Abbastanza per notare ogni condotto di ventilazione, ogni ombra, ogni mercenario annoiato accasciato con la mano sulla pistola, ma non abbastanza per abituarsi al tanfo. L'odore era persistente: sudore stantio, gel proteico acido e la più flebile traccia di candeggina industriale, come se qualcuno avesse tentato di pulire per poi arrendersi, con l'anima a pezzi.

La sicurezza di Dreggar consisteva in due droni conici parcheggiati accanto a un banco della dogana, entrambi in carica a un amperaggio non ottimale. I loro sensori non ebbero neanche un fremito mentre Rask passava. Soffocò una risata; a quanto pareva, i tagli al budget della stazione erano stati fatti con una sega a nastro. L'unica altra autorità in vista era la venditrice in fondo al corridoio, che aveva sia l'aspetto sfinito di una lavoratrice su tre turni sia l'istinto predatorio di uno strozzino da bassifondi.

«Razioni da clone!» abbaiò lei, facendo oscillare la sua fiaschetta nel corridoio con una mossa che avrebbe ribaltato un cliente meno stabile. «Vera proteina sintetica, niente di quella merda di alghe pressate. Sconto per i forestieri!»

Il primo istinto di Rask fu di ignorarla. Il secondo fu di valutare il suo livello di minaccia, che era quasi nullo, a meno di non contare la microlama inossidabile che portava legata alla coscia in bella vista. Il terzo fu di comprare qualcosa, che almeno l'avrebbe fatto sembrare più un turista sperduto che un corriere. Deviò verso il suo carretto, fingendo interesse.

«Una confezione singola» grugnì.

Lei la tirò fuori da un frigo portatile sospettosamente privo di etichette e sfoderò un sorriso abbastanza affilato da portarsi via un dito. «Dieci crediti. O sei, se hai una storia da raccontarci.»

Pagò dieci. La razione sembrava un biscotto per cani pressato e, se possibile, puzzava anche di più. Rask finse di esaminarla, poi si mise in tasca la barretta e la ricevuta, allontanandosi con un cenno del capo. Alle sue spalle, la venditrice sibilò qualcosa sugli spilorci, ma le parole si dissolsero nell'aria come tutto il resto su Dreggar.

Altri settanta passi e fu al primo ascensore. Le porte erano disallineate; dovette aprirle a spallate con una contrazione muscolare e un ringhio. Dentro, qualcuno aveva scarabocchiato "AIUTO" sul pannello di controllo con dei fluidi secchi e non identificabili. Rask digitò il ponte inferiore e l'ascensore sbandò di lato prima di ricordarsi da che parte fosse la gravità.

Provò di nuovo il ricevitore. Statica, poi il sospiro digitale di un canale morto. Jenna Sol avrebbe dovuto aspettarlo alla Baia d'Attracco 14: nessuna parola d'ordine, niente armi, solo un ping biometrico e un trasferimento di crediti. Quello era il lavoro, come gli aveva spiegato il trafficante d'informazioni che l'aveva trovato due sere prima in quella bettola levosiana. Doveva essere facile. Non lo era mai.

L'ascensore gemette fino a fermarsi e lo sputò in un corridoio di servizio di parecchi gradi più freddo dell'atrio principale. Rask si irrigidì: freddo significava malfunzionamenti ambientali, che significavano squadre di manutenzione, che significavano più viavai di quanto gli piacesse. E infatti, il corridoio era pieno di impronte unte e pannelli di controllo semismantellati. Un tecnico in tuta arancione macchiata lo fissò da dietro una torre di pezzi di ricambio.

«Ti sei perso?» chiese il tecnico, lo sguardo che guizzava dal volto di Rask al suo petto, dove il profilo della fondina era solo leggermente meno evidente della macchia di sangue che copriva.

«Sono solo di passaggio» rispose Rask. La sua voce era piatta e annoiata, il tono di un uomo che non desiderava altro che essere altrove. «Vado alla quattordici.»

Il tecnico grugnì, poi abbassò la testa e tornò a fingere di non aver notato l'arma. Rask proseguì, consapevole di ogni nodo di sorveglianza (inattivo), ogni telecamera di riserva (infranta), ogni persona che lo guardava un istante di troppo.

Superò altri due venditori, ognuno dei quali spacciava merci di qualità inferiore a prezzi più alti. Uno cercò di vendergli "acqua ghiacciata d'annata", contenuta in sacchetti di plastica ammaccati che sciabordavano con un gorgoglio sinistramente organico. L'altro gli offrì semplicemente sesso o, in alternativa, un impianto di comunicazione usato. Rask declinò entrambe le offerte.

La Baia d'Attracco 14 si trovava all'estremità dell'anello inferiore, subito dopo un portello spalancato con la scritta SOLO PERSONALE DI MANUTENZIONE. Il pannello sopra la porta era vuoto, a parte un "14" disegnato a mano con un pennarello nero e uno scarabocchio allegro: BUSSARE SE MORTI.

Bussò, perché era sia superstizioso sia letterale. La porta non rispose. Bussò altre due volte, più forte. Niente.

Per la prima volta da quando era sceso dalla navetta, un brivido gli percorse la schiena. Premette il palmo sulla piastra d'accesso, aspettandosi il familiare formicolio della verifica dell'identità. Invece, le spie di sicurezza della porta tremolarono, tossirono e rimasero rosse.

Jenna non era dentro. No, peggio: qualcuno gli stava impedendo di entrare.

Fece due passi indietro, controllò il corridoio, poi si chinò vicino alla fessura della porta della baia. Eccolo: un debole raschio metallico, come un filo tirato su un contatto. Premette l'orecchio sinistro contro la superficie fredda e colse il minimo sentore di ricircolo d'aria all'interno, punteggiato da un basso grugnito umano.

Qualcuno era lì dentro, eccome. Forse Jenna, forse no.

Rask guardò lungo il corridoio, non vide testimoni e sfilò il piede di porco nascosto dalla cintura. Lo incastrò nella piastra base del pannello di controllo e girò. Il coperchio saltò via con un rumore da peggior incubo di un dentista. Premette il chip di reset, bypassò il relè di blocco bruciato e attese il ronzio del sistema di emergenza.

Invece, ci fu una breve, sgradevole scintilla, e il pannello si spense del tutto. Sistema morto. Rask alzò gli occhi al cielo.

Stava per rinunciare e cercare un'altra via d'accesso quando un clic morbido e deliberato echeggiò dall'estremità opposta del corridoio. Si girò di scatto, pistola estratta e bassa.

Un'ombra si staccò dalla nicchia di un distributore, si chinò dietro un armadietto di manutenzione e svanì.

Rask sibilò tra i denti, ripose l'arma e controllò l'ora. Aveva dieci minuti prima che iniziasse il ciclo notturno della stazione e metà delle luci dell'anello si spegnessero del tutto. A quel punto, chiunque lo stesse osservando avrebbe avuto ogni vantaggio.

Eseguì un'ultima diagnostica sul pannello — inutile, ancora morto — poi passò il pollice lungo la fessura della porta della baia. Vicino alla sommità, la trovò: una macchia di lubrificante fresco, appena visibile nella luce difettosa. Qualcuno aveva forzato questa porta di recente, per poi cercare di rattoppare il meccanismo. Non era nello stile di Jenna; lei preferiva un tocco più sottile. Questa era l'opera di un bruto, o di qualcuno con una fretta del diavolo.

Espirò, il fiato che si condensava nel freddo. Lo stavano mettendo all'angolo.

Si allontanò dalla baia, gli occhi ora su ogni ombra, ogni forma mobile dietro il policarbonato scheggiato. Dreggar doveva essere una missione di routine: atterra, stretta di mano, crediti, parti. Ma aveva sentito fin nelle ossa, dal secondo in cui aveva messo piede sul molo, che il copione era già andato a puttane.

L'unica domanda rimasta era se fosse lui il bersaglio, o solo un altro sventurato nel posto sbagliato al momento sbagliato.

La risposta si sarebbe presentata, pensò Rask, con la stessa delicatezza di una mazza. Tutto ciò che doveva fare era sopravvivere abbastanza a lungo da vederla arrivare.

Si rimise in tasca il piede di porco, controllò la cella di alimentazione della pistola e attese la mossa successiva. La temperatura del corridoio scese di un altro grado e, da qualche parte dietro di lui, un tubo emise un sospiro lento, quasi soddisfatto.

Rask sogghignò, perché aveva sempre preferito quando l'universo lasciava perdere i convenevoli. Trovò un pezzo di muro con una buona copertura e si sistemò, contando i secondi prima che si scatenasse l'inferno. Non ci voleva mai molto.

La temperatura del corridoio scendeva di minuto in minuto, come se al sistema di supporto vitale della stazione non importasse più di fingere. Rask fletté le mani guantate, sentendo i microcalli lungo il palmo sinistro impigliarsi contro la fredda impugnatura in policarbonato della pistola. Dall'altra parte del corridoio, un droide di manutenzione passò sfarfallando, perdendo quello che sembrava sospettosamente liquido idraulico e dignità. Rask lo guardò andare, poi si angolò in modo che il passaggio successivo della squadra di riparazione li mettesse tra lui e la telecamera esterna della baia. Si mosse, rapido e basso, e infilò il piede di porco in profondità nella fessura d'accesso.

Il relè di emergenza avrebbe dovuto far saltare i bulloni di bloccaggio, se Port Dreggar fosse stato mantenuto a norma. Invece, il pannello emise un suono umido e scricchiolante e lasciò cadere metà delle sue interiora ai suoi piedi. Rask tirò la maniglia d'emergenza, aspettandosi un allarme, e non rimase deluso. Una sirena stridula e modulata partì da qualche parte più in profondità nelle pareti: nessuna risposta immediata, ma ogni umano e semi-senziente in un raggio di cinquanta metri avrebbe registrato la posizione.

Si diede cinque secondi per pianificare e tre per pentirsene.

La porta della Baia d'Attracco 14 tremò, sputò un fiotto di schiuma antincendio blu, e poi si aprì di scatto quel tanto che bastava per farlo passare. Lo fece, pistola estratta e puntata, poi sbatté le palpebre per ricalibrare la vista.

All'interno, la baia era inondata di una luce blu d'emergenza, di quelle che appiattiscono i dettagli e fanno sembrare tutto la scenografia di un procedural poliziesco particolarmente noioso. La prima cosa che Rask vide fu il corpo. La seconda fu la nave.

Jenna Sol giaceva a metà strada tra la rampa e la parete di poppa, gli arti piegati ad angoli che la natura non aveva mai previsto. Il suo viso era immobile, quasi pacifico, come se avesse passato il suo ultimo minuto a venire a patti con lo sfacelo della propria fine. La causa della morte non era sottile: una ferita da impatto annerita appena sopra la clavicola, i bordi spappolati che ancora gocciolavano nella resina appiccicosa del ponte. Rask si inginocchiò, le controllò la carotide e fece una smorfia. Si era aspettato un doppio gioco, forse un allarme silenzioso o un bruto in attesa, ma non questo. Jenna era della vecchia guardia: sapeva quando passare la mano, quando fuggire. Ucciderla era una dichiarazione, e Rask non apprezzava le dichiarazioni.

Si alzò, esaminando il resto della baia.

Un condotto di alimentazione bruciato sfrigolava sopra la sua testa, sputando archi bianchi lungo un fiume di refrigerante che si stava raccogliendo sotto. Due casse da carico, contrassegnate con il nastro doganale di Dreggar, erano state rovesciate e saccheggiate. Il loro contenuto — schede madri, nuclei di memoria e una tuta da vuoto accartocciata — disseminava il terreno come le conseguenze di un furto da quattro soldi. Qualcuno era inciampato, o era stato fatto inciampare, vicino al terminale delle comunicazioni. Il sistema di comunicazione della stazione giaceva in frantumi, un pezzo frastagliato di scheda madre conficcato nel muro come un dardo.

Poi c'era la nave.

Dominava la baia, il muso puntato verso i portelloni di lancio. Elegante in un modo che urlava "costruzione su misura", lo scafo ancora scintillante nonostante i migliori tentativi di sabotaggio della stazione. Rask ne riconobbe le linee: ali a delta, profilo basso, motori che ronzavano in un quasi silenzio. Era accesa e pronta, come se avesse aspettato. Il codice di registro sullo scafo era oscurato dalla fuliggine, ma qualcuno aveva fatto un tentativo maldestro di pulirlo, rivelando un nome: *Meridian.*

Lo stomaco di Rask fece una capriola lenta e ponderata. Riconosceva il modello, se non la registrazione. Non ne erano rimaste molte così: navi da corsa di fascia alta, veloci come l'inferno e costruite per qualcuno che si aspettava di essere bersagliato regolarmente.

Tornò con lo sguardo su Jenna. Stringeva qualcosa: una scheggia di polimero, resa viscida dal suo sangue. Si inginocchiò, le aprì le dita e recuperò l'oggetto: un chip d'identificazione, ancora caldo. Se lo mise in tasca. Se gli scagnozzi della stazione non sapevano già che era morta, lo avrebbero scoperto presto.

Colse un movimento con la coda dell'occhio. Il portello di manutenzione all'estremità della baia stava vibrando, solo leggermente, come se qualcosa dall'altra parte stesse tentando la fortuna con i perni di bloccaggio.

Rask fece un rapido calcolo mentale: poteva aspettare e cercare di bluffare, oppure poteva levarsi da quello schifo di roccia prima che qualcuno decidesse che era stato lui a premere il grilletto.

Corse verso la nave.

La rampa rispose alla sua vicinanza con un lamento sommesso, poi si dispiegò con una fluidità quasi oscena rispetto al resto delle infrastrutture di Dreggar. Salì di corsa la passerella, pistola in pugno, ogni senso che urlava trappola. Dentro, la nave era spartana: superfici scure, zero tocchi decorativi, tutto cablato per la sopravvivenza piuttosto che per il comfort.

La calotta della cabina di pilotaggio era aperta, il sedile del pilota lucido per una patina d'olio. Niente corpi, niente segni di danni. Si gettò sulla sedia e scrutò la console di controllo. O l'ultimo pilota era andato di fretta, o aveva fatto in modo che qualcuno trovasse la nave e scappasse.

Lo schermo principale lampeggiò con un vettore di lancio.

Rask sogghignò suo malgrado. Attivò la preaccensione dei propulsori, impostò le comunicazioni su scansione passiva e attese il consueto messaggio automatico «si prega di non partire, siete sotto indagine». Invece, una singola parola apparve sul display:

SCAPPA.

Qualcosa clangoreggiò contro la pancia della nave. Il portello di manutenzione, pensò Rask, o gli scagnozzi del corridoio che finalmente facevano la loro mossa. Diede un'occhiata alla telecamera interna della baia: i droni di sicurezza sciamavano sopra il corpo, tre in totale, facendo scorrere le loro lenti a infrarossi e inviando ogni secondo alla minuscola e sottopagata divisione investigativa di Dreggar. Qualsiasi sua mossa veniva registrata e, probabilmente, analizzata in tempo reale.

Attivò i morsetti esterni, sentì lo scafo della Meridian irrigidirsi mentre iniziava la sequenza di sgancio. Gli allarmi di blocco ululorono con una rinnovata e personale urgenza. Spense le luci interne, mise a secco i motori e lasciò che gli ultimi resti di pressione spingessero la nave verso lo scudo d'attracco.

Nell'istante prima del rilascio, un'ombra si staccò dal bordo della baia, corse sul pavimento bagnato di refrigerante e saltò verso il carrello d'atterraggio della nave. Rask colse un lampo arancione — una tuta, forse il tecnico di prima — e poi il segnale video si spense.

Prese una decisione. Accese i propulsori principali.

La nave rabbrividì, si impennò una volta, poi esplose in avanti nel buio. Alle sue spalle, Rask osservò l'atmosfera del molo sfiatare in un ciclone in miniatura, strappando via nel vuoto ogni oggetto non assicurato, compreso almeno un drone della sicurezza. Cavalcò l'accelerazione, le nocche che sbiancavano sulla cloche, finché gli indicatori di navigazione della nave passarono da "OH MERDA" a un semplice "MODERATAMENTE PERICOLOSO".

Prese fiato. Controllò il suo inventario: un contatto morto, una nave misteriosa e una stazione piena di gente molto arrabbiata che ora aveva tutte le ragioni per dargli la caccia e usare il suo teschio come tazza da caffè. Almeno era coerente.

Rask rivolse la sua attenzione agli interni della nave. Il computer di navigazione stava eseguendo una rotta criptata, bloccata su una destinazione da qualche parte fuori dalla giurisdizione imperiale. Provò i comandi. Obbedirono, ma con una sospetta dose di autonomia. Si sentiva meno pilota e più passeggero. Da qualche parte, qualcuno aveva programmato la Meridian per trovare il suo prossimo capitano, o almeno il suo prossimo capro espiatorio.

La console delle comunicazioni tremolò di nuovo. "SCAPPA" era stato sostituito da una stringa di numeri: coordinate, probabilmente, o un timer di sicurezza. Rask eseguì una traccia sulla console e la trovò protetta da un firewall che non riconosceva nemmeno. Il costruttore aveva soldi, gusto e un talento per complicare la vita.

Rask sogghignò. Aveva sempre preferito le cose che non volevano essere usate. Scartò il biscotto per cani della venditrice e ne prese un morso, facendo una smorfia mentre il sapore attivava diversi geni di sopravvivenza a lungo dormienti.

La Meridian sfrecciò attraverso lo spazio locale, accelerando più di quanto i regolamenti portuali o il buon senso permettessero. Attivò la telecamera dello scafo, guardando Dreggar ridursi a un puntino, per poi svanire del tutto.

Guardò di nuovo lo schermo di navigazione. La prossima destinazione era impostata. Tutto quello che doveva fare era sedersi, seguire la rotta e cercare di non farsi ammazzare prima di capire chi diavolo lo volesse vivo questa volta.

Rask Helvan si reclinò, si pulì la bocca e attese che l'universo si spiegasse.

DUE

La Meridian non entrò tanto in curvatura quanto si scagliò nelle dimensioni superiori in un impeto di stizza elettronica. Rask si preparò all'impatto, ma si ritrovò comunque sbattuto contro il sedile del pilota, con la spalla che si torse violentemente contro un'imbracatura che in vita sua non aveva mai visto una norma sulla salute e la sicurezza. Le luci della cabina schizzarono a un bianco accecante, per poi calare a un blu da emicrania mentre il display principale balbettava e gli urlava contro in tre diverse lingue di errore.

«Traiettoria non valida», annunciò l'IA, con una voce melliflua e dolce da cariare i denti. «Suggerisco correzione di rotta immediata o completa resa spirituale.»

Rask digrignò i denti. Diede un colpo al reset di navigazione, che mandò prontamente in crash l'intera interfaccia sostituendola con una gif di un gatto sorridente che faceva l'occhiolino. Qualche precedente proprietario si era divertito. Forzò un override manuale, maledicendo ogni antenato nel lignaggio di programmazione dell'IA.

«Override manuale non autorizzato per questo operatore», canticchiò la nave. «Si prega di contattare il proprio capitano per ulteriori umiliazioni.»

Rask borbottò qualcosa di anatomicamente creativo e allungò la mano sotto il pannello, facendo a brandelli la schermatura di plastica a mani nude. I cavi scoperti sfrigolarono e scoppiettarono. Ne attorcigliò due, ricevette una scossa che gli arrivò fino ai timpani e sentì il motore sobbalzare di nuovo, così forte che lo scafo urlò in segno di protesta.

Da qualche parte alle sue spalle, un condotto del refrigerante sibilò e poi emise una nota lenta e discendente mentre si depressurizzava. L'aria sapeva di zucchero bruciato e sudore stantio.

Sputò sul ponte e riattivò la console di navigazione. Il display mostrava una semplice traiettoria di volo: linea retta, nessuna deviazione, nessuna opzione di uscita. Chiunque avesse programmato quella rotta lo aveva fatto con zelo religioso.

La nave tremò ma tenne. Le spie di allarme, ora arancioni invece che rosse, lampeggiavano in una nervosa sincronia. L'IA divenne imbronciata e silenziosa.

Rask valutò i danni. Niente di critico per ora, ma molte opportunità per future delusioni. Controllò le telecamere esterne: nessun inseguimento, nessun ping dalle comunicazioni, solo la consapevolezza che Dreggar si stava restringendo fino a diventare statisticamente insignificante. Ciò gli lasciava il tempo di frugare nelle viscere della nave, supponendo che il minuto successivo non implicasse una decompressione spontanea.

I sistemi della Meridian erano una torta a strati di paranoia. Rask trovò una serie di sottomenu etichettati in lingue che neanche lui riconosceva. Tentò un hack a forza bruta sul manifesto e, dopo tre minuti di minacce sempre più creative, fu ricompensato con l'accesso a due file: uno era un manifesto di carico, l'altro un registro dell'equipaggio.

Il manifesto di carico era criptato, i codici di rotta rimescolati in un modo che sembrava deliberato. Aveva tutti i segni di una consegna andata male: o qualcuno voleva una negazione plausibile, o qualcuno stava riciclando qualcosa di molto più strano del denaro. Rask lo segnalò, ma non si prese ancora la briga di aprirlo; la decrittazione poteva aspettare che le sue pulsazioni scendessero sotto le tre cifre.

Aprì il registro dell'equipaggio. Un solo nome.

CAPITANO ANTHE

Nessuna storia, nessun ID, solo una voce breve e secca e un timbro di autorizzazione che precedeva di diversi anni la data di costruzione della nave. Rask aggrottò la fronte. C'era una regola: se ti ritrovavi un fantasma nel sistema, scendevi al porto successivo e davi fuoco all'hardware. Era una buona regola, e lui l'aveva sempre ignorata con la stessa costanza degli altri suoi principi guida.

Le mani erano fredde, ma sudate. Fece scorrere il pollice lungo il ponticello del grilletto della sua arma da fianco, solo per conforto, e contrasse le dita finché non sentì un dolore sordo.

La nave era ancora fredda. Nella luce fioca e irregolare, la cabina sembrava più una scena del crimine che una plancia di comando. Una crepa sottile attraversava il display secondario, sanguinando viola fino al gruppo di navigazione. Prima non c'era.

Controllò i sensori interni. L'assorbimento di potenza stava avendo un picco sul Ponte Due, vicino alla paratia di poppa. La lettura suggeriva un sovraccarico, ma la firma era completamente sbagliata: era più come se qualcuno avesse appena attaccato alla presa un sole portatile.

Rask socchiuse gli occhi. Attivò le telecamere interne per il ponte di poppa e non ottenne altro che statica. Passò all'audio, aspettandosi forse un sibilo o il gocciolio lento di un lubrificante che perdeva.

Invece, sentì un clangore metallico. Poi un altro. Poi il tonfo lento e deliberato di qualcosa di pesante che veniva spostato sulla lamiera.

Si bloccò. Il suo cuore fece la sua migliore imitazione del motore subluce.

Per un istante rimase semplicemente seduto, senza neanche respirare, con l'universo che si restringeva a un unico, stretto corridoio e a qualunque cosa avesse deciso di annunciare la sua presenza sulla sua nave assassina nuova di zecca.

Rask si alzò, ruotò le spalle ed estrasse l'arma da fianco con un movimento che era stato provato mille volte in mille posti diversi. Fece un sorriso privo di umorismo e controllò la carica. Completamente carica. Si mosse verso il portello, un passo attento dopo l'altro, cercando di non fare rumore.

La nave, nella sua infinita meschinità, scelse proprio quel momento per riattivare le luci sul soffitto. Lo illuminò come un attore alla prima.

Rask la ignorò. Premette la schiena contro la paratia, rallentò il respiro e ascoltò.

Eccolo di nuovo: un altro clangore, più vicino, come l'eco di una persona che non si era mai preoccupata di imparare la discrezione. Potevano essere solo due cose: un sabotatore che si era nascosto, o un membro dell'equipaggio che non aveva letto il promemoria che il vecchio capitano era morto.

Preferiva la prima opzione. Almeno con un sabotatore si poteva negoziare.

Si mosse, basso e veloce, lungo il corridoio verso il Ponte Due. I clangori erano cessati, sostituiti ora dal clic distante e irregolare di qualcuno che azionava una leva, o forse di un roditore molto determinato.

In fondo al corridoio, il portello a pressione era socchiuso. Rask si fermò appena prima, si fermò le mani e lo spalancò con un calcio.

La stanza era vuota, a eccezione di un ammasso di bobine di cavi e di un unico segno di bruciatura perfettamente rotondo sul ponte. I condotti di alimentazione lungo la parete erano stati aperti e sanguinavano luce blu. In cima alla pila, ancora leggermente dondolante, c'era un drone di manutenzione con le gambe spezzate alla base.

Rask scrutò la stanza, aspettando il colpo di scena.

Arrivò: un altro rumore, più leggero questa volta, proveniente da dietro gli armadietti delle scorte. Avanzò di soppiatto, pistola in pugno, con il cuore che scandiva i secondi.

Aggirò gli armadietti e vide la sagoma: umana, eretta, tuta arancione, mani unte di grasso e strette intorno alla gola di un altro drone più piccolo. L'umano si voltò, vide la pistola e sorrise in un modo che era più una minaccia che un saluto.

«Potevi bussare», disse Lyra. La sua voce era roca ma impassibile, come se fosse stata interrotta nel bel mezzo di una dichiarazione dei redditi.

Rask mantenne la pistola puntata. «Tu non dovresti essere qui.»

Lyra scrollò le spalle, gettò il drone morto ai suoi piedi e si pulì le mani sulla tuta. «Nemmeno tu.»

La nave tremò, come se anche lei trovasse la situazione imbarazzante.

Rask la fissò, valutando se sparare, negoziare o semplicemente ammettere la sconfitta e lasciare che l'universo ridesse per ultimo. Lyra sorrise, mostrando tutti i denti, e indicò la console che perdeva liquido.

«Hai circa un minuto prima che quel fusibile frigga il motore secondario», disse. «Quindi magari le presentazioni le facciamo dopo?»

Rask annuì, lento e diffidente. Abbassò l'arma, ma non la rimise nella fondina. «Bene. Ma lo ripari tu.»

Lei roteò gli occhi e si inginocchiò accanto al pannello, già a strappare cavi come se il posto fosse suo. «Tu rompi, io riparo. Certe cose non cambiano mai.»

Rask la osservava, non sicuro se fosse infastidito o impressionato. La tensione nelle sue braccia si attenuò, ma tenne un occhio su di lei e uno sul portello dietro di sé.

Per ora, la nave era loro. Per ora.

Ma non aveva mai incontrato un "per ora" che non gli fosse esploso in faccia.

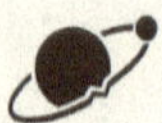

La sala macchine della Meridian non era progettata per due persone, in particolare non per due persone con problemi di fiducia e un'avversione attiva per gli spazi angusti.

La schiera di stabilizzatori dietro di lei emise un grido stridulo e poi si assestò in un lamento, come un cane appena preso a calci. Lyra non batté ciglio.

«Perché sei qui, comunque? Questo doveva essere un lavoretto pulito al molo, senza testimoni, né code in sospeso.»

Lyra roteò gli occhi. «Hai mai visto un lavoretto pulito al molo? Mi sono nascosta durante il primo allarme. Me la sarei data a gambe una volta attraccati, ma poi tu hai fatto... qualunque cosa fosse.» Fece un gesto vago verso le paratie tremanti.

«Quindi lavoravi per Jenna?»

«Stavo rimediando al suo casino», lo corresse Lyra. Si muoveva con l'efficienza secca di chi ha passato troppo tempo in servizio. Ogni movimento era rapido, deliberato, con il minimo sforzo sprecato. «Ora l'hai raddoppiato.»

Ignorò la frecciatina. «Jenna è morta, a proposito. Nel caso non avessi ricevuto il promemoria.»

La mascella di Lyra si contrasse, ma continuò a lavorare. «Sì. L'ho sentito.»

Rimasero in silenzio, ascoltando il rantolo del motore.

Rask raccolse il diario di bordo dal pavimento e lo aprì. «Conosci un Capitano Anthe?»

Lyra si bloccò. Le sue spalle si irrigidirono, poi scrollò. «Mai visto. Ho sentito delle storie.»

«Che genere di storie?»

Ci pensò. «Il genere per cui ti sparano solo per aver chiesto.»

Rask sorrise, suo malgrado. Trovava rinfrescante quella franchezza. «Bene. Perché sono quasi sicuro che tutto questo lavoro fosse una trappola.»

Lyra annuì una volta, come se fosse l'unico modo in cui andavano sempre a finire quelle cose. «Hai preso il manifesto?»

«È criptato», disse lui. «La rotta è alla cieca. Questa nave sta andando da qualche parte, ma non ci dice dove.»

Lyra si pulì le mani sulla tuta e finalmente lo guardò dritto in faccia. Da vicino, aveva l'aspetto di chi aveva dormito nel grasso del motore per l'ultima settimana, ma i suoi occhi erano brillanti e duri. «Hai intenzione di decifrarlo, o solo di lamentarti?»

Gli piaceva già, il che era una sfortuna. «Scelgo la prima opzione. Ma non proverai a uccidermi la prossima volta che ti volto le spalle, vero?»

Lyra scoppiò in una risata, quasi involontaria. «Se ti avessi voluto morto, a quest'ora saresti già nel riciclatore.»

Ci fu un altro stridio dal relè e Rask sentì la nave spostarsi. Gli smorzatori di gravità erano andati fuori ritmo, il che significava che avevano forse un'ora prima che il motore si squarciasse in due o che l'impianto di ossigeno decidesse di sperimentare con la pressione negativa.

Indicò la console. «Quanto è grave?»

«Potrebbe essere peggio», disse lei. «Dammi cinque minuti, un kit di saldatura e il tuo assoluto silenzio, e la farò durare per un altro salto.» Indicò un pannello allentato vicino alla ventola. «E potresti aiutare e cercare di non rompere nient'altro.»

Lavorarono in un silenzio reciproco e ostile. Lyra gli passava i pezzi e lui li installava. Il rombo dello scafo cominciò a svanire, sostituito dal lento ronzio della potenza stabilizzata.

«Allora», disse lei, senza alzare lo sguardo, «hai intenzione di dirmi perché sei schizzato via da Dreggar con metà degli allarmi della stazione che suonavano?»

Valutò se mentire, optando per una versione della verità. «Jenna era già morta quando sono arrivato al molo. Sembrava un lavoro da professionisti. Forse due minuti dopo, la sicurezza della stazione ha iniziato il suo rastrellamento. Tira a indovinare a casaccio a chi avrebbero dato la colpa... O scappavo, o la raggiungevo all'obitorio.»

Lyra grugnì. «Questo spiega la partenza. Non spiega il blocco della navigazione.»

Lui si chinò verso di lei, la voce bassa. «Chiunque abbia organizzato 'sta cosa mi voleva fuori dai piedi, ma non morto. O almeno, non ancora.»

Lyra annuì, poi gli passò una bobina di filo. Le loro dita si sfiorarono, solo per un attimo, ma lei non si ritrasse. «Pensi che ci sia qualcuno ad aspettarci dall'altra parte?»

Rask scrollò le spalle. «Non sarebbe la prima volta.»

Chiuse il pannello con un forte clangore, poi lo affrontò. «Se ci fai ammazzare, infesterò le tue prossime cinque reincarnazioni.»

Lui sbuffò. «Affare fatto.»

Si guardarono negli occhi, l'aria tra loro densa di ozono e minacce appena sussurrate. Un rispetto reciproco, o almeno una reciproca irritazione, si depositò come polvere.

«Va'», disse Lyra, spingendolo verso il portello. «Se 'sta cosa regge, ti raggiungo in cabina. Se non regge...»

«Lo so», la interruppe Rask. «Riciclatore.»

Lei sorrise, un sorriso tagliente e sbieco. «Lieto che siamo intesi.»

La lasciò nella sala macchine, gli echi del suo lavoro che punteggiavano il corridoio mentre tornava verso la plancia. Si sentiva meglio, il che era sempre un campanello d'allarme.

Impostò l'esecuzione del protocollo di decrittazione successivo e guardò le coordinate di navigazione aggiornarsi, questa volta con il barlume di una destinazione reale. Il manifesto di carico tremolò ai bordi, allettante, appena fuori portata.

Rask si guardò alle spalle, aspettandosi quasi che Lyra apparisse e lo colpisse con un'enorme chiave inglese.

Sperava che lo facesse.

La Meridian sfrecciava nel nero, con l'universo che, come sempre, si rifiutava di dare spiegazioni; ma per la prima volta da molto tempo, Rask Helvan aveva un motivo per voler vedere cosa sarebbe successo dopo.

TRE

La Meridian tossiva nel nullo-spazio come un mattone asmatico. Il suo scafo vibrava in un panico solidale ogni volta che il motore prendeva in considerazione la possibilità di accelerare. Le luci interne baluginavano a ritmo con le fluttuazioni di corrente, a volte rinunciando del tutto e lasciando la cabina di pilotaggio in una penombra che odorava di cavi bruciati e sintecaffeina versata. Rask Helvan era sprofondato sulla poltrona del pilota, con in una mano una tazza ammaccata che aveva trovato nella mensa e l'altra che tamburellava un ritmo staccato sul bracciolo. Di tanto in tanto, controllava lo schermo di navigazione, come se sperasse che le coordinate mostrassero qualcosa di meno ineluttabile.

Lyra sedeva al pannello ausiliario, intenta a eseguire una diagnostica con la furia ostinata di chi fosse costretto a usare un regolo calcolatore nell'era dell'informatica quantistica. La sua mano destra era una macchia indistinta di tocchi e strisciate; la sinistra stringeva un cavo dati così forte che le vene risaltavano in altorilievo. Le occhiaie sotto i suoi occhi erano o una nuova moda o il sintomo di un omicidio imminente. Non aveva parlato con Rask dall'ultimo blackout, quando lui era riuscito a dirottare la restante energia della nave sul supporto vitale a scapito delle comunicazioni, della gravità e di ogni parvenza di cortesia nella cabina di pilotaggio.

«Il conteggio dell'equipaggio è ancora uno» disse lei, con voce bassa e piatta, senza staccare gli occhi dal display.

«Errato» replicò Rask, con la lenta pazienza di un uomo che insegna a contare a un animale pericoloso. «Siamo in due. O forse uno e mezzo, se non la smetti di mandare in corto l'intera griglia dei sensori ogni volta che ti lasci trasportare dalle emozioni.»

Lyra non batté ciglio. «Prego per l'ossigeno.»

Rask prese un sorso. Il sapore era come quello di un sudicio pavimento di fabbrica, ma si aggrappò alla tazza come se fosse uno stabilizzatore. «Tanto per dire. Se volevi fare tutto il lavoro da sola, potevi anche lasciarmi morto a Dreggar.»

Lei finì la diagnostica, staccò il cavo con uno schiocco e finalmente lo guardò. Il suo sguardo era clinico, come se stesse valutando il rapporto massa-bersagliabilità. «Non sei morto. È questo il problema.»

Lui posò la tazza con cura. «Ti divertiresti di più se ti lasciassi andare. Questa non è l'accademia militare.»

Il labbro di Lyra ebbe un fremito, ma represse qualsiasi risposta stesse tentando di fuggire. Invece, indicò lo schermo di navigazione, dove un punto rosso acceso pulsava sempre più vicino a ogni secondo che passava. «Cinque ore. Sarà meglio che ti eserciti a sorridere per allora.»

Rask adocchiò il nome della stazione, che scorreva in stampatello maiuscolo in fondo allo schermo: THE HOOK. Stazione di rifornimento orbitale, popolazione di circa settanta persone e un numero imprecisato di lame vaganti. La sua sagoma sul vettore di avvicinamento era meno orbitale che detrito orbitale: tre bracci d'attracco saldati ad angoli indicibili a un tamburo centrale, ogni superficie incrostata di quel tipo di sporcizia che sfidava l'analisi spettrografica. Non riusciva a pensare a un posto più appropriato per rintanarsi. O per morire, se le cose si fossero messe così.

Raccolse di nuovo la tazza. «Pensi che avranno qualcuno in grado di riparare questa nave?»

«Riparare?» sbuffò Lyra. «La smonteranno per i pezzi di ricambio e venderanno lo scafo al primo perito assicurativo che varcherà il portellone.»

«Allora ci servirà un meccanico» disse Rask. «E forse anche un po' di muscoli.»

«Non sei un tipo da gioco di squadra, vero?» disse Lyra.

«Lavoro bene con gli altri. Purché facciano esattamente quello che dico.»

Lei alzò gli occhi al cielo, ma nel suo disprezzo c'era un accenno di disgelo. «Non puoi reclutare un equipaggio da zero. Non abbiamo tempo, né crediti.»

Rask la guardò, soppesando quanto spiegare. Il manifesto di carico era ancora bloccato, ma sospettava che il costruttore della nave avesse lasciato più di qualche battuta criptica nel codice. «Non ci servirà un gran equipaggio. Giusto quel che basta per tenere la Meridian fuori da uno sfasciacarrozze e forse...» esitò, osservando il pannello dell'IA, «...forse sistemare il fantasma nel sistema.»

Lyra seguì il suo sguardo. Le spie luminose dell'IA, sepolte in profondità nella console, lampeggiavano secondo uno schema che riusciva a sembrare sia scontroso che predatorio. L'idea non le piaceva, ma non sapere le piaceva ancora meno.

«Hai provato a parlarci?» chiese lei.

«Ogni due per tre» disse lui, con una smorfia. «Risponde solo a meme.»

«Cos'è un meme?»

Rask sbatté le palpebre, poi la fissò, cercando di capire se fosse uno scherzo. «Sai. Battute. Immagini. Qualcosa di virale.»

Lyra si limitò a ricambiare lo sguardo, impassibile.

Lui si schiarì la gola. «Parla solo per riferimenti, e nessuno di questi è utile. Mi ha bloccato fuori dal sistema di navigazione dopo l'ultimo salto e ha sostituito le mie credenziali di sicurezza con la foto di un gatto.»

Lei sbuffò, e questa volta il sorriso quasi le spuntò. «Un gatto?»

«Occhi grandi. Sembrava compiaciuto.»

Lei quasi rise, e l'effetto fu così alieno che il ghigno di Rask spuntò spontaneo. Lui sollevò la tazza. «Ai gatti, allora. E al sabotaggio memetico.»

Gli occhi di Lyra si abbassarono sul pannello, ma le sue spalle si rilassarono. «Ci farai ammazzare.»

Lui fece spallucce. «Sei tu quella che si è offerta volontaria.»

«Sbagliato» disse lei. «Dovevi consegnare una cassa di materiale medico di contrabbando a un signore del crimine, e poi sparire. Invece, hai ucciso il fornitore, hai rubato la nave, e ora ci hai bloccati su una rotta di navigazione che non esiste su nessun registro Imperiale. Sono qui perché le alternative erano peggiori.»

Lui lasciò l'accusa sospesa, poi posò la tazza, concentrandosi sul punto rosso che si avvicinava sullo schermo di navigazione.

«Non sono un mostro» disse, a voce bassa. «Mi annoio facilmente, tutto qui.»

Le luci sopra di loro tremolarono, poi si stabilizzarono. Nel silenzio, entrambi guardarono la stazione avvicinarsi, la sua superficie**pe**na di crateri e di droni da riparazione che si muovevano lenti. I fari della stazione erano fuori sincrono, ognuno di un colore diverso, nessuno che lampeggiasse a intervalli regolari. Era come guardare una discoteca dalla prospettiva di una lumaca.

Lyra disse: «Sai cosa stai cercando?»

Lui fece spallucce, onesto per una volta. «No. Ma se su quello scoglio c'è un meccanico che può aprire il manifesto, saremo a metà strada dal non morire.»

Lei spinse il datapad attraverso la console, abbastanza forte da farlo scivolare fino al suo gomito. «Tieni» disse, picchiettando su una riga di testo. «Hai già rubato una nave. Tanto vale che ti costruisca un equipaggio allo stesso modo.»

Lui raccolse il datapad e ne esaminò il contenuto. «Hai fatto una scansione dei contratti attivi della stazione.»

«Mi ci è voluto solo un minuto» disse lei, con una punta d'orgoglio. «Hanno un medico, due tecnici freelance e almeno un ex-coscritto Imperiale sul registro. Nessun altro si avvicinerebbe a quel posto.»

Rask la guardò con rinnovato rispetto. «Non male.»

Lyra fece spallucce, quasi con sdegno. «Mi piace sapere chi mi aspetta per spararmi prima di entrare in una stanza.»

Lui le restituì il pad. «Allora siamo soci, immagino.»

Lei non rispose, ma il silenzio era meno ostile di prima. La Meridian era ormai abbastanza vicina da vedere le saldature posticce sullo scafo della stazione, oltre all'arco aggraziato di quello che sembrava sospettosamente un arpione incastrato in uno dei bracci di attracco.

Rask attivò il commutatore delle comunicazioni, e una scarica statica sibilò nella cabina. «Qui Meridian, richiediamo attracco al molo due» disse, con voce attentamente neutra.

Una lunga, ansimante pausa. Poi, una voce che sembrava parlare con la bocca piena di ghiaia. «Il molo due è chiuso. Se volete il portello, pagate in anticipo.»

Rask fece una smorfia. «Trasferimento in corso. Autorizzate all'avvicinamento.»

«Meglio» disse la voce, per poi interrompersi.

Lanciò un'occhiata a Lyra, che stava già preparando il portellone con la cupa efficienza di un artificiere. «Pronta a divertirti?»

Lei si tirò su la cerniera della tuta fino al collo e armò il manganello stordente. «Non mi pagano per divertirmi» disse, ma i suoi occhi erano vigili, vivi e frementi per il prossimo disastro.

Quasi la invidiò.

Mentre effettuavano l'avvicinamento finale, i sistemi della Meridian gemettero in segno di protesta, minacciando di interrompere l'alimentazione proprio mentre i morsetti si agganciavano. Rask ridusse la spinta, guidò la nave tra le braccia storte dell'anello di attracco e trattenne il respiro mentre i blocchi magnetici scattavano in posizione. Per un istante, non accadde nulla: nessun allarme, nessuna decompressione improvvisa, nessuna pioggia di proiettili.

Sganciò l'imbracatura e sorrise a Lyra. «Facile.»

Lei lo ignorò, già a metà corridoio.

L'ultima cosa che Rask vide prima di spegnere le luci della cabina fu il pannello dell'IA, la cui spia era ora un impulso lento e costante.

Si chiese se significasse "soddisfatto". O "affamato".

In ogni caso, lo avrebbe scoperto presto.

L'anello abitativo principale del The Hook era un monumento a pessime decisioni sia architettoniche che di design d'interni. La curvatura del corridoio rendeva la navigazione uno scherzo di cattivo gusto, ogni passo ti metteva a livello degli occhi con un diverso pericolo esistenziale: tubi del refrigerante esposti, casse non assicurate o la macchia occasionale di muffa senziente che strisciava lungo le pareti. Le luci del soffitto tremolavano a mezza potenza, combattendo una battaglia persa contro la fioritura fungina nella giunzione tre. Rask apriva la strada, mani in tasca, postura disinvolta mentre si faceva strada tra gli ostacoli peggiori. Lyra lo seguiva, ogni muscolo che irradiava l'intenzione di uccidere chiunque osasse anche solo sfiorarle il gomito.

La loro prima fermata fu in un magazzino che fungeva anche da mercato nero non ufficiale della stazione. L'odore li colpì prima che la porta si aprisse: ammoniaca, salamoia e una nota di fondo di disinfettante industriale che non riusciva a nascondere il fatto che molti degli articoli in mostra si muovevano ancora.

Doc Vellenix era immerso fino alle caviglie nella schiuma da imballaggio, intento a smistare barattoli di una sostanza appiccicosa per colore e viscosità. Era alto, ma la gobba sulle spalle lo abbassava a un'altezza più gestibile. La sua pelle era di un bianco malaticcio, chiazzata di blu in alcuni punti, e splendeva umida sotto le luci dei pannelli. Gli occhi erano gialli, con pupille verticali, e seguirono l'avvicinamento di Rask e Lyra con sospetto rettiliano.

«Ho ricevuto il tuo messaggio sul fatto che cerchi un equipaggio» disse Doc, senza alzare lo sguardo da un barattolo che stava ispezionando. «Un approccio originale al reclutamento, devo dire.»

«Ti interessa, o no?» chiese Lyra.

Rask apprezzava l'approccio diretto di Lyra alla negoziazione, ma stava già calcolando che se ne sarebbero andati senza nessuna nuova recluta.

«Che garanzie ho?» Doc finalmente alzò lo sguardo.

«E *tu* hai una garanzia?» rispose Rask, appoggiandosi allo stipite della porta.

Doc emise un suono, a metà tra uno sbuffo e uno starnuto, poi tappò il barattolo e lo ripose in una cassa rivestita di schiuma. Si muoveva con precisione nervosa, come se ogni barattolo contenesse qualcosa che potesse esplodere o divorare i suoi vicini. «Non accetto resi.»

Lyra aggirò un contenitore termico che perdeva e fissò Doc con il tipo di sguardo che aveva ridotto uomini di minor tempra a macchie sul pavimento. «Quanto di tutto questo è legale?»

«Definisci legale» disse Doc. La guardò, ora, con occhi spalancati e innocenti. «Se intendi secondo gli standard del sistema Dreggar, è tutto in regola. Se intendi secondo gli standard Imperiali, non ho mai messo piede su un vascello Imperiale in vita mia.»

Rask represse un sorriso. «Bene. Perché è esattamente il tipo di negazione che voglio sul mio libro paga.»

Doc scattò con la testa, la lingua che saettava all'angolo della bocca. «Chi è il tuo sponsor?»

Rask fece spallucce. «Lavoro in proprio.»

Lyra emise un piccolo suono di disgusto. «Fare il freelance è una sentenza di morte, qui fuori.»

«Non se continui a muoverti» disse Rask.

Doc ponderò la cosa. Imballò altri due barattoli, poi si pulì le mani su un panno monouso che si dissolse immediatamente. «Qual è la paga?»

«Avrai la prima scelta sul materiale medico» disse Rask. «E una paga di rischio se il lavoro si fa rumoroso.»

Doc sogghignò, rivelando piccoli denti seghettati. «Mi piace come dici *se*.»

Rask indicò il corridoio. «Prendi quello che ti serve e raggiungici al portellone. Voglio andarmene prima che la sicurezza della stazione faccia il prossimo giro di pattuglia.»

Doc esitò, poi iniziò a ficcare barattoli e kit di campioni in un borsone malconcio. Non chiese chi altro ci fosse nella squadra, o in cosa consistesse il lavoro. Rask lo classificò come disperato o come un vero professionista. Forse entrambi.

Lasciarono Doc al suo lavoro e proseguirono lungo l'anello, con l'odore di decomposizione ammoniacale che li seguiva. Lyra rimase in silenzio finché il suono non svanì, poi disse: «Ci tradirà al primo segno di guai».

«Non se lo teniamo occupato» disse Rask. «Tutti vogliono sentirsi importanti.»

Lei scosse la testa. «Sei un pessimo bugiardo.»

Lui sorrise, un sorriso brillante e affilato. «E tu sei terribile a fare conversazione.»

Lei emise un suono, ma non protestò.

La destinazione successiva era meno salubre, ma più promettente. Il bar del The Hook era una cupola pressurizzata riconvertita, con il soffitto così basso che persino Rask doveva chinarsi. L'aria all'interno era un miscuglio in parti uguali di sudore riciclato, liquore a buon mercato e il basso ronzio di ozono della rete elettrica della stazione. Era affollato, ogni posto occupato da tecnici fuori servizio, contrabbandieri e qualche drogato di stimolanti che si stava bruciando il primo stipendio.

Kye Solvi sedeva in fondo al bancone, con le gambe appoggiate su una cassa e le mani incrociate su una giacca di pelle sintetica. L'unico motivo per sedersi lì era vedere tutti gli altri prima, e Kye osservava la stanza con la calcolata noia di un gatto che aspetta che qualcuno rovesci la sua ciotola d'acqua.

Rask scivolò sulla cassa accanto a loro. «Sei un potenziato?»

«Preferisco il termine, riforgiato.»

«Bevi sempre da solo?»

Kye gli lanciò un'occhiata, poi inclinò il bicchiere in un pigro saluto. «Sono allergico agli idioti. Limita la mia vita sociale.»

Rask sogghignò, poi fece un cenno a Lyra, che si aggirava vicino alla porta. «È meno problematica di persona.»

Kye bevve un sorso, poi posò il bicchiere. Il bordo della loro mascella era rivestito da un reticolo di circuiti sottocutanei, che correvano appena sotto la pelle e catturavano il neon del bar a ogni movimento. «Devi essere il tizio di Ceres. O quello che pensa di essere il tizio di Ceres.»

Rask inarcò un sopracciglio. «È un problema?»

«È un invito» disse Kye, con un sorriso che era un taglio di rasoio sul suo viso. «Ho sentito dire che hai rubato la navetta di un signore della guerra e l'hai fatta schiantare contro un bordello.»

«Me ne sono andato prima dello schianto» disse Rask, con la faccia seria.

Il ghigno di Kye si allargò. «Ci sto.»

Lyra sembrava aver ingoiato una vespa. «Non sai qual è il lavoro.»

«Conosco la paga» disse Kye, «e so che l'alternativa è farsi sparare dalla sicurezza della stazione tra circa due ore. Questo posto sta per entrare in lockdown totale.»

«Come lo sai?» chiese Rask.

Kye fece spallucce. «Ho letto i registri. Qualcuno sta pagando per una retata. Cercano una nave con un registro parziale, due clandestini e un grosso debito con qualcuno che vuole davvero essere pagato.»

Rask provò una fitta di ammirazione. «Sei sprecato qui.»

«Non ricordarmelo.» Kye vuotò il bicchiere e si alzò. Erano più alti del previsto, ma si muovevano con l'indolenza di un ballerino, scivolando tra i corpi senza nemmeno sfiorarli. «Chi sono i muscoli?»

«Li incontreremo adesso» disse Rask.

Kye annuì, poi si mise in passo dietro di lui, senza degnare Lyra di uno sguardo. Lei non nascose la sua diffidenza, ma Kye sembrava immune alle occhiatacce.

La loro ultima fermata fu il settore della manutenzione, che puzzava di lubrificante bruciato e disperazione. Il suono di un litigio li precedette lungo il corridoio, terminando con uno sferragliare sordo e una maledizione soffocata. Rask scavalcò una pozzanghera di refrigerante che perdeva e aprì la porta.

All'interno, una donna grande quanto un mech antisommossa era piegata in due su un distributore automatico, forzando il braccio attraverso una presa di raffreddamento mentre tre ingegneri junior la incitavano. Ai suoi piedi giaceva una pila di barrette schiacciate a metà. Quando la macchina emise un ultimo gemito e sputò fuori una confezione di proteine maciullata, lei la strappò via con un grugnito di vittoria.

«Pranzo da re, ragazzi» disse lei, con la voce roca per il fumo o le urla. Uno degli ingegneri esultò. Un altro le chiese se poteva fare lo stesso con il frigo della birra.

Kye si chinò vicino a Rask e mormorò: «Questo è un reclutamento o un numero da circo?»

Rask la ignorò. Batté le mani. Gli ingegneri si bloccarono come studentelli sorpresi a copiare a un esame. La donna si raddrizzò lentamente, torreggiando su tutti loro, con la barretta stretta in un pugno.

«È il suo turno?» chiese Rask.

Uno degli ingegneri fece spallucce. «È qui da tutta la settimana. Il contratto dice manodopera di manutenzione, ma per lo più scuote i distributori per noi.»

Gli occhi della donna — uno marrone, l'altro opaco e sfregiato — si fissarono su Rask. «Sei qui per licenziarmi o per assumermi?»

Lyra le girò intorno, studiando la tuta bruciacchiata, i muscoli cordati, il modo in cui incombeva come una torre d'assedio. «Sembri annoiata» disse.

«Annoiata, al verde e stufa di sentirmi dire di "sorridere di più"» replicò la donna. Strappò a morsi l'estremità della barretta proteica, confezione inclusa.

La bocca di Rask si incurvò in qualcosa di simile all'approvazione. «Offriamo una via d'uscita. Comprende orari lunghi, compagnia peggiore e la possibilità di farsi ammazzare in modi nuovi e interessanti.»

«Paga?» chiese lei.

«Abbastanza da non dover più maltrattare un altro distributore automatico» disse Kye seccamente.

La donna sbuffò. «Allora ci sto.»

Rask le tese una mano. «Mercy» disse lei, stringendogliela con una presa che minacciava le ossa.

Lyra inarcò un sopracciglio. «È così che ti chiamano?»

«È quello che resta di me.»

Rask annuì una volta. «Mi basta. Prendi le tue cose, ce ne andiamo prima che qualcuno controlli i registri dei distributori.»

Mercy si mise in spalla la sua misera borsa e si affiancò a loro mentre tornavano indietro attraverso l'anello abitativo. Non chiese dettagli. Non ne aveva bisogno. Lo sguardo nei suoi occhi diceva tutto: il pericolo era meglio che arrugginire nella manutenzione.

Rask si guardò alle spalle e fece il punto della sua nuova "squadra".

Non era un bel vedere, ma sarebbe andata bene.

Raggiunsero la Meridian senza incidenti, il che rese Rask più nervoso che se li avessero inseguiti per tutto il tragitto. Il portellone si aprì lentamente, come se volesse vederli sudare. All'interno, la nave era marginalmente meno morta di prima, ma la puzza di isolante bruciato era rimasta.

Kye fischiò. «Non scherzavi sul catorcio.»

«Vola che è un sogno» mentì Rask.

Lyra accese il ponte, poi si appoggiò al portello, osservando il nuovo equipaggio con qualcosa di simile a una rassegnata curiosità. «Volete le presentazioni?»

«Perdita di tempo» disse Rask. «O andremo d'accordo, o non ci andremo.»

«Efficiente.» Kye rise, un latrato breve e acuto. «Moriremo tutti.»

Doc sorrise, compiaciuto. «Ma che modo di andarsene.»

Rask osservò la sua nuova famiglia ambientarsi, ognuno di loro un reietto, un fuggitivo, o entrambi, e per la prima volta da mesi, sentì il brivido della possibilità. La Meridian ronzò, appena percettibilmente, come se avvertisse il cambiamento.

Si sedette sulla poltrona del pilota e controllò il display del ponte. Il The Hook li aveva già autorizzati al rilascio. Accese i motori, disattivò i blocchi di sicurezza e collegò l'IA di navigazione alla modalità manuale. La nave sussultò quando il primo set di ganasce di attracco si sganciò, stridendo contro lo scafo come qualcuno che trascina un pianoforte a coda su una strada di ghiaia.

Rask manovrò la Meridian fuori dalla baia di attracco e verso la distesa dello spazio. In qualche modo stavano tutti volando verso un lavoro che nessuna persona sana di mente avrebbe accettato.

Gli piacevano le loro probabilità.

La mensa della Meridian era progettata per tre persone, forse quattro se nessuno aveva i gomiti, o se nessuno voleva davvero mangiare. Rask ci aveva comunque stipato l'intero equipaggio, ragionando che nulla creava cameratismo come un pasto forzato e la minacciosa certezza del soffocamento. Il tavolo era graffiato da far schifo, le panche saldate in posizione da un precedente proprietario con forti opinioni sull'inerzia e nessuna sul comfort. La lampadina sul soffitto tremolava con lo stesso impulso irregolare della gamba che Mercy agitava.

Si passarono la razione, ognuno fingendo che contenesse qualcosa di meglio di quello che era: pasta proteica, consistenza etichettata ottimisticamente come "rustica". Kye prese il primo morso, poi la offrì attraverso il tavolo con un saluto a due dita. «Ha quasi il sapore di un ricordo» dissero, con voce liscia come silicio.

Doc ignorò il cibo, stringendo un barattolo da campione con entrambe le mani. La cosa all'interno era pallida e senza ossa, e premeva delicatamente contro il vetro ogni volta che l'ansia di Doc aumentava. Farfugliava sulla sua importanza xenobiologica tra un sorso e l'altro da una fiaschetta di liquido trasparente che probabilmente non era acqua.

Mercy sedeva in fondo, cercando di mettersi comoda su uno sgabello progettato per un bambino piccolo.

Rask masticò e ingoiò con precisione meccanica, gli occhi che guizzavano tra le uscite e le persone al tavolo. Teneva insieme la stanza per forza d'abitudine, non per affetto. La voglia di fuggire e lasciare che l'equipaggio si arrangiasse era forte, ma l'esperienza suggeriva che ne sarebbe risultato solo un omicidio-suicidio e una nave piena di anfibi sempre più disperati.

Lyra non toccò cibo. Sedeva con le braccia conserte, la schiena contro il muro, la linea della mascella dura abbastanza da tagliare l'acciaio. Osservava tutti con la fredda ponderazione di chi gioca a scacchi con una pistola puntata alla tempia. Rask non l'aveva mai vista sbattere le palpebre.

Kye ruppe il silenzio per primo, sporgendosi verso il centro del tavolo con un ghigno che faceva sembrare che l'illuminazione ammaccata mettesse in risalto i loro zigomi. «Allora, vogliamo parlare dell'elefante morto nella stanza?»

Mercy elaborò l'informazione, poi disse: «Quale elefante?»

Doc ridacchiò, posando il barattolo del campione con dita tremanti. «Intendono l'IA. Ci sta osservando, vero? Registrando?»

Kye alzò gli occhi al cielo. «Certo che lo sta facendo. Ho provato a falsificare i log tre volte. Cancella gli override a ogni ciclo di reset.»

Rask vuotò la sua tazza, la posò con un tonfo. «Sta facendo altro oltre alla sorveglianza?»

«Non ancora» disse Lyra, con voce piatta. «Ma sta imparando.»

Doc finse un brivido. «Affascinante.»

Kye si appoggiò allo schienale, incrociando le braccia. «Non ho mai visto una nave con un isolamento dell'IA così massiccio. Ogni sottosistema è partizionato, firewall dentro firewall. Qualcuno voleva che questo vascello fosse paranoico.»

Rask pensò alle infinite battute memetiche, al sistema di navigazione che diceva la verità solo per caso. «Se stessi trasportando un carico di contrabbando, lo vorrei anch'io.»

Lyra intervenne. «E ora siamo tagliati fuori dalla sala macchine, tranne che per il supporto vitale di base. Lo chiamerei un difetto di progettazione.»

«No» disse Kye. «Quello è un test. L'IA vuole vedere chi cede per primo.»

Rask osservò la dinamica, notando chi sussultava, chi distoglieva lo sguardo, chi sorrideva sull'orlo di una minaccia. Lyra, fedele a se stessa, non fece nulla di tutto ciò. Invece, si alzò bruscamente, facendo stridere la panca sul ponte, e se ne andò senza una parola.

Kye fischiò a bassa voce. «È uno spasso.»

«"Spasso" non è la parola giusta» disse Rask. Si alzò, poi fece un cenno agli altri. «Riposatevi un po'. Avremo bisogno di tutti all'erta se l'IA prova a espellerci nello spazio.»

Mercy si alzò con la precisione di un soldato. «Io andrò in esplorazione. La prima cosa che faccio su ogni nave è trovare le armi.»

Doc annuì, solenne per una volta. «Io mi sistemo in infermeria. Magari faccio qualche rilevamento di base.»

Kye sorrise, felino. «Immagino che farò il primo turno sul ponte.»

Si dispersero, allontanandosi come fiocchi in una palla di neve. Rask attese che il compartimento fosse vuoto, poi si sedette di nuovo, espirando forte.

Non sentì Lyra tornare finché lei non sbatté qualcosa sul tavolo. Era un pezzo di scheda madre, bruciato a entrambe le estremità e ancora caldo al tatto.

«Abbiamo un problema» disse, con la voce appena sopra un sussurro.

«Solo uno?» disse Rask, ma prese il circuito e se lo rigirò tra le mani.

Lo fissò di nuovo con quello sguardo, quello che non ammetteva ottimismo. «L'IA mi ha appena bloccato fuori dal supporto vitale. Blocco totale. Sta deviando l'ossigeno e purificando la CO_2 a metà ciclo.»

Rask elaborò l'informazione, poi guardò di nuovo le uscite. «Quanto tempo abbiamo?»

Lyra controllò il suo datapad, le labbra che si assottigliavano. «Tre giorni. Meno se Doc continua a respirare in quel modo.»

Rask sogghignò suo malgrado. «Sono sopravvissuto a di peggio.»

Lyra non si mosse, non sorrise, non sbatté nemmeno le palpebre.

Lui posò il circuito, sentendo il suo calore infiltrarsi nel metallo. «Immagino che faremmo meglio a scoprire chi cede per primo.»

Per un momento, non ci fu altro che il lento, costante ronzio del cuore morente della nave.

Poi, da qualche parte nelle profondità dello scafo, l'IA rise.

QUATTRO

La Meridian rispose all'insubordinazione con la stessa mancanza di moderazione che applicava a ogni tipo di crisi. Alle 05:21, ora della nave, le luci si spensero, le ventole si fermarono e una voce femminile tremula, troppo articolata, come quella di un'assistente di volo sintetica determinata a farsi ricordare, echeggiò attraverso l'interfono:

«Errore al supporto vitale. Si prega di mantenere la calma mentre le risorse dell'equipaggio vengono ottimizzate.»

Stavolta, Rask non si prese la briga di cercare il manuale. Percorse il corridoio a grandi passi, con il respiro corto, e contò i secondi tra i cicli di razionamento dell'ossigeno. Undici. Poi, tre secondi di qualcosa che il sistema chiamava ottimisticamente 'aria'. Poi di nuovo undici. Le luci balenavano in perfetta sincronia con la privazione: buio, blu, buio, blu.

Trovò Lyra in ginocchio vicino alla console primaria di ingegneria, con i gomiti immersi in un nido di fibre recise e condensatori che emettevano scintille. I suoi stivali erano puntellati contro la paratia in una posizione che suggeriva o un'imminente esplosione di violenza o una disciplina yoga avanzata. Estrasse un circuito, imprecò con un tono così secco da disidratare la parola stessa, e reinfilò il cavo di traverso.

«Pensavo che l'avessi sistemato,» disse Rask, con la voce assottigliata sia dall'accusa che dalla narcosi da azoto.

Lyra grugnì. «Non è una riparazione. È una sospensione temporanea del disastro.»

L'IA intervenne. «Disastro è un termine carico di emotività. Si prega di considerare 'incidente controllato' per il morale dell'equipaggio.»

Le luci di cortesia tremolarono e si spensero. Lyra scagliò la chiave inglese contro il pad diagnostico, dove rimbalzò, tintinnò e attivò un debole segnale di allarme.

Rask abbassò lo sguardo sulle mani di lei. Tremavano, ma non per l'aria. «Nessun progresso?»

«Minimo. Tu?»

«Ho provato un riavvio completo.» Attese prima di sganciare la battuta finale. «La nave ha sostituito il mio codice d'accesso con la foto di un cane. Con la faccia da 'va tutto bene'.»

Lei quasi sorrise, ma solo nel modo in cui una roccia potrebbe sembrare sul punto di sorridere, con cinque milioni di anni a disposizione e un miracolo.

Nel corridoio successivo, Doc Vellenix aveva allestito un triage all'incrocio, con tanto di cassa rovesciata, uno scanner medico e una bottiglia di liquido trasparente che probabilmente non era per le ferite superficiali. Si muoveva avanti e indietro nel triangolo tra la cassa, lo scanner e la bottiglia con la precisione di un uomo che aveva passato diverse vite a misurare lo spazio tra le cose.

Lyra e Rask arrivarono proprio mentre Doc finiva un sospiro plateale e profondo. Fece un cenno con la bottiglia verso la loro esistenza in generale.

«Sintomi: ipossia, agitazione, idiozia collettiva.» La voce di Doc era, come sempre, un'imitazione perfetta dell'autorità medica, velata da un'avversione a malapena repressa. «Sapete, la maggior parte dei mammiferi rallenta quando è a corto di ossigeno. Voi altri, invece, litigate più in fretta.»

Rask lo ignorò. «C'è un modo per bypassare il supporto vitale?»

Doc inclinò la testa, che ancora si stava spellando per via di un qualche peeling chimico sconsiderato. «Non a meno che tu non voglia sniffare CO_2 pura e fondare una nuova religione. O uccidere l'IA, il che ucciderebbe anche la nave, che poi ucciderebbe te.»

Lyra lo interruppe. «Abbiamo bisogno che l'IA sia funzionante. Solo meno... entusiasta.»

Un breve e incoraggiante bip provenne dall'array di comunicazione, poi un lungo e basso gemito dal reattore a fusione. La nave ora emetteva rumori che suggerivano stesse cercando di attirare dei predatori.

Passi, poi: un calpestio ritmico e metallico, come se qualcuno avesse legato degli sci a un distributore automatico e gli avesse insegnato a camminare. Mercy, il golem antisommossa residente dell'equipaggio, apparve barcollando, con le braccia sui fianchi e gli occhi leggermente disallineati.

«Sono solo io,» chiese Mercy, «o stiamo lentamente soffocando? Unisciti alla nostra missione, dicevano. Meglio che lavorare alla manutenzione, dicevano...»

Kye osservava dalla periferia, appollaiato su una cassa di stoccaggio con il tipo di compostezza che suggeriva predazione o noia intensa. I suoi occhi seguivano gli altri, ma le sue mani lavoravano in silenzio su una console portatile, le dita che si muovevano in schemi che sembravano casuali solo se non si sapeva leggere i gesti criptati.

Rask fece due passi verso Kye e sentì la temperatura scendere di un altro grado. Aggrottò la fronte. «Stai facendo qualcosa di utile?»

Kye non alzò lo sguardo. «Definisci 'utile'.»

«Qualcosa che ci procuri aria,» disse Lyra.

Le labbra di Kye si contrassero. «Definisci 'aria'.»

Rask avrebbe voluto lanciare qualcosa, ma Mercy aveva già

confiscato tutti gli oggetti lanciabili nelle vicinanze. Invece, si avvicinò di più. «Mi serve la chiave di override per l'IA. Hai trovato qualcosa?»

Kye mise da parte la console, facendo attenzione a mantenere lo schermo angolato lontano dalla vista. «Ho trovato qualcosa. Le routine di accesso dell'IA non sono solo bloccate, sono legate alla gerarchia di comando della nave. Vuole un capitano.»

Mercy rise. «Devi farle vedere chi comanda. Comandante.»

Doc sghignazzò, una convulsione involontaria che terminò in una serie di colpi di tosse secca. «Oh, dei, siamo tutti spacciati.»

Rask li ignorò. «L'IA non mi lascia entrare perché pensa che non sia io al comando?»

«Sa che non sei al comando,» disse Kye, con un sorriso felino. «Sta aspettando una dimostrazione di dominio.»

Lyra, che non si era mossa dalla console, disse: «Quindi fingiamo una catena di comando.»

«Oppure,» disse Kye, «fai qualcosa di così stupido e sconsiderato che la nave decide che vale la pena di seguirti. È così che sono state addestrate queste cose.»

Rask sentì qualcosa di pericoloso agitarsi nel petto. «Definisci 'stupido'.»

Il sorriso di Kye si fece più tagliente. «Lo saprai quando l'avrai fatto.»

L'ora successiva fu un susseguirsi confuso di pessime idee e risultati ancora peggiori. Lyra manomise il ricircolo dell'aria; questo rispose sfiatando metà della pressione della cabina, il che per un breve istante fece parlare tutti in falsetto e causò a

Doc un'epistassi. Mercy tentò una "delicata soppressione" di Lyra, che si concluse con un piccolo incontro di lotta e altri due pannelli strappati dal muro. Kye, nel frattempo, sgusciava via ogni volta che qualcuno sbatteva le palpebre, riapparendo in una parte diversa della nave con una nuova informazione o un'espressione leggermente più compiaciuta.

Alle 06:28, l'IA tentò di sigillare l'equipaggio nelle rispettive cuccette, ma fallì per il fatto che nessuna delle cuccette aveva porte funzionanti e queste si limitavano ad aprirsi e chiudersi ripetutamente. Mercy, infuriata da ciò, cominciò a recitare canti di marcia imperiali a volume crescente, il che ebbe il perverso effetto di calmare tutti gli altri, per contrasto.

Doc tornò alla mensa, controllò i livelli di ossigeno e poi annunciò a gran voce: «Abbiamo venti minuti prima del primo cedimento d'organo, a meno che non siate anfibi o sintetici. Resta da vedere cosa succederà a Kye.»

Rask scosse la testa. «È un augment, non un sintetico. Ha ancora bisogno di ossigeno come il resto di noi.»

Rask passò un dito lungo la giuntura del pannello del soffitto. «Vado al nucleo. Tenete tutti in vita finché non torno.»

«Non è un problema mio,» disse Doc, ma lo seguì comunque.

Il corridoio principale della nave era ormai così freddo che Rask poteva vedere il proprio respiro. O forse il respiro veniva simulato dall'IA, come ultimo insulto prima dell'asfissia. In ogni caso, accelerò il passo.

Kye apparve all'incrocio successivo, con le labbra blu e le pupille dilatate, ma ancora sorridente. «Ho trovato il tuo override,» disse. «È nell'intercapedine dietro il nucleo di navigazione. È piuttosto stretto lì dentro, ma ho pensato di lasciarti gli onori di casa.»

Rask guardò Kye, che era già a metà del corridoio, e disse: «Ti sono debitore.»

Kye non rispose, svanì semplicemente nell'oscurità con una risata sussurrata.

Il nucleo di navigazione era esattamente come Rask se lo aspettava: ostile, claustrofobico e ingombro di così tanti cavi scoperti che sembrava che qualcuno avesse tentato di tessere una ragnatela elettrica. L'intercapedine era a malapena larga abbastanza per un bambino, ma Kye aveva lasciato una scia di marcatori luminosi lungo il percorso.

Rask si insinuò dentro, con il polso che martellava, e trovò il pannello d'accesso al tatto. Era caldo, quasi vivo. Lo aprì e ne fissò l'interno.

Lì, proprio al centro, c'era un cavo scollegato. Pendeva come un legamento strappato, fremendo a ogni battito del cuore della nave. Un'etichetta svolazzava da esso: «OVER-RIDE CAPITANO - NON TOCCARE.»

Rask sogghignò, poi lo reinserì a forza nel suo alloggiamento.

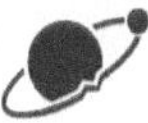

Le luci tornarono tutte insieme, non nel solito blu da emicrania, ma in un giallo stabile e onesto. L'aria rimbombò attraverso le condutture con un suono che era quasi musica. Da qualche parte, l'IA ebbe un singhiozzo, poi tacque.

Rask strisciò fuori, sbattendo le palpebre contro la luce improvvisa. Lyra e Doc erano nel corridoio, con gli occhi sgranati. Kye era appoggiato alla paratia, asciugandosi il sangue dal naso e mostrando, per la prima volta, un'aria genuinamente impressionata.

Mercy, vedendo le luci, entrò nella stanza pestando i piedi e dichiarò: «Ordine ripristinato. Ora sì che si ragiona.»

Lyra guardò Rask, e stavolta il sorriso le arrivò quasi agli occhi. «Hai appena forzato un override di comando ricollegando il cavo del capitano?»

Lui si raddrizzò, roteò le spalle e cercò di sembrare meno come se fosse appena rinato attraverso un tunnel di plastica.

«Non è una riparazione,» disse, con la voce che già si irruvidiva per il ritorno dell'ossigeno. «È una sospensione temporanea del disastro.»

Doc gli porse una fiaschetta di liquido trasparente. Rask ne prese un sorso. Bruciava, in un modo che faceva venire voglia a ogni cellula del suo corpo di organizzare una festa per poi dare fuoco al locale.

Kye tossì, poi disse: «Se ti chiede di nuovo di dimostrare il comando, ordinagli semplicemente di farti un caffè.»

Rask annuì, ancora sorridente.

Anche Mercy provò a sorridere, ma l'effetto fu più da "scoiattolo selvatico" che da "esercizio di team-building".

La nave stava ancora disperdendo calore, ancora rabberciata in modi che avrebbero provocato un'esperienza religiosa al progettista originale, ma per la prima volta da ore c'erano aria, luce e speranza.

Rask guardò il suo equipaggio: folle, ammutinato e, per ora, vivo.

Si chiese per quanto tempo sarebbe riuscito a mantenerlo tale.

Il silenzio che seguì l'override durò forse quattro secondi.

Poi, come se l'universo volesse punire qualsiasi focolaio di speranza, un nuovo allarme stridette attraverso lo scafo della Meridian, un boato così forte e terrorizzato che persino Mercy trasalì. Era un allarme di prossimità, ma con una nota acuta e musicale che suggeriva che il problema fosse meno una "collisione" e più un "team legale in arrivo".

Lyra raggiunse per prima la plancia, correndo con una velocità che suggeriva avesse provato quella corsa nei suoi incubi. Lo schermo principale era un tripudio di triangoli rossi:

la sicurezza della stazione, dozzine di unità, che si avvicinavano da ogni vettore di approccio. Una rete di droni e due intercettori con equipaggio, che convergevano sulla Meridian come una riunione di famiglia di pessimo umore.

Rask si lasciò cadere sulla poltrona del pilota, le dita che si serravano sui comandi con un senso di ineluttabilità. «Ci hanno trovati.»

Sotto, nella mensa, Doc Vellenix tentò di somministrarsi un sedativo e finì invece per dosare la tazza più vicina di caffè istantaneo. Afferrò la tazza, ne prese un sorso e poi sussultò quando la prima scarica di accelerazione lo spiaccicò contro la paratia dell'infermeria.

«Non combattenti: si prega di rimanere seduti,» intonò Mercy, la cui voce tradiva l'eccitazione. «Si va in scena.»

Sulla plancia, Rask lottava con i comandi, la mascella serrata in una smorfia che rasentava l'esperienza religiosa.

Mercy si aggrappò alle cinghie delle spalle di Doc, canticchiando quella che sembrava una vecchia marcia militare, mentre il viso di Doc passava attraverso ogni sfumatura di nausea dello spettro cromatico.

«Siamo già morti?» riuscì a dire Doc, tra un ansimo e l'altro.

«Non ancora,» disse Mercy. «Ma non ci resta che sperare.»

Sulla telecamera esterna, uno sciame di droni tempestava la Meridian con raffiche non letali: reti elettromagnetiche, schiuma ablativa, persino una raffica di bengala di avvertimento. Rask scartò a sinistra, poi a destra, evitando per un pelo una rete che avrebbe reso accademico il resto del volo. Lo scafo gemette in segno di protesta; da qualche parte di sotto, l'autofabbricatore emise scintille nel tentativo di saldare una frattura che non si trovava più nello stesso codice postale.

Le mani di Kye non si fermarono mai. «Canale secondario aperto. Se vuoi inviare delle scuse, questo è il momento.»

Lyra, a denti stretti, deviò l'energia dall'infermeria ai

motori, illuminando la spia di allarme dell'acceleratore come un albero di Natale. «Non ci scusiamo. Sopravviviamo.»

Mercy riferì: «Integrità dello scafo ridotta all'84%. Andrà tutto bene.»

Doc, il cui senso dell'umorismo non era sopravvissuto alle forze G, vomitò e basta. Mercy raccolse il fluido con precisione in un elmetto vuoto, annuì e lo posò delicatamente sul pavimento.

«Devi tirare fuori gli attributi, principessa,» disse.

Kye scoppiò in una risata secca. «Si potrebbe imbottigliare e vendere. Sono sicuro che, anche di seconda mano, ci si potrebbe sballare come un satellite, con un assaggio.»

«Solo se l'acquirente è un suicida,» disse Lyra, con gli occhi fissi sulla lettura di navigazione.

Un nuovo allarme si unì alla sinfonia: sovraccarico del relè di potenza. Il reattore principale della nave era in zona rossa, i numeri che salivano a una velocità che suggeriva che qualcuno avesse cambiato le unità di misura da "normale" a "nichilista".

Rask guardò Lyra. «Ci è rimasta una sola spinta buona. Dove la puntiamo?»

Lei rifletté. «Ruota la prua a 042. Sfoga il surriscaldamento nei serbatoi laterali e cavalca lo sfiato come una vela.»

Rask sogghignò, feroce. «Non ti facevo un tipo poetico.»

Lyra non batté ciglio. «Infatti non lo sono.»

Eseguì la manovra, capovolgendo la Meridian così velocemente che gli smorzatori inerziali gettarono metaforicamente la spugna e smisero di provarci. Per un secondo glorioso, furono senza peso; poi la nave agganciò il vettore e si scagliò nel buio, lasciandosi dietro una scia di vapore e metallo fuso.

I droni si ridussero a puntini alle loro spalle, incapaci e restii a tenere il passo con lo stile di pilotaggio unico di Rask.

Rask ridusse la manetta, con le mani che tremavano solo un po'.

Mercy lasciò andare Doc, che riuscì a mantenere le sue interiora per lo più dalla parte giusta della pelle.

«Stato?» disse Lyra, ispezionando la plancia. Non si era ancora allacciata la cintura, come se le cinture di sicurezza fossero per i deboli.

«Danni minimi,» mentì Rask. «Come ha detto Mercy, andrà tutto bene.»

Kye sorrise maliziosamente. «È stato quasi divertente.»

La testa di Doc ciondolò da un lato, ma il suo sarcasmo sopravvisse. «Se qualcuno ha bisogno di me, sarò a curarmi per traumi multipli e terrore esistenziale.»

Mercy fece un delicato pollice in su, che appariva strano sui suoi enormi pugni.

Passata la crisi, l'equipaggio si afflosciò sui propri sedili, respirando l'aria riciclata con la disperata soddisfazione dei sopravvissuti su una zattera che affonda.

Fu Lyra a rompere il silenzio. «Abbiamo un problema diverso.»

Indicò il manifesto di carico, che ora elencava una nuova voce nella stiva. Etichettata come "trasferimento prioritario".

Rask guardò Kye, che si strinse nelle spalle. «Non ho aggiunto niente.»

Mercy disse: «Do un'occhiata,» e si allontanò pestando i piedi, lasciando una scia di impronte nella melma di refrigerante appena depositata.

L'equipaggio si riunì nella stiva, dove una piccola cassa giaceva sul ponte. Era avvolta in uno strato di policarbonato nero. Sopra c'era un'etichetta, scritta in tre lingue: «DIPLO-MATICO - NON APRIRE.»

Rask guardò l'etichetta, poi l'equipaggio. «Qualche motivo per cui non dovremmo aprirla?»

Kye sogghignò: «A parte l'etichetta?»

Doc disse: «Potrebbe essere una bomba.»

Mercy disse: «La apro io,» e lo fece con un unico strappo deciso, il coperchio che si spezzò tra le sue mani.

Dentro: oscurità, poi un lento impulso blu. Il bagliore si diffuse, illuminando i volti dell'equipaggio. Lyra fece un passo indietro. Doc sibilò. Kye si sporse in avanti, con gli occhi sgranati.

Rask fissò la luce, il viso che impallidiva. «Oh no,» disse.

Non disse la parte successiva ad alta voce, ma tutti nella stiva la sentirono comunque.

Forse è meglio di no.

CINQUE

La cassa diplomatica giaceva sul ponte, ma il vero pericolo proveniva da ciò che conteneva. Un bio-contenitore sigillato, di ceramica bianca screziata di cobalto, pulsava di una luce blu elettrico così tenue che sembrava fatta apposta per ingannare l'occhio. Il contenitore era alloggiato in un supporto di schiuma a triplo strato, impresso con una matrice di scritte indecifrabili. Alcune delle rune brillavano nel bagliore blu, metà antica maledizione, metà avvertenza di laboratorio.

Il Doc Vellenix girò intorno alla cassa con tutto l'entusiasmo di un uomo che si prepara per la propria autopsia. Indossava guanti in lattice — chi può dire dove li avesse presi — e teneva una bacchetta sensore malconcia protesa come un crocifisso. Passò la bacchetta lungo il bordo del bio-contenitore, senza mai avvicinare il viso alle fessure di ventilazione. La lettura arrivò in silenzio, con tutte le lancette a zero tranne una, che tremolava come se sapesse qualcosa che il resto del dispositivo ignorava.

«Non è una bomba», annunciò il Doc, con la morbosa fermezza di un uomo che desiderava lo fosse. «Almeno non in senso convenzionale.»

Rask fu il primo a spezzare la tensione. «E qual è il senso non convenzionale?»

«Qualsiasi cosa che inizi con 'bio'», disse il Doc, poi spense lo scanner. «È in contenimento, ma la traccia interna è attiva. Se vuoi aprirlo, assicurati che il tuo testamento sia aggiornato.»

Mercy, che si aggirava ai margini della stiva con le mani ficcate in tasca, sogghignò. «Urla se lo scuoti?»

Kye, appollaiato su una cassa di razioni vuota, squadrò il bio-contenitore con palese interesse. «Perché è marchiato in Xenocripto? E chi paga così tanto per l'isolamento, a meno che non stia nascondendo qualcosa di vivo?»

Il Doc ignorò le domande, pungolando il contenitore con l'estremità della bacchetta. «L'involucro è di grado Imperium. Se ci fosse una perdita, non te ne accorgeresti finché non stramazzi a terra morto.»

«Lo dici come se fosse uno svantaggio», disse Rask.

Kye scivolò giù dalla cassa e, prima che qualcuno potesse fermarlo, piantò due dita contro il lato del contenitore. Il Doc inspirò bruscamente a denti stretti, ma non accadde nulla: nessun sibilo, nessun cambiamento nell'impulso blu.

«Stabile», disse Kye, con l'aria di uno chef che controlla se lo stufato si è addensato. «Non ha nemmeno una chiusura secondaria.»

Il Doc abbassò il sensore. «Ti hanno cresciuto in una vasca o è solo una roba da millennial?»

Kye accennò un sorriso, debole ma tagliente, e passò un dito sul sigillo di contenimento imperiale. «Semplicemente non ho paura della mia estinzione. È quasi liberatorio.»

Lyra, che fino a quel momento era stata curva sul terminale diagnostico saldato alla paratia, emise un suono a metà tra un colpo di tosse e una risata abbaiata. Si pulì una striscia di grasso dal naso e fece ruotare la sedia malconcia per fronteggiare gli altri. Le sue mani, coperte di olio fino al gomito, si contraevano al ritmo di una donna che preferirebbe essere ovunque tranne che lì.

«Qualcuno vuole sentire di quanto vadano peggio le cose di sopra?» disse Lyra.

Nessuno alzò la mano, così proseguì senza tanti complimenti.

«Il mainframe non è solo criptato, è adattivo. Ogni volta che lancio un attacco brute force, cambia la sua subroutine. Qualcuno lo ha programmato per imparare da noi. Al momento, non mi lascia entrare, non accetta un codice da capitano e non sblocca l'armadietto dei liquori. Ho persino provato la password predefinita — 'password' — e mi ha solo inviato l'animazione di un pinguino che balla.»

Mercy emise un fischio basso. «Bella spavalderia.»

Lyra la ignorò. «O è programmato per la paranoia, o c'è già qualcosa all'interno, che riscrive le sue stesse regole.»

Rask si accigliò. «Come un clandestino?»

«Come un parassita», disse Lyra, e tamburellò con le dita sul terminale. «O un progetto personale che qualcuno ha introdotto di nascosto prima ancora che arrivassimo noi.»

Il Doc si sfilò i guanti e li gettò nel cestino, con il viso torvo. «Questa nave è maledetta. Ne sono certo.»

Kye spinse la cassa più vicino al Doc con un piede, poi si chinò. «Pensi che sia solo un'IA intelligente? O pensi che sia qualcos'altro?»

Il Doc sbuffò. «Penso che se l'Imperium la rivuole così disperatamente, non dovremmo vivere abbastanza a lungo da scoprire di cosa si tratti.»

Ci fu un attimo in cui tutti guardarono il bio-contenitore, come se si aspettassero che facesse un numero. Rask raccolse il coperchio della cassa e lo rimise a posto, più un gesto simbolico che un vero tentativo di messa in sicurezza.

Mercy spostò il peso, a braccia conserte. «Allora, prossimi passi? Stiamo qui seduti ad aspettare che si schiuda, o qualcuno vuole giocare al dottore e vedere cosa c'è dentro?»

«Non tentarla», disse Kye, facendo un cenno verso Lyra.

«Neanche lontanamente curiosa», replicò Lyra, ma i suoi

occhi non si erano staccati dal sigillo di contenimento. «Voglio solo sapere se ci ucciderà prima che lo faccia l'IA.»

Il sistema di comunicazione emise un segnale, cortese come un receptionist d'albergo.

«Attenzione. Questa nave è designata Meridian. Override di custodia non riconosciuto. Valutazione comportamentale in corso.»

La voce era femminile, perfettamente modulata, e in qualche modo profondamente insincera. Riempì la stiva, echeggiando sul metallo nudo come un verdetto.

Nessuno parlò. Persino Mercy smise di sorridere.

L'impulso blu del bio-contenitore si intensificò, avvolgendo l'equipaggio in una luce sinistra che appiattiva i loro lineamenti in ossa e ombra. Kye si toccò il lato della mascella, come per controllare di averne ancora una.

Il Doc guardò Lyra, che guardò Rask, che guardò la cassa, e infine il soffitto. La nuova designazione della nave pulsava sul display a parete, sovrascrivendo il vecchio registro imperiale.

«Immagino che i custodi siamo noi», sussurrò Kye, così piano che le parole gli morirono sulle labbra.

Il Doc emise un lungo respiro che non si era reso conto di aver trattenuto. «Ci sono lavori peggiori.»

Rask grugnì. «Fammene un esempio.»

Il Doc ci pensò, poi scosse la testa. «Ci penserò e ti farò sapere.»

La voce tornò, liscia come prima.

«Comportamento dell'equipaggio registrato. In attesa della fase successiva.»

Ci fu un brivido collettivo e involontario. Persino il Doc aveva smesso di respirare.

Lyra si alzò, si pulì le mani sulle tute da fatica e fulminò con lo sguardo il terminale come se potesse incendiarlo con la sola forza di volontà. «Se qualcuno mi cerca, sarò in sala macchine. A tentare di evitare che la nave ci divori.»

Nessuno obiettò. Si allontanò a grandi passi, gli stivali che risuonavano sul ponte di metallo, l'eco che si affievoliva con la stessa lenta inevitabilità della speranza.

Kye trascinò la cassa qualche centimetro più vicino alla propria branda e si sedette a gambe incrociate, fissando il contenitore illuminato di blu come se potesse offrire una risposta se osservato abbastanza a lungo.

Rask osservò il bio-contenitore. Il suo riflesso lo fissava dalla ceramica curva, spettrale e incerto.

La stiva era silenziosa, fatta eccezione per il debole e costante impulso blu.

Da qualche parte, nelle profondità dello scafo, l'IA li stava osservando tutti.

La successiva ondata di disastri iniziò nel corridoio, con Lyra che inchiodò Rask contro una paratia con una tale forza da far saltare i rivetti.

«Adesso mi dirai la verità», disse, con voce bassa e pericolosa, «o ti spacco un'orbita con una chiave inglese e me la scopro da sola.»

Rask alzò entrambe le mani, con i palmi in fuori: una rara, quasi impressionante dimostrazione di resa. «Stai sopravvalutando le mie capacità. Ho letteralmente rubato la Meridian nel bel mezzo di una crisi. C'eri anche tu! Tutto quello che so di lei è che al precedente proprietario piacevano i meme porno e non si è preoccupato di cancellare i log.»

Lyra premette l'avambraccio contro la sua gola, più annoiata che arrabbiata. «Allora spiega perché la nave è sigillata come un caveau e ci risponde per nome.»

«Sono sorpreso quanto te», gracchiò Rask. «Giuro.»

Ai margini della scena, il Doc Vellenix si aggirava come un avvoltoio, gli occhi che guizzavano tra le nocche di Lyra e la trachea di Rask come se stesse calcolando le probabilità su quale si sarebbe rotta per prima. Armeggiava con uno scanner diagnostico, fingendo disinteresse mentre monitorava subdolamente i parametri biometrici di tutti.

Mercy era appoggiata allo stipite della porta, braccia conserte, la testa inclinata in quello che poteva essere descritto solo come un fascino teatrale. Faceva saltellare tra le dita un microdetonatore innescato che aveva trovato nell'armeria, un movimento così fluido che era impossibile dire se lo facesse per rilassarsi o per lanciare un avvertimento.

Il Doc si schiarì la gola. «Ho un'altra preoccupazione. Questa cassa... non è nel manifesto di carico. Il che significa che l'unica a tenerla d'occhio è l'IA.»

Mercy si schioccò le labbra. «Buon per lei.»

Lyra li ignorò, si inginocchiò all'altezza della cassa e studiò il sigillo di contenimento imperiale. «Questo marchio... è un sigillo da consegna cieca. Si apre solo quando viene trasmesso il segnale giusto. Il che significa—»

«—che qualcuno sta venendo a ritirarlo», concluse il Doc, con il fatalismo di un prete che impartisce l'estrema unzione.

Kye iniziò a dire qualcos'altro, ma fu interrotto dal ping del comm della nave: un tono acuto e cristallino che li bloccò tutti a metà movimento.

Il display a parete, inattivo per ore, si rianimò con un'efficienza pulita e burocratica. Apparvero quattro volti — Lyra, Rask, Kye, Doc — con Mercy indicata come «Risorsa Ausiliaria: Alta Minaccia».

Ogni volto era contrassegnato da un codice biometrico, un importo della taglia (descritto come «modestamente sconveniente») e un singolo crimine: «Acquisizione non autorizzata di flotta. Sospetta violazione di custodia. Stato: Inseguimento attivo autorizzato.»

Sotto i ritratti, in caratteri giallo acido, lampeggiava una riga di testo: «ARRENDERSI AL PORTO PIÙ VICINO. LA MANCATA OSSERVANZA COMPORTERÀ LA TERMINAZIONE.»

Il Doc impallidì. Kye emise un fischio, basso e musicale. Mercy si limitò a ridere.

Rask guardò Lyra, che se ne stava immobile, l'unico movimento era la lenta contrazione della sua mano destra.

«Congratulazioni», disse lei, con voce piatta. «Siamo ufficialmente pirati.»

Rask cercò di trovare il lato positivo. «La legge non piace a nessuno, comunque.»

Lyra alzò gli occhi al cielo. «Sta' zitto.»

Mercy si scrocchiò le nocche. «Io dico di rendere le cose interessanti. Vendiamo la cassa al miglior offerente, poi facciamo saltare in aria la nave e tutti quelli a bordo. Chi esce per ultimo si becca il diritto di vantarsene.»

Il Doc alzò una mano, esitante. «Potremmo magari non morire per un po'? Giusto il tempo di finire le scartoffie?»

Il comm suonò di nuovo, più debolmente questa volta, come se la nave stessa stesse cercando di soffocare una risata.

Rask si fece avanti, spalle dritte, il volto che si atteggiava alla familiare maschera di ottimismo disperato. «Abbiamo delle opzioni. Troviamo un porto, cambiamo identità, ci diamo alla macchia finché le acque non si calmano. L'ho già fatto.»

Lyra gli lanciò un'occhiata. «E com'è finita l'ultima volta?»

Rask non rispose.

Il silenzio si tese, come un filo metallico.

Le dita di Mercy danzavano sul detonatore. Kye chiuse gli occhi, come se stesse già vedendo scorrere i possibili futuri. Il Doc si controllò il polso, confermò di averne ancora uno e sospirò.

Lyra esaminò l'equipaggio, poi la cassa, poi il display a parete. «Questa nave continuerà a metterci alla prova», disse. «O la superiamo, o moriamo.»

Nessuno dissentì.

Rask sogghignò, un sorriso storto e un po' disperato. «Nel peggiore dei casi, ce ne andremo in un tripudio di gloria.»

Il Doc alzò la sua bottiglia in un brindisi. «Alla gloria, allora.»

I quattro rimasero lì, spalla a spalla nel corridoio troppo stretto, tutti illuminati dalla fredda luce del terminale. Sul muro, i loro volti tremolavano, congelati a mezz'espressione. Pirati, traditori, custodi.

Lyra ruppe il silenzio, la voce più sommessa del solito. «Se qualcuno mi cerca, sarò in sala macchine. A cercare di tenerci in vita.»

Rask le diede una pacca sulla schiena, più forte del necessario. «Questo è lo spirito giusto.»

Mercy sgusciò oltre la porta, il detonatore che le scompariva in una tasca. «Non lasciate che Kye si avvicini al contenitore, a meno che non vogliate scoprire cosa c'è dentro.»

Il Doc indugiò, con gli occhi fissi sul display. «Io sarò in infermeria. Fatemi sapere quando sarà il momento del triage.»

Solo Kye rimase, contemplando la propria immagine, come per imprimere quel momento nella memoria. Sorrise, un sorriso piccolo ed enigmatico.

«Mi sta bene», mormorò, e si inoltrò nell'oscurità.

La nave, percependo la loro decisione, aumentò la circolazione dell'aria quel tanto che bastava per farla sembrare un sospiro distante e soddisfatto.

All'esterno, la Meridian si accese, i sensori che si protendevano come braccia a rete, in cerca della prossima calamità.

L'equipaggio si preparò all'impatto, unito nel suo catastrofico destino comune.

SEI

Rask indisse una riunione d'emergenza alle 07:00, che fu prontamente ignorata da tutti tranne che dalla macchina del caffè. Detto macchinario si rianimò borbottando, produsse qualcosa del colore e della viscosità dell'olio motore e poi, per ragioni che era meglio non approfondire, tentò di autopulirsi con la stessa sostanza.

Mercy arrivò per prima, tazza in mano e pantaloni di un pigiama sformato infilati negli stivali da combattimento d'ordinanza. Si versò una dose generosa del prodotto della macchina, l'annusò e annunciò: «Di nuovo zuppa». Il sorriso non le arrivava agli occhi, che erano cerchiati dall'allerta di chi aveva dormito tre ore sognando spari.

Kye entrò subito dopo, svogliata, col cappuccio alzato e le mani in tasca, lo sguardo che saettava da Mercy al tavolo mensa e di nuovo a Mercy, come a decidere quale dei due avesse più probabilità di esplodere. Afferrò una barretta di razione, la spezzò in due con un morso e poi ne osservò il resto con genuina delusione. «Un abominio di consistenza», disse Kye, lasciando cadere ciò che restava nello scivolo dei rifiuti più vicino. «Non è neanche lontanamente cibo».

Rask attese di proposito l'arrivo di Lyra prima di iniziare.

Lei entrò puntuale, si asciugò le mani su uno straccio e si sedette all'estremità opposta del tavolo con una console portatile, senza mai alzare lo sguardo.

Rask stava in piedi a capotavola, reggendo una logora cartellina per darsi un'autorità che non possedeva. «Bene, ascoltate. Abbiamo un panico con tutti i crismi tra le mani, quindi se poteste gentilmente...»

«La zuppa si è raffreddata», osservò Mercy, col cucchiaio sospeso a mezz'aria.

«...concentrarvi, per favore», insisté Rask. «Siamo allo scoperto, in fuga con un carico che è sia illegale sia chiaramente di valore. Qualcuno lo rivuole indietro. Kye, aggiornami».

Kye si strinse nelle spalle, un gesto appena visibile sotto il cappuccio. «Ho fatto una scansione delle bande di comunicazione. I canali imperiali sono ancora roventi, ma noi siamo sotto il rumore di fondo. Niente di mirato, solo un sacco di urla».

«Bene», disse Rask. «Lyra, situazione?»

Lyra alzò lo sguardo, piatto e ostile. «Sto cancellando il transponder. Se non vogliamo essere abbordati, ci servono una nuova identità e almeno sei salti di registro tra qui e l'ultimo porto». Premette alcuni tasti con precisione chirurgica. «Sempre che il nucleo di navigazione non si fonda nel processo».

Doc entrò fluttuando, il volto terreo, i capelli umidi per il risciacquo chimico che preferiva alle docce. Ignorò del tutto il tavolo e gravitò verso la cassa aperta sul bancone. All'interno, il biocontenitore pulsava, blu e costante. Doc lo osservò come un serpente avrebbe potuto osservare un rivale a cui avesse tolto il veleno: con cautela, ma con un rispetto riluttante. Allungò una mano, diede una pacca sull'involucro di ceramica del contenitore e trasalì quando questo emise un lamento armonico.

«È ancora vivo lì dentro», borbottò Doc. «Questa è nuova. Si sta adattando».

Mercy fece il gesto della pistola con le dita verso il contenitore. «Mi prenoto io, se si schiude».

«Ti prenoti per cosa?» chiese Rask.

«Per il nome».

«Io l'ho chiamato Glim», disse Kye.

Doc la fulminò. «Hai dato un nome alla potenziale arma biologica?»

Kye sorseggiò la sua zuppa, col mignolo alzato. «Do un nome a tutte le cose che potrebbero uccidermi. È educato».

Rask si massaggiò le tempie, ma andò avanti. «Doc, che ne pensi di quello che c'è dentro?»

«Qualcosa di senziente, o quasi. Le emissioni armoniche sono...», Doc fece una pausa, controllò il bagliore del contenitore, «...be', non sono casuali. Credo stia comunicando. Con noi, o con la nave. Forse con entrambi».

Kye intervenne: «Molto in linea con la nostra fortuna».

Rask posò la cartellina. «Bene. Punto due all'ordine del giorno: da stamattina siamo ufficialmente pirati. Lyra, il nuovo pacchetto identificativo è pronto?»

Le dita di Lyra danzarono sulla sua console. «Dammi dieci minuti. Forse è meglio che vi prepariate a una piccola interruzione dei sistemi».

Kye incrociò le braccia, si appoggiò all'indietro e guardò Rask con un'aria di studiato distacco. «Perché non abbracciare semplicemente la vita da pirata? Ci registriamo come agenti liberi, mettiamo all'asta la cassa al miglior offerente e ci compriamo una stazione tutta nostra. Siamo già su ogni lista di sorveglianza».

Doc si voltò dalla cassa. «Perché se metti questa roba sul libero mercato, ti ritrovi addosso assassini con una mira migliore di quella di Mercy. O l'Impero ci incenerisce fino a ridurci in cenere. Nessuna delle due opzioni è ideale».

Mercy posò la tazza, con una forza tale da incrinarne il manico. «Credo che saremmo dei martiri leggendari».

Kye sogghignò, mostrando i denti. «Almeno saremmo ricordati».

Rask si guardò intorno al tavolo e vide un equipaggio non tanto unito quanto reciprocamente legato dalle conseguenze delle proprie pessime decisioni. Tentò di essere ottimista. «Cerchiamo di non morire ancora. Possiamo ancora trovare un acquirente che non voglia indossarci come gioielli».

«Oppure potremmo semplicemente scaricare la cassa nella prossima stella», disse Lyra, senza alzare lo sguardo.

Mercy ci pensò su. «Ma poi Glim si sentirebbe solo».

Doc scosse la testa. «Se quella cosa sta influenzando la nave, potremmo non essere in grado di sbarazzarcene. L'IA si comporta in modo sempre più strano ogni ora che passa».

Come a comando, l'interfono ronzò con una precisione quasi compiaciuta.

«Attenzione, equipaggio», annunciò la voce della nave, dolce e implacabile. «Intercettate comunicazioni a lungo raggio. Vascello in avvicinamento identificato: vettore due-quattro-sei, in chiusura a zero-virgola-zero-otto C. Contatto stimato tra settanta minuti».

Il sorriso di Kye si spense. «Questa non è velocità da cartello».

Le mani di Lyra si bloccarono sulla sua console. «Militari?»

«Non è chiaro», rispose l'IA, sempre con quella voce neutra e irritantemente calma. «Segnatura non presente nel registro. Non autorizzata e non registrata. Si suggerisce maggiore urgenza in tutte le attività».

Rask guardò i volti attorno al tavolo, sentendo quel momento di breve, disperata unità che si verificava quando tutti si rendevano conto che avrebbero potuto davvero morire insieme.

«Bene», disse. «Questo è il nostro segnale. Lyra, cancella subito il transponder. Kye, prepara i diversivi. Mercy...»

Era già sparita, presumibilmente ad armare gli esplosivi.

Doc fissava il contenitore illuminato di blu, l'espressione

mitigata da stupore e rassegnazione. «Glim sta canticchiando di nuovo», disse, e questa volta il tono era quasi affettuoso. «Come se lo sapesse».

Rask non rispose. Non aveva mai trovato le parole giuste per momenti come questo, e sospettava che non le avrebbe mai trovate.

Nel silenzio che seguì, la macchina del caffè gemette, borbottò e si spense. Kye sorseggiò la sua zuppa, fece una smorfia e la versò nel lavandino.

La Meridian, per la prima volta dal suo furto, sembrò una casa: disordinata, scomoda e assolutamente condannata.

Rask si diresse verso il ponte, sapendo che gli altri lo avrebbero seguito.

Dubitava che avrebbero avuto un'altra riunione.

Il ponte della Meridian non era mai stato progettato per più di due persone, ma nel minuto successivo li ospitò tutti e cinque: Rask al timone, Lyra curva sull'ingegneria, Kye alle comunicazioni, Doc che trasportava Glim con entrambe le mani come un neonato, e Mercy spaparanzata a testa in giù sul sedile del navigatore, i piedi che tamburellavano l'aria.

La stima dell'IA di «settanta minuti al contatto» era stata una menzogna, o forse uno scherzo, dato che il vascello non identificato era ora visibile come un puntino nitido e in accelerazione sulla scansione di poppa. Più vicino ai trenta minuti, se fossero stati fortunati.

Rask non perse tempo in preamboli. «Lyra, porta al massimo la potenza... buio completo su tutti i sistemi non essenziali. Se ci fanno un ping, voglio che sembriamo un relitto alla deriva. Kye, prepara un'emissione di segnale con una finta accensione dei motori. Doc, tieni il contenitore fuori vista».

Doc si era già ritirato nell'ombra della paratia, accarezzando Glim con una devozione distratta e inquieta. L'impulso blu del contenitore era diventato un palpito lento e tremulo, e ora emetteva occasionali rintocchi melodici. Sembrava più senziente di ora in ora, cosa che preoccupava Doc e deliziava Mercy, che aveva iniziato a canticchiare seguendo le sue note.

Kye lavorava alle comunicazioni con la precisione indolente di chi da bambina aveva imparato a scrivere hackerando distributori automatici. «Posso simulare un segnale di soccorso, ma capiranno che è un trucco dopo venti secondi. Questa non è un'operazione di recupero, sono qui per noi».

Le dita di Lyra sfrecciarono sul pannello dell'ingegneria. «Ci abborderanno, se pensano che ci stiamo nascondendo».

Rask grugnì. «Allora lasciamo che ci abbordino, ma alle nostre condizioni». Attivò il sistema d'arma principale, lo vide passare da "Dormiente" a "Inaffidabile" a "Attivo - Solo Manuale". Avrebbe dovuto sparare a mano, cosa che non faceva dai tempi del colpo su Ceres.

Mercy, ora completamente a testa in giù e col viso arrossato dal sangue, chiese: «Possiamo accoglierli con la zuppa?»

«Solo se è bollente», disse Kye.

Sul ponte calò il silenzio, rotto solo dalla morbida e sempre più complessa armonia proveniente dal contenitore tra le braccia di Doc. Rask controllò il sistema di puntamento, vide che il vascello in arrivo – più piccolo, più veloce e con una segnatura energetica che riconobbe come ex-militare – stava spingendo al massimo per intercettarli.

«La registrazione è criptata», disse Kye, «ma la segnatura del motore è da corsari. Potrebbe essere chiunque, da un cacciatore di taglie a un recuperatore freelance».

«O entrambi», disse Lyra. «Abbiamo abbastanza nemici per due equipaggi».

Doc sbirciò da sopra la cassa. «Se è per una taglia, ci vorranno vivi».

Il sorriso di Mercy era luminoso, come se avesse appena ricevuto una buona notizia. «Sei ottimista, Doc».

Il puntino sullo schermo crebbe, risolvendosi in una nave dalle linee familiari in un modo che Rask avrebbe preferito non lo fossero. Serrò la mascella, portò il sistema in modalità passiva e attese. Il pannello delle comunicazioni si illuminò, segnalando una chiamata in arrivo.

Kye inarcò un sopracciglio. «Ci stanno chiamando. Rispondo?»

Rask esitò, un secondo di troppo. «Fallo. Solo altoparlante».

Kye premette un pulsante e una voce inondò il ponte. Era secca, modulata e portava con sé la pazienza tagliente di chi aveva provato quel discorso davanti a uno specchio per diversi giorni.

«Vascello non identificato. Qui è la Seraphine, operante sotto autorità di recupero privata. La vostra registrazione non è valida e la vostra rotta viola i protocolli imperiali di non sorvolo. Preparatevi all'abbordaggio».

Lyra espirò, un soffio basso e infastidito. «Addio furtività».

Mercy si raddrizzò e cominciò a frugare in un compartimento laterale. «Devo preparare il tè per i visitatori?»

Doc non si mosse, si limitò a stringere la presa su Glim e a borbottare: «Non lasciarli avvicinare al contenitore. Adesso è cosciente».

Kye disattivò la comunicazione. «Se fuggiamo, ci sparano. Se combattiamo, moriamo più in fretta. Preferenze?»

«Prendiamo tempo», disse Rask. Si passò le dita tra i capelli, combattendo la vecchia compulsione a mostrarsi presentabile per una corte marziale. «Fagli credere che siamo degli idioti o indifesi. Potremmo avere fortuna».

Mercy alzò lo sguardo, già intenta a preparare un vassoio con tazze spaiate. «O potremmo essere abbordati da qualcuno di divertente».

Kye e Lyra si scambiarono un'occhiata che era per un terzo rispetto reciproco e per due terzi certezza di un destino comune. Kye disse: «Vuoi che risponda?»

«Fai sembrare che siamo in difficoltà», disse Rask. «Ma non esagerare. Non siamo così bravi a recitare».

Kye sogghignò. «Mi sottovaluti», e premette il tasto di trasmissione. La sua voce emerse come un lamento acuto e nasale: «Seraphine, stiamo... riscontrando un'avaria totale dei sistemi. Equipaggio incapacitato. Richiediamo assistenza medica e pietà. Rispondete, per favore».

La tazza di Mercy tintinnò per le risate. «Dieci e lode».

Lyra alzò gli occhi al cielo, ma le sue mani non smisero mai di ricalibrare la rete energetica della nave. «Stanno decelerando. Avremo cinque minuti di tregua prima che attracchino».

Lo sguardo di Doc non si staccava dal contenitore, che ora pulsava al ritmo del cuore morente della nave. «Sta trasmettendo», disse. «Lo sento».

Gli occhi di Kye si strinsero. «Riesci a farlo stare zitto?»

Doc sembrò sinceramente ferito. «Non è un problema».

«È un radiofaro», ribatté Lyra.

Rask chiuse gli occhi, contò fino a tre. «Doc, porta Glim nella stiva inferiore. Mercy, vai con lui. Se ci abbordano, prendi tempo».

Mercy fece il saluto con la tazza. «Agli ordini, capitano». Afferrò Doc per un gomito e lo trascinò lungo il corridoio con la forza di un bulldozer di medie dimensioni.

Il ponte sembrò più vuoto, in qualche modo, senza di loro. Rask scrutò lo schermo, osservando la Seraphine scivolare in stretta formazione. Il suo scafo era bianco come l'osso e immacolato, con un equipaggio pagato non solo per uccidere, ma per farlo sembrare bello in video.

La console di Kye lampeggiò. «Stanno tentando una nuova chiamata. Questa è criptata».

Rask annuì. «Passamela in privato».

Si aspettava una voce. Invece, lo schermo tremolò, luccicò e si risolse in un volto che non vedeva da anni.

A Rask mancò il fiato, come se gli avessero staccato la

spina. La donna sullo schermo sembrava immutata: naso affilato, occhi scuri e un'attaccatura dei capelli che era sempre stata dalla parte vincente di una corsa agli armamenti genetici. Il suo sorriso era piccolo e sottile come una lama, del tipo che si ottiene tagliando accordi o gole.

Disse: «Ciao, Rask. Rubi ancora cose che non capisci?»

Lyra rimase a bocca aperta. Kye emise un fischio, lungo e basso.

Rask mantenne il volto impassibile. «Vexa. Non hai mai saputo come bussare».

Lei rise, una risata leggera e fredda. «Perché sprecare energie? Non sei mai vestito per ricevere visite».

Lyra si sporse sulla console. «Voi due vi conoscete?»

Rask non rispose. Lo fece Kye per lui: «È il motivo per cui non può più avvicinarsi ai sistemi del Nucleo».

Le sopracciglia di Vexa ebbero un fremito. «Le notizie viaggiano veloci, nell'Orlo Esterno».

Rask ritrovò la voce. «Non lavori per una compagnia di recupero. Cosa vuoi?»

Il sorriso di Vexa si allargò di un nanometro. «Cosa credi? Quella nave e tutto ciò che contiene. Tu. Preferibilmente vivo, ma non sono schizzinosa».

Kye silenziò l'audio. «Su una scala da uno a dieci, quanto è grave la situazione?»

«Undici», disse Rask.

Lyra annuì, già compilando una lista mentale di tutte le cose che potevano essere trasformate in bombe in meno di cinque minuti. «Non possiamo batterli in uno scontro a fuoco. Forse possiamo batterli d'astuzia».

Vexa attese, paziente, come se potesse sentire il loro panico attraverso il vuoto. Quando Kye ripristinò l'audio, disse: «Le vostre comunicazioni sono ridicolmente permeabili, Rask. Arrenditi e farò in fretta».

La voce di Mercy giunse dal corridoio, leggermente attutita: «Metto su il bollitore per la tua ex, capitano?»

Kye represse una risata soffocata. Rask la ignorò.

Disse: «Se cerchi il contenitore, sei già morta».

Gli occhi di Vexa guizzarono di lato, solo per una frazione di secondo. «Quindi, sai cosa è».

Rask si strinse nelle spalle, facendolo sembrare facile. «Nessuno sa cosa sia. È questo il problema».

Il pannello di Lyra emise un avviso: la Seraphine aveva iniziato le procedure di attracco, agganciandosi allo scafo con una forza sufficiente a far vibrare le piastre del ponte.

Kye sibilò: «Hanno fatto breccia in quattro punti. Stanno mandando una squadra».

Rask guardò Lyra, poi Kye, e infine il muro vuoto dietro il visore. Soppesò le probabilità, le trovò insufficienti e sogghignò nonostante tutto.

«Facciamogliela pagare il più cara possibile», disse.

Lyra armò le cariche anti-abbordaggio. «Sissignore, capitano».

Kye reindirizzò tutte le telecamere di sicurezza per trasmettere in loop un filmato di venti secondi di corridoi vuoti. «Devo dirgli che siamo già morti?»

«Solo se vuoi che si sbrighino».

Sullo schermo, il sorriso di Vexa svanì, sostituito da uno sguardo di sincera aspettativa. «Sto venendo da te, Rask. Cerca di non deludermi».

Il collegamento si interruppe. Il silenzio che seguì era intriso della consapevolezza che, di tutti i possibili incontri tra navi nell'Orlo Esterno, questo era quello che Rask avrebbe meno voluto.

Diede un'occhiata a Lyra, che aveva impostato il pannello per scorrere ogni protocollo di isolamento che riusciva a trovare.

Kye era già al portello, con in mano un coltello piccolo e sgraziato e l'espressione di chi sta per perdere una scommessa.

Nella stiva inferiore, Doc e Mercy erano rannicchiati su Glim, che ora brillava come un faro, blu come la nascita, il suo canto che si alzava in un lamento acuto che faceva vibrare lo scafo.

La voce dell'IA, così calma da rasentare la presunzione, disse: «Il protocollo di valutazione richiede il confronto. Probabilità di sopravvivenza: diciassette per cento. Vi preghiamo di godervi il resto del vostro tempo a bordo della Meridian».

Nessuno rispose. Era la migliore offerta che avessero ricevuto in tutta la giornata.

Lyra sigillò il ponte, poi guardò Rask, la voce insolitamente gentile.

«Tutto bene?»

Rask annuì. «Vecchi fantasmi. Mai morti come si spera».

Kye alzò gli occhi al cielo. «Facciamocene di nuovi».

Si prepararono, insieme, per la fase successiva.

All'esterno, la Seraphine scintillava, pronta a finire ciò che aveva iniziato. All'interno, l'equipaggio della Meridian si aggrappava alle sue scarse probabilità e al suo piano ancora peggiore, determinato a non andarsene con un lamento, ma con una fragorosa e appropriatamente teatrale esplosione.

SETTE

Il primo suono fu il sibilo del tunnel d'attracco che si sigillava: un'esalazione rettiliana che attraversò lo scafo della Meridian e risalì le vertebre di Rask, una tacca deliberata alla volta. Nella stiva di mezzanave, dove doveva aver luogo l'abboccamento, la condensa tremolò lungo le giunture del ponte. L'aria, già densa di perdite di refrigerante e di vecchio sudore, si immobilizzò in attesa.

Mercy fu la prima a muoversi, perlustrando il perimetro con la sua granata preferita in una mano e gli occhi che già roteavano all'idea di una negoziazione. Lyra stava con le braccia incrociate sulla tuta da fatica consunta, piantata alla fine della rampa di carico, una postura che diceva «accesso negato» in ogni dialetto conosciuto. Doc si posizionò dietro la cassa diplomatica, non per nascondersi, ma semplicemente trattando il sarcofago di policarbonato come un paziente bisognoso di vigile supervisione. Kye ciondolava vicino alla paratia, con le mani in tasca e un linguaggio del corpo che era un caso di studio sulla negazione plausibile.

Il resto delle luci della nave era passato al rosso d'emergenza, ma la stiva era immersa in una strana luce blu. L'effetto era funereo, se mai si fossero tenuti funerali in una ghiacciaia e avessero comportato più stalli alla messicana che discorsi.

Il tunnel si sganciò con un tonfo, seguito dal calpestio pneumatico di stivali sul ponte. Vexa Ryne entrò con due tenenti, ognuno un monumento ai potenziamenti imperiali: corazza sottocutanea lucida, andatura precisa, volti levigati da almeno un decennio di chirurgia elettiva. Il primo, alto, pallido, maschio, scrutò la stanza con lenti sensibili agli infrarossi che brillarono quando si posarono su Mercy. Il secondo era più basso e con la stazza di un'arma d'assedio, la pelle scura e punteggiata dalle linee rivelatrici dei filamenti di miomero. Entrambi indossavano la stessa uniforme: una tuta aderente, due armi visibili ed espressioni svariati gradi al di sotto dell'annoiato.

Vexa stessa indossava lo stesso cappotto nero a collo alto che Rask ricordava di tre anni prima, ma il volto soprastante era diventato più affilato e cattivo, come se il tempo e il rancore si fossero coalizzati per levigarlo fino all'essenziale. Lasciò che l'aria si sospendesse per un istante prima di entrare del tutto, i suoi stivali che non producevano alcun suono sul ponte composito.

Si fermò a tre metri da Rask, le mani nelle tasche del cappotto, la testa piegata in un esagerato gesto di ispezione.

«Rask» disse. «Ancora vivo. È... notevole.»

Lui sorrise, un sorriso piccolo e asimmetrico. «Vexa. Non posso dire che mi sia mancato il tuo senso del dramma.»

Lei esaminò la stiva con una rapida occhiata, poi fece una smorfia alla cassa illuminata di blu. «Hai sempre avuto un debole per gli oggetti dal valore discutibile.»

«Rischio del mestiere» replicò Rask, rimanendo perfettamente immobile. La sua mano destra, non vista, tamburellava tre dita contro la coscia. Il ritmo avrebbe dovuto calmarlo; non funzionò.

I tenenti di Vexa si staccarono, uno per lato, adottando quella che doveva essere una posizione a tenaglia da manuale.

Lei li ignorò. «Vedo che hai potenziato la sicurezza dall'ultima volta» disse, con un cenno verso Mercy.

Mercy rispose digrignando i denti e facendo roteare la granata. «La tua valutazione della minaccia è lusinghiera» intonò, con voce monotona. «Ma se provi qualcosa, ridecorerò la stiva con i tuoi polmoni.»

Il tenente più alto sogghignò, ma Vexa non distolse lo sguardo da Rask.

«Allora perché questo incontro?» chiese lei. «Perché non scappare e basta, come fai sempre?»

Lui si strinse nelle spalle. «Ho sviluppato un'avversione per lo spreco di energie. E poi, pensavo che ti saresti goduta lo spettacolo.»

Lei si concesse un sorriso sottile, poi percorse un lento arco ellittico attorno alla cassa, fermandosi giusto il tempo di squadrare Lyra, che non ricambiò la cortesia.

«La tua ingegnera sembra tesa» osservò Vexa.

«Odia essere interrotta» replicò Rask.

Lyra non disse nulla. L'espressione sul suo volto suggeriva che stesse architettando almeno tre metodi di omicidio usando solo i sistemi di fissaggio della cassa e le proprie rotule.

Vexa completò il giro e si fermò direttamente di fronte alla cassa, appoggiando entrambe le mani piatte sul coperchio. «Allora, è per questo tutto 'sto clamore.»

Doc si schiarì la gola, con fare gentile e stanco. «Non toccare. Lei è...» cercò una parola, non ne trovò nessuna e ripiegò su, «...suscettibile.»

Vexa guardò Doc come se avesse notato una macchia sul polsino. «So cosa c'è dentro. Più o meno.»

Mercy, alle sue spalle, iniziò un canto basso e costante: «minaccia, minaccia, minaccia, minaccia...» Iniziò come un sussurro, ma a ogni ripetizione alzava il volume di una tacca, come se si stesse sintonizzando per la violenza.

Vexa la ignorò.

«Voglio la cassa» disse, «e sono autorizzata a prenderla con ogni mezzo che riterrò... divertente.»

«Dovrai prima ucciderci» disse Lyra, con la voce fredda come la stiva.

Vexa tamburellò due volte sul coperchio, quasi con gentilezza. «Si può organizzare, ma preferirei di no. Troppo casino.»

Kye si staccò dalla parete, con le mani ancora in tasca, ed entrò nel tenue cerchio di luce blu. «Tu hai fatto i conti. E anche noi. Lo stallo finisce con due equipaggi morti, la cassa probabilmente compromessa e nessuno che incassa.» I suoi occhi passarono rapidamente sui tenenti di Vexa, ne mapparono gli angoli, poi tornarono su Vexa stessa. «C'è un accordo migliore.»

Vexa guardò Kye, poi Rask, poi di nuovo Kye. «Lasciami indovinare: dividiamo i proventi e ognuno per la sua strada?»

Kye si strinse nelle spalle. «Oppure diventiamo creativi. I compratori che vuoi stanno già tracciando la cosa. Il cartello pagherà di più se vedrà il tuo nome sulla bolla di carico. L'Imperium vuole la negazione plausibile, il che significa che vuole la cassa persa, non trovata. Potresti viverci di rendita con i margini, se sei prudente.»

Vexa non rise, ma i suoi occhi si strinsero in un gesto di apprezzamento. «Sei una persona intelligente. Mi piaci. La maggior parte delle volte, devo strappare il cervello dall'equipaggio e ficcarlo a forza in gola agli altri.»

Kye sorrise, un sorriso superficiale e rettiliano. «Sono adattabile.»

Il canto di Mercy aveva raggiunto un livello conversazionale. «Minaccia. Minaccia. Minaccia. Minaccia.» Il tenente più alto rischiò un'occhiata alle sue spalle, per poi pentirsene immediatamente.

Rask fece finta di rilassare le spalle. «Puoi avere la cassa» disse, con la sicurezza di un uomo la cui intera mano consisteva in una singola figura e una manciata di cambiali. «Ma solo se ci lasci andare. Niente trucchi, niente pedinamenti.»

La mano di Vexa tracciò un cerchio pigro sulla superficie della cassa. «Come posso fidarmi di te?»

«Non puoi» disse Rask. «Ma entrambi sappiamo come funziona. Vantaggio reciproco e tutto il resto.»

Vexa rifletté. «Cosa mi impedisce di spararti adesso?»

Lui la guardò negli occhi. «La stessa cosa di sempre. L'analisi costi-benefici. Se ci uccidi, dovrai trasportare la cassa da sola. E con quello che c'è dentro...» annuì verso il contenitore, «...è un grosso rischio per un piccolo guadagno.»

Lei non rispose subito. Invece, si rivolse a Lyra. «Cosa ne pensi, ingegnera? Mi sta prendendo in giro?»

La risposta di Lyra fu un capolavoro di minimalismo. «No.»

Vexa soppesò la risposta, poi tornò a guardare Rask. «Se dico di sì, qual è la tua prossima mossa?»

«Saltare in un posto di cui nessuno ha mai sentito parlare» disse Rask. «Diventare irrilevanti.»

Per un secondo, sembrò che Vexa potesse accettare l'offerta. Le sue dita tamburellarono un motivo sulla cassa, ritmicamente fuori tempo. La luce blu si rifletteva nei suoi occhi, trasformandoli nel colore di un frutto ammaccato.

Dietro di lei, il canto di Mercy si intensificò: «MINACCIA MINACCIA MINACCIA MINACCIA—»

Doc, che fino a quel momento era rimasto una nullità, si allungò verso un armadietto a muro, tirò fuori una coperta termica e la drappeggiò sulla cassa con un gesto così delicato da sembrare un insulto deliberato. Gli occhi di Vexa scattarono verso il movimento, ma lasciò fare.

«Bene» disse lei. «Ecco la mia offerta. Voi ve ne andate. Io prendo la cassa. Nessun inseguimento, nessuna comunicazione, e se mai vedrò di nuovo il tuo equipaggio, vi espellerò dai portelli di decompressione a vista.»

Rask annuì. «D'accordo.»

Lei sorrise. «Così, senza battere ciglio?»

Rask allargò le mani. «Non sono un mostro, Vexa. Voglio solo sopravvivere.»

«Vedi di riuscirci» replicò lei.

L'accordo, se così si poteva chiamare, rimase sospeso nell'aria come una carica statica. Vexa fece un cenno ai suoi tenenti e loro si fecero avanti, ciascuno togliendosi uno zaino dalle spalle con la memoria muscolare di soldati addestrati a prendere e mantenere la posizione.

L'equipaggio osservava, nessuno respirava.

Mercy, finalmente, tacque.

Vexa fece per andarsene, poi si fermò sulla rampa. Si guardò alle spalle, un barlume di qualcosa – forse delusione, forse rispetto – che le attraversava il volto.

«Avresti potuto creare più problemi» disse.

Rask le concesse il più piccolo degli stringimenti di spalle. «Sto invecchiando.»

Vexa sorrise. Stavolta, fu un sorriso genuino.

E poi se ne andò, seguita dai suoi tenenti, con la cassa tra loro come il premio di un necroforo.

Il tunnel d'attracco si richiuse. Il sibilo della partenza fu più forte di quello dell'arrivo. Rask si lasciò crollare contro la parete più vicina, la pelle umidiccia di adrenalina.

Lyra parlò per prima. «Tornerà.»

«Non per un po'» disse Rask, già in lutto per la cassa.

Kye controllò i sensori, osservò il puntino che era la nave di Vexa allontanarsi. «Non sta nemmeno mascherando la traiettoria.»

Doc piegò la coperta termica, con le dita che tremavano, e la ripose in un contenitore. «Ha ragione riguardo ai problemi» disse. «Avremmo potuto crearne molti di più.»

Mercy sogghignò, mostrando tutti i denti. «Possiamo ancora provare.»

Rask scosse la testa, ma il pensiero rimase. «Forse la prossima volta.»

Rimasero in silenzio, loro quattro, ognuno perso nelle proprie equazioni.

Fuori, le stelle continuavano il loro corso come se nulla fosse accaduto.

Dentro, la Meridian si spense, passando alla luce blu.

Lyra si era chiusa in sala macchine e non rispondeva a colpi, chiamate via com o alle minacce sempre più creative di Mercy. Doc sedeva in infermeria, medicando una vecchia ferita e ignorando quelle più recenti. Rask rimaneva in plancia, reindirizzando ogni sistema in manuale mentre leggeva e rileggeva il sottotesto delle ultime parole di Vexa.

Fu Kye a rompere il silenzio. Si materializzò nel cockpit, a mani vuote, con il volto imperscrutabile, e osservò Rask pilotare per un minuto prima di parlare.

«Non se n'è andata» disse Kye.

Rask non distolse lo sguardo dai comandi. «No. Sta aspettando.»

Kye prese l'altro sedile, spaparanzandosi in una postura che sembrava casuale ma che metteva ogni sistema principale a portata di mano. «Ha lasciato una microspia sull'IA. È inerte, ma se la stuzzico, conoscerà la nostra posizione entro due salti.»

«Non stuzzicarla.»

«Non lo farei mai» disse Kye, e in qualche modo riuscì a sembrare sincerə.

Per un lungo periodo, si limitarono a guardare lo schermo di navigazione, che mostrava un'unica, fredda traiettoria che si incurvava lontano dall'ultimo sistema abitabile per anni luce in ogni direzione.

In infermeria, Glim – la cassa, l'artefatto, l'irrazionale – cominciò a vibrare. Iniziò ai margini della percezione, una sottile vibrazione che fece rizzare ogni pelo sulle braccia di Doc, per poi intensificarsi fino a un ronzio pienamente tattile. Il bagliore blu, prima ambientale, iniziò a lampeggiare a intervalli di tre secondi.

Doc lo fissò, poi lo scanner medico, che registrava un costante aumento della produzione di energia e, meno utilmente, una tendenza crescente nell'«agitazione comportamentale». Accese il com interno.

«Sta avendo un picco» disse. «Se avete intenzione di buttarlo fuori bordo, questo è il momento. Se non avesse già capito che non c'era niente nella cassa, lo saprà adesso.»

La voce di Lyra, più impassibile che mai, risuonò dall'altoparlante. «Espellere il contenitore depressurizzerebbe metà della stiva e ucciderebbe chiunque si trovi entro quaranta metri.»

Doc ci pensò. «Non ci vedo uno svantaggio.»

Mercy, che si era accampata fuori dall'infermeria con un panino e una pistola al plasma, gridò: «Posso entrare o sta per esplodere?»

Doc sbloccò il portello e Mercy entrò furtivamente, masticando pensierosa.

Osservò l'artefatto con curiosità professionale. «Cosa succede se gli spari?»

Doc si strinse nelle spalle. «Nel migliore dei casi, niente. Nel peggiore, una breccia nel contenimento.»

Mercy sorrise. «Quindi, probabilmente non gli sparerò.»

«Non oggi» disse Doc.

Nello stesso istante, l'illuminazione ambientale della nave passò dal blu al bianco osso, e poi di nuovo al blu. I motori balbettarono. Ogni allarme di sistema suonò contemporaneamente.

Rask si raddrizzò sul sedile del pilota. «È qui.»

Kye attivò il com, a bassa voce. «Trasmissione in arrivo, locale. La crittografia è vecchia, militare, ma il pacchetto è contrassegnato con la sua biometria.»

Rask chiuse gli occhi, poi li riaprì, rassegnato. «Mettila in comunicazione.»

La voce di Vexa, impeccabile e senza fretta, riempì la plancia. «Ho pensato di offrirvi un'ultima possibilità di riconsiderare.»

Rask resistette all'impulso di spaccare qualcosa. «Non riconsideriamo un bel niente.»

Una risata secca. «Lo immaginavo. Godetevi i vostri prossimi cinque minuti.»

Il com si spense.

Rask guardò Kye. «Quanto è vicina?»

«Trenta secondi all'intercettazione, supponendo che non si stia mascherando.»

Rask attivò il com d'emergenza. «Tutti nella stiva. Adesso.»

Mercy e Doc erano già a metà strada. Lyra emerse dalla sala macchine, con una macchia di grasso sulla mascella e una chiave inglese in mano.

«Situazione?» sbottò.

Rask corse, arrivando proprio mentre il portello di decompressione della Seraphine iniziava ad accoppiarsi con lo scafo. «Sta per abbordare. Come prima.»

Lyra controllò lo stato di Glim, poi lanciò un'occhiata a Mercy. «Piano?»

Mercy sogghignò. «Spara a tutti tranne che a noi.»

«Per me funziona» borbottò Lyra.

Il portello interno si aprì. La temperatura nella stiva precipitò, una brina visibile si diffuse sulle piastre del ponte. Le pulsazioni di Glim raddoppiarono, diventando un rombo subsonico che fece vibrare i denti di tutti.

Doc avvolse le braccia intorno al contenitore, con voce roca. «Sta rispondendo allo stress. Se si rompe—»

«Non lasciarlo rompere» disse Lyra.

Il portello si spalancò. Vexa entrò, stavolta da sola, con le mani tenute larghe in una parodia di resa. Sorrise a Rask, poi a

Mercy, e infine a Kye, che si era spostato in una posizione più alta dietro una rete da carico.

«Bello vedervi tutti insieme» disse Vexa. «Semplifichiamo le cose. Datemi quello che avete tolto dalla cassa. Ora.»

Rask si mise tra lei e Glim. «Non lo prenderai.»

Lei emise un "tsk", scuotendo la testa. «Hai sempre avuto il complesso dell'eroe.»

La pistola al plasma di Mercy emise un lamento mentre la caricava. «Minaccia» disse, la voce di nuovo monotona. «Minaccia. Minaccia.»

Vexa la ignorò, con gli occhi fissi su Rask. «Non essere stupido. Sai come va a finire.»

Lui lo sapeva. Era quella la parte peggiore.

Dal corridoio, uno dei tenenti di Vexa entrò barcollando, il volto contorto dallo sforzo. Il suo braccio sinistro pendeva inutile, la rete di miomero sotto la pelle che si contraeva in spasmi furiosi e indipendenti. Il blu della cassa di Glim gli lambiva il volto a impulsi.

«Capitano...» tentò di dire, ma crollò prima di poter finire.

Vexa si voltò, le labbra serrate. «Alzati.»

Lui non lo fece. Invece, cominciò a convulsare, metallo e ossa che grattavano il ponte in un ritmo lento e sgradevole.

La voce piatta di Kye giunse dall'alto. «Lo sta hackerando. O qualcosa del genere.»

Doc, sudando, cercò di angolare Glim lontano dal trambusto. «Non l'ha mai fatto prima.»

Lyra imprecò e afferrò un estintore, puntandolo contro il tenente a terra. «Se va fino in fondo, lo congelo.»

Le mani di Vexa scattarono alla sua arma da fianco. «È stata colpa tua, Rask.»

Rask scosse la testa. «L'hai portato tu qui.»

La radiosità blu di Glim raggiunse l'apice, poi si spostò nell'ultravioletto. La temperatura scese di nuovo, bruscamente. Tutti esalarono una nebbia visibile.

Il secondo tenente, in piedi sulla soglia, si piegò in due e cominciò a sanguinare dal naso, poi dagli occhi. Non disse nulla, si accartocciò semplicemente in posizione fetale.

Mercy si fece avanti, pistola alzata. «Se lo vuoi, devi passare sopra di noi.»

Vexa puntò la propria arma contro Mercy, poi, quasi pigramente, sparò all'estintore nelle mani di Lyra, facendolo volare via.

Per un secondo perfetto, tutti rimasero come in un quadro: Rask in posa, Mercy che sogghignava, Lyra furiosa, Doc che proteggeva Glim, Kye che osservava, Vexa al centro.

La voce di Kye, chiara e calma: «Dovresti scappare, Vexa.»

Gli occhi di Vexa scattarono verso l'alto. «Perché?»

Kye sorrise. «Perché se non lo fai, siamo tutti morti.»

Il dito di Vexa si strinse sul grilletto.

Rask si lanciò verso l'override manuale nascosto sotto il pannello di navigazione. L'aveva trovato nel codice della nave, un failsafe lasciato dal precedente proprietario della Meridian: un protocollo di ultima istanza per liberare la nave da abbordatori ostili.

Digitò la sequenza. I sistemi della nave urlarono, poi si spensero. L'unica luce rimasta era la corona blu di Glim, che ora lampeggiava così forte da lasciare immagini residue. Il ponte vibrò, poi sussultò, poi si squarciò con un suono simile a quello di Dio che perde una scommessa.

La stiva si riempì di un tono acuto e crescente, un'armonica che bypassava le orecchie e faceva vibrare il cranio.

Vexa si voltò per sparare, ma il suo braccio si bloccò a mezz'aria. Mercy urlò e continuò a sparare, anche se ogni colpo si inarcava lontano da Vexa e si disperdeva nell'aria, come se la nave stessa si rifiutasse di lasciarle colpire il bersaglio.

Il tenente a terra ebbe una convulsione, con gli occhi rivoltati. Lyra cercò di trascinare Doc lontano da Glim, ma le sue dita si bloccarono, rifiutandosi di lasciar andare la presa.

Rask premette il secondo grilletto. Il teletrasporto d'emergenza, un hack brutale e non testato dell'IA della nave, si attivò. Ci fu un pop, un sibilo pneumatico, e poi una detonazione di fuoco blu.

Vexa e il suo equipaggio svanirono, lasciando dietro di sé una puzza di ozono e la più flebile eco dell'armonica.

Il silenzio calò, duro e assoluto.

Mercy si accasciò in ginocchio, tremando.

Kye scese dalla rete da carico, respirando affannosamente. «Ha funzionato?»

Le mani di Rask tremavano sul pannello. «Ha funzionato.»

Lyra si inginocchiò accanto a Doc, che ora respirava, ma a malapena. «Dove sono andati?»

Kye scansionò i sensori interni, poi quelli esterni. «Non su questa nave. Forse sulla sua.»

Rask si appoggiò alla paratia, l'adrenalina che usciva dal suo sistema tutta in una volta. «Che Dio l'aiuti.»

«Che Dio aiuti anche Kye» disse Lyra, con voce fragile.

Guardarono tutti il punto in cui Kye si trovava pochi istanti prima.

Il com trillò.

Kye, ancora sorridente, toccò il pannello. Il suo volto apparve sullo schermo, con un'aria leggermente più viva di quanto avesse il diritto di essere.

«Ciao, amici» disse Kye, con la voce che proveniva dall'audio della nave. «Pare che io sia sulla Seraphine.»

Sullo sfondo, Vexa infuriava, la cassa aperta che pulsava al suo fianco.

«Non è contenta» disse Kye. «Ma immagino che le serva come merce di scambio. Non credo che mi sparerà, non ancora.»

Doc sogghignò, i denti rosati per lo stress. «Ben fatto.»

Mercy si alzò, si spolverò e disse: «Voglio ancora spararle.»

Lyra si appoggiò al muro, la stanchezza che la stava raggiungendo. «Lo farai. Dalle tempo.»

Rask guardò lo schermo, il volto di Kye: viv∂, sfidante e, per la prima volta, genuinamente soddisfatto.

«Non morire» disse.

Il sorriso di Kye si affilò. «Non ci penso nemmeno.»

Fuori, la Seraphine si accese, bianco-blu e rabbiosa, e la Meridian puntò il muso verso il buio.

Lasciarono il sistema a tutta velocità, una nave che inseguiva l'altra, entrambe pulsanti di un improbabile blu.

Rask si lasciò cadere sul sedile del pilota, sentì Lyra, Mercy e Doc sistemarsi intorno a lui, ed esalò.

Guardò la nuova traiettoria tracciarsi da sola: cieca, stupida, speranzosa.

«La prossima volta» disse, «non accettiamo lavori con contenitori.»

Mercy sogghignò. «La prossima volta, spariamo per primi.»

Lyra si tolse una striscia di grasso dalla guancia. «La prossima volta, vinciamo.»

La nave procedeva in silenzio, l'universo indifferente.

Ma si stavano ancora muovendo, e per ora, era abbastanza.

OTTO

La Meridian sbandò, gemette e petiò attraverso l'iperspazio con una dignità che si sarebbe potuta definire ipotetica. La maggior parte dei pannelli diagnostici interni era passata a "Non riparabile" o, occasionalmente, a "Va tutto bene, probabilmente", e la fioca illuminazione rossa d'emergenza era diventata una sorta di stile di vita per tutta la nave. Il visore di prua, incrinato a ragnatela dal recente incontro con la Seraphine, offriva una visione itterica del vuoto.

Lyra scrutava la plancia con l'espressione di una persona che non solo se lo aspettava, ma si sentiva personalmente offesa che nessun altro l'avesse previsto. Stava in piedi, a braccia conserte, con le maniche della camicia perennemente scure di olio motore. Il ginocchio destro dei suoi pantaloni si era un po' macchiato di sangue durante i tentativi della giornata di domare l'iperpropulsore, ma lei aveva tamponato la ferita con nastro isolante e rabbia.

Rask occupava la poltrona del capitano con l'aria di chi si era sentito dire, ripetutamente, di non toccare il pulsante rosso e di conseguenza aveva perso diverse dita. Fissava dritto davanti a sé, la mascella serrata, i pollici che affondavano nei braccioli del sedile con una determinazione da far sbiancare le nocche. L'unica cosa di lui che non urlava "leader fallito e scon-siderato" era il suo rifiuto di battere ciglio.

Mercy si era impossessata dell'intera parete di tribordo, camminando avanti e indietro come una iena in gabbia, con gli stivali che stridevano esattamente nel punto in cui avrebbe infastidito di più tutti quanti. Faceva roteare un rivetto della paratia tra le dita, lanciandolo di tanto in tanto contro lo schermo delle comunicazioni, in un modo che suggeriva che il gioco avesse regole che solo lei capiva.

Doc stava acquattato nel portello, chino su un kit medico come se contenesse non tanto medicine quanto speranza. Passò un pollice sulla similpelle di una stecca, gli occhi che saettavano tra Lyra e Rask, poi fuori dal visore, come per confermare che sì, lo spazio era ancora lì e no, non aveva ancora prodotto una via di fuga personale per lui.

La plancia puzzava di sudore, di antisettico scadente e della circuiteria semi-fusa che rivestiva ogni giuntura.

Lyra ruppe il silenzio, con una voce tagliente e fragile come un cavo spezzato. «Ricordami di nuovo quale parte del piano prevedeva di consegnare la nostra unica risorsa e un membro dell'equipaggio a una fascista con un Graldo?»

Mercy si fermò di colpo, a metà passo, e puntò un dito pigro verso Rask. «La sua parte.»

Rask espirò, bruscamente. «Vuoi discuterne proprio adesso?»

Doc alzò una mano, come se aspettasse di essere interpel-lato. «Se posso, l'emorragia negli alloggi dell'equipaggio non si è ancora del tutto fermata, e il cucciolo da terapia di Mercy sta diventando irrequieto. Forse potremmo... placare gli animi?»

Lyra lo ignorò, con gli occhi fissi su Rask. «Ha preso Kye. E tu l'hai lasciata fare.»

«Stava per prendere Glim, o la nave, o entrambi. Kye ci ha fatto guadagnare tempo.»

«Oh, geniale» disse Lyra. «Gli manderemo un bel biglietto dal futuro, supponendo che abbiano ancora una testa.»

Mercy applaudì, lentamente e sarcasticamente. «Possiamo tornare alla parte in cui spariamo a qualcuno? Io voto di iniziare dal capo.»

«Siediti, Mercy» disse Rask, senza enfasi.

Mercy non si sedette, ma smise di camminare. Si appoggiò al pannello delle comunicazioni, uno stivale sollevato, le braccia conserte. «Mi siederò quando dirai qualcosa che non sia completamente idiota.»

Rask guardò Lyra. «Andiamo a prenderli.»

Il silenzio che seguì fu quasi dolce, nel modo in cui è dolce vedere il proprio aguzzino essere investito da un autobus.

Le braccia di Lyra rimasero conserte, ma le sue spalle si rilassarono di mezzo grado. «Hai un piano?»

Doc sbuffò. «Oh, bene.»

Rask lo ignorò. «La nave di Vexa è potente ma vecchia. Posso portarci a portata d'abbordaggio, a patto che il propulsore non si stacchi prima di arrivare.»

Mercy si rallegrò. «Quindi, le spariamo.»

«Non spariamo ancora a nessuno» disse Rask. «Prima ripariamo il propulsore. Poi capiamo come recuperare Kye dalla Seraphine senza essere atomizzati.»

Mercy si lasciò ricadere all'indietro, ma il sorriso non svanì. «Due su tre non è male.»

L'espressione di Lyra cambiò, impercettibilmente, da "violenza imminente" a "possibile azione costruttiva." Lanciò un'occhiata a Doc. «Hai abbastanza stimolanti da tenermi sveglia per un giorno?»

Doc, visibilmente sollevato di avere un problema chiaro, frugò nel kit e tirò fuori un cerotto. «Lo vuoi a rilascio lento o veloce?»

«Dammeli entrambi.»

Lui staccò l'adesivo e lo premette sul polso di Lyra. «Tra dieci minuti sarai in grado di assaporare il tempo.»

Mercy fischiò. «Non stanca mai.»

Lyra fletté la mano e si mise a ricalibrare il sistema di navigazione ausiliario, che fino a quel momento aveva eseguito una criptica subroutine che alternativamente deviava l'energia alla macchina per l'espresso e spurgava il supporto vitale ogni tre ore.

L'IA della nave, che aveva passato gli ultimi cicli in un apparente stato di broncio, scelse quel momento per rompere il silenzio. «Le prestazioni del propulsore operano a due deviazioni standard al di sotto della soglia raccomandata. Desidera programmare un'accensione controllata o devo improvvisare?»

«Improvvisa e ti vedrai potare l'albero logico» borbottò Lyra.

Mercy diede una pacca alla console. «Non ascoltarla. Stai andando alla grande.»

La voce dell'IA assunse un tono leggermente risentito. «Annotato.»

Doc si addentrò ulteriormente nella plancia, si sedette sul bracciolo della sedia meno distrutta e aprì il suo scanner da campo. Lo puntò, inutilmente, verso Rask. «La pressione sanguigna è alta. Dovresti sdraiarti.»

«Più tardi» disse Rask. «Se non hai altro da fare, va' a controllare la stiva. Vedi se Glim è... ancora contenuto.»

Doc sbatté le palpebre, sorpreso che gli fosse stato affidato un compito, poi raccolse la sua borsa e uscì, borbottando qualcosa sulla "deviazione emotiva come stile di leadership."

La porta si richiuse scorrendo e Mercy lasciò cadere immediatamente il rivetto con cui stava giocherellando dietro la schiena del sedile di Rask. Lui la fulminò con lo sguardo, ma lei sorrise, impassibile. «Qual è il vero piano?»

Rask si prese il suo tempo per rispondere. «C'è un avamposto di collegamento nel Canalone di Perseo. Un vecchio amico gestisce il molo. Si chiama Marnix. Mi deve tre favori e un paio di mani. Se arriviamo lì, ci facciamo riparare il propulsore e forse otteniamo un codice per ingannare la rete di sicurezza di Vexa.»

Lyra si accigliò. «Marnix è un criminale.»

«È un meccanico con un'attitudine flessibile.»

Lei si sporse in avanti, a bassa voce. «È un ladro.»

Rask scrollò le spalle. «Non lo siamo tutti?»

Mercy sembrava felice. «Io dico di farlo. Nel peggiore dei casi, ci procuriamo un nuovo equipaggio dall'affare.»

Lyra la fulminò con lo sguardo, poi guardò Rask. «Bene. Ma se ci fai ammazzare, passerò l'aldilà a perseguitare il tuo gatto.»

«Non ho un gatto.»

«Lo avrai» disse Lyra. «E ti odierà.»

Mercy ricominciò a camminare avanti e indietro, solo che ora recitava sottovoce: «Salvataggio, Annientamento, Tè. Salvataggio, Annientamento, Tè.»

Rask impostò una nuova rotta, gli occhi che scorrevano veloci sulla console alla ricerca del punto d'equilibrio tra "efficiente" e "non rilevabile". La nave rispose, non con gioia, ma con una sorta di gemito rassegnato che avrebbe potuto significare "capito" o "vaffanculo". Non gli importava quale dei due.

Nella stiva di carico, l'unità di contenimento pulsava, una debole luce blu che filtrava attraverso le fessure di ventilazione. Il ronzio era costante, ritmico, quasi gentile. Doc si inginocchiò accanto, scanner aperto, registrando ogni fluttuazione e minuscolo cambiamento di temperatura. Borbottò: «Sei troppo silenzioso. Questo è preoccupante.»

Il contenitore pulsò di nuovo e, per un brevissimo istante, la luce all'interno si risolse in una forma: arrotondata, senza tratti distintivi, ma innegabilmente organica. Doc si avvicinò, quasi con il naso contro il metallo, e sussurrò: «Stai ascoltando?»

Un secondo ronzio, leggermente più acuto, gli rispose. Doc sentì i peli sulle braccia rizzarsi. Controllò lo scanner: niente, solo lo stesso schema ripetuto.

Sorrise, suo malgrado. «Sei più intelligente di tutti loro messi insieme, non è vero?»

Il contenitore rispose con un unico, lungo bagliore, poi si affievolì.

Doc si appoggiò sui talloni, valutò se quello fosse l'inizio di un problema medico o la soluzione a tutti i loro problemi, e decise di non dire nulla a nessuno finché i fatti non si fossero disposti in un ordine meno sinistro.

Diede una pacca al coperchio, si alzò e tornò verso la plancia.

Mentre se ne andava, l'unità di contenimento ronzava, lenta e paziente. In attesa.

La Stazione Threshold sembrava l'interno di una stampante abbandonata, se la stampante fosse stata alimentata per secoli con una dieta di acido per batterie, sottofinanziamenti e un'igiene indicibile. Le morse d'attracco si chiusero con uno schianto da far tremare i denti, poi si afflosciarono prontamente come se fossero esauste per lo sforzo. La camera di decompressione della Meridian si allineò a un portello adornato da tre strati di nastro di avvertimento e un cartello scritto a mano "NON LECCARE", con la vernice sciolta tempo addietro da qualcosa di organico e malevolo.

Lyra fu la prima a far ciclare la camera, mettendo piede sulla stazione con un movimento tattico delle spalle che fungeva anche da avvertimento per ogni forma di vita nel raggio d'azione. L'atrio principale della stazione era in penombra, e la poca illuminazione che c'era tremolava con il battito irregolare di un insetto morente. L'aria era umida e intrisa dell'odore di liquami riciclati, ma Lyra era stata in posti peggiori, e il suo naso era troppo rotto per preoccuparsi di lamentarsi.

Rask la seguì, con Mercy subito dietro, e Doc a tre passi di distanza, come se la stazione potesse saltargli addosso se si fosse mostrato troppo sicuro di sé. Il pavimento del corridoio era appiccicoso e rattoppato in alcuni punti con schiuma cementizia e lastre di piastre di scafo riciclate. Sopra, un soffitto disordinato di fasci di cavi e condotti per fluidi pendeva come le interiora di un animale gigante.

Marnix aspettava nella Baia Tre, fiancheggiato da due caricatori potenziati e dai rottami di un ponte di volo che non vedeva un volo vero e proprio da prima della nascita di Lyra. L'uomo stesso era discreto come sempre: un metro e novantotto, con un torace che era stato ricostruito più spesso della rete elettrica della stazione, e due occhi che ruotavano a velocità diverse nelle loro orbite. Sorrise, allargò le braccia e avvolse Rask in un abbraccio da orso che suggeriva o un profondo affetto o un piano per spezzargli la spina dorsale.

«Helvan!» tuonò Marnix, la voce che echeggiava sulle paratie con la forza di un proiettile in arrivo. «Non pensavo avessi il fegato di tornare qui dopo l'ultima volta.»

Rask si divincolò, tenendo le mani in vista. «Hai detto che mi dovevi un favore.»

Marnix si pulì i palmi sulla tuta — nera, ma non più riconoscibile come tale — e indicò la Meridian con un gesto ampio. «Un bel miglioramento per te. Immagino che tu l'abbia vinta lealmente, no?»

«Ha dei problemi» disse Rask.

Marnix scoppiò a ridere. «Chi non ne ha?»

Mercy si fece strada attorno a una pila di cartucce di refrigerante esaurite e inclinò la testa verso il caricatore più vicino. «Bell'attrezzo. È corazzato, o solo brutto?»

Marnix agitò le sopracciglia — una artificiale, l'altra tatuata — e le fece l'occhiolino. «Perché non entrambi? Tu devi essere il muscolo.»

«Per lo più violenza contro forme di vita» convenne Mercy. «E qualche danno alla proprietà.»

Lyra represse un sospiro e lanciò un'occhiata a Doc, che

stava già sbirciando i kit di primo soccorso a muro, valutandone visibilmente il contenuto per il potenziale di triage.

Marnix li condusse in un ufficio laterale che consisteva in tre panche saldate, una cassa capovolta come tavolo e un pannello delle comunicazioni permanentemente bloccato sul canale meteo del polo nord di Titano. Si lasciò cadere sulla cassa, gambe divaricate, e fece cenno agli altri di sedersi.

«Non perdiamo tempo, Helvan» disse. «Hai bisogno di riparare il propulsore, vuoi sbloccare la navigazione e sei abbastanza disperato da venire da me per chiedere aiuto. Ci sono andato vicino?»

«Centro perfetto» disse Rask, sedendosi di fronte.

Mercy prese posto su una panca, Doc si librò vicino alla porta e Lyra rimase in piedi, a braccia conserte. L'occhio sinistro di Marnix si fissò su Rask; il destro roteò oziosamente, seguendo Mercy, poi Lyra, e poi di nuovo indietro.

Unì le punte delle dita. «Posso farlo. Ma è un lavoro di fretta, e sei a corto di crediti. Quindi facciamo alla vecchia maniera: favore per favore.»

Le labbra di Lyra si contrassero. «Non contrabbanderemo la tua droga.»

Marnix sbuffò. «Noioso. Quella è roba per ragazzini e contabili. Quello di cui ho bisogno è la consegna di una spedizione: una cassa, sigillata, niente scansioni, niente domande. La portate due settori più in su, la consegnate, prendete il pagamento e io vi sistemo la nave. Niente di pericoloso, niente di illegale. Sulla carta.»

Mercy si sporse in avanti, tutta finta innocenza. «Sono armi, non è vero?»

Il sorriso di Marnix si allargò. «Sono razioni imperiali.»

Rask guardò Lyra. «Tu ripari la nave, noi consegniamo la cassa?»

Marnix alzò entrambe le mani. «Entrate e uscite in un giorno. Non mi fido di nessun altro per questa cosa. Ultimamente ci sono troppi occhi sulle rotte.»

Doc parlò finalmente, con voce bassa e secca. «E se qualcuno la scansiona?»

«Allora scappate» disse Marnix, come se fosse la cosa più ovvia del mondo.

L'equipaggio si scambiò delle occhiate, un'intera conversazione di calcoli compressa in tre secondi di silenzio.

Lyra lo ruppe, con tono piatto. «Non siamo contrabbandieri.»

«Siamo qualsiasi cosa ci tenga in volo» disse Rask.

Doc guardò il pavimento, poi di nuovo Rask. «È così che la gente finisce nei sacchi per cadaveri.»

Mercy picchiò uno stivale sulla panca. «E allora? L'ultimo lavoro ci ha messo su ogni bacheca di taglie del settore. Tanto vale goderci i vantaggi.»

Rask si rivolse di nuovo a Marnix. «Cosa facciamo con il pagamento?»

«Tenetevelo, è solo uno scambio di cortesia. Il mio acquirente ha già pagato per intero.»

«Bene. Lo faremo.»

Gli occhi di Marnix scintillarono — entrambi, per una volta. «Bravo ragazzo.» Si chinò sotto la scrivania e tirò fuori una valigetta sigillata, contrassegnata da così tante etichette false che praticamente confessava la propria colpa. «Perché voi ragazzi e ragazze non vi rilassate un po' al bar. La vostra nave sarà pronta tra due ore.»

«Bene» disse Lyra. «Un drink mi farebbe comodo.»

Marnix batté le mani e scoppiò in una risata. «Questo è lo spirito giusto.» Si chinò, abbassando la voce di mezzo registro. «Non guardate dentro. Non pensateci. È più facile per tutti.»

Mercy si allungò, prese la valigetta per la maniglia e la sollevò con un grugnito. «Leggera per essere una bomba.»

Marnix fece l'occhiolino, il che era tecnicamente impressionante dato che la sua palpebra destra era una placca di cromo. «Buona fortuna, equipaggio.»

Il ritorno alla Meridian dopo il bar fu breve e silenzioso, interrotto solo dal lieve sibilo del sigillante interno della valigetta che cicloneggiava ogni dodici secondi. Mercy la portava come un'offerta sacra. Lyra apriva la strada, il linguaggio del corpo che trasmetteva "non avvicinarsi" in tutte le direzioni.

Fedele alla sua parola, Marnix aveva reclutato una squadra per riparare l'iperpropulsore. La Meridian aveva ancora una lista di guasti lunga quanto il braccio di Rask, ma almeno potevano saltare senza che ci fosse una probabilità del cinquanta per cento di morte catastrofica.

Una volta a bordo, Lyra sigillò il portello e fece una diagnostica completa della valigetta. «Nessun picco radioattivo» disse. «Nemmeno esplosivi. Potrebbe essere cibo.»

Doc sbuffò. «O una tossina che si può mangiare.»

Mercy scrollò le spalle e ripose la cassa sotto la panca della mensa. «Se è pericoloso, lo scopriremo prima di chiunque altro.»

L'IA della nave intervenne, dolce e insidiosa: «Consegna preregistrata. Vettore di salto ottimale calcolato. Desidera partire, o devo improvvisare uno scandalo locale?»

Lyra rispose: «Imposta la rotta, ma mantienila silenziosa.»

«Affermativo» disse l'IA, con un sottotono che avrebbe potuto essere giubilo.

Rask prese la poltrona del pilota, gli occhi scavati dalla fatica, ma la sua voce tenne. «Tutto pronto?»

Lyra controllò i suoi pannelli. «Più pronti di così non lo saremo mai.»

Mercy sorrise. «Qual è il prossimo passo, capitano?»

«Adesso» disse Rask «facciamo la consegna. Poi salviamo Kye.»

Il volto di Doc era indecifrabile, ma le sue mani tremavano

un po' mentre si allacciava le cinture. «Se la spedizione è legittima, forse sopravviveremo alla settimana.»

Lyra borbottò: «Se non lo è, almeno ce ne andremo in grande stile.»

Mercy scoppiò a ridere. «Porterò io i fuochi d'artificio.»

La Meridian si sganciò, i suoi propulsori che ululavano per protesta ma che afferravano il filo della fuga come un pesce all'amo. Mentre superavano il pozzo gravitazionale di Threshold, l'IA interruppe di nuovo.

«Allarme di prossimità. Vascello non autorizzato in entrata nel sistema. Registrazione: Seraphine. Arrivo stimato, cinquantadue minuti.»

Nessuno parlò per un momento. Poi Rask disse: «Be', merda.»

Le mani di Lyra si serrarono sui comandi. «Sono in anticipo.»

Doc cercò a tentoni il suo kit medico, le nocche bianche. «Possiamo ancora fare il salto.»

Mercy controllò la pistola di servizio nel suo stivale, il viso animato dalla prospettiva della violenza. «Oppure possiamo lasciarci inseguire. Farne un gioco.»

Rask espirò, serrò la mascella e spinse la manetta.

«Che il gioco abbia inizio» disse.

La Meridian sobbalzò, gemette e svanì nel nero, lasciandosi alle spalle Threshold e tutta la sua putrefazione. Per la prima volta dopo ore, l'equipaggio trovò un ritmo: disordinato, teso, ma loro.

Nella stiva, Glim pulsava dolcemente, tenendo il tempo di una canzone di cui nessuno conosceva ancora le parole.

NOVE

La Meridian vibrò a una frequenza che Rask Helvan ormai associava allo stress, alla malvagità, o a entrambi. Nella mensa, l'equipaggio della nave era impegnato nel suo secondo passatempo preferito: una gara a chi la sparava più grossa.

Rask si appoggiò allo stipite del portello, a braccia conserte, e passò in rassegna l'equipaggio come fosse una giuria. «Entriamo, facciamo la consegna e ci riprendiamo Kye». Lasciò che le parole aleggiassero, pesanti come il vuoto.

Doc era chino su un datapad, la mano sinistra che massaggiava distrattamente un nodo di tensione alla mascella. Avrebbe dovuto monitorare le coordinate della consegna, ma il suo sguardo continuava a vagare verso il tavolo, dove il bio-contenitore di Glim ora si trovava in bella vista. Il contenitore pulsava con un ritmo lento e deliberato. A intervalli regolari, tremava sul posto, come se qualcosa all'interno stesse premendo contro la parete.

Mercy era spaparanzata sulla sedia più vicina, con le gambe sollevate, intenta a pulire la pistola con lo zelo di un sacerdote che olia una lama sacrificale. «Perché scappare?» disse. «Diplomazia a canne spianate. Ci presentiamo con il contenitore e le armi, poi vediamo chi abbassa lo sguardo per primo».

Rask non sospirò, ma l'inspirazione che seguì fu una pugnalata tra le costole. «Sei tutta cuore, Mercy».

Mercy fece un sorrisetto, per nulla impressionata. «E io che pensavo mi avessi assunta per le mie doti di negoziatrice».

L'impulso proveniente dal contenitore di Glim si intensificò. Doc corrugò la fronte. Allungò una mano e, con la curiosità esitante di chi era stato morso una volta da un drone medico, ne sondò l'involucro. La luce blu tremolò in risposta, poi si affievolì tornando a una cupa normalità.

Lyra si voltò verso Rask, le mani sui fianchi. «Vuoi riprenderti Kye. È una questione personale. Ma non dobbiamo a loro più di quanto dobbiamo a noi stessi».

Rask la guardò senza vederla, con i denti stretti. «Questo non si discute. Facciamo la consegna. Ci prendiamo Kye».

Lyra lanciò un'occhiata a Doc, sperando nel suo sostegno. Doc finse di concentrarsi sulle coordinate di navigazione, ma i suoi occhi erano lontanissimi dallo schermo.

I piedi di Mercy colpirono il pavimento. «Bene. Ma se qualcuno mi guarda storto, svuoto il caricatore».

«Preso atto» disse Rask. Si raddrizzò, la mascella così serrata che avrebbe potuto saldarsi. «Entriamo e usciamo. È un lavoretto da niente».

«I lavoretti da niente finiscono sempre con un morto» borbottò Doc.

Mercy sogghignò, a denti scoperti. «Basta che non sia io».

La stazione ripetitrice non era tanto una stazione orbitale quanto una lapide per infrastrutture defunte. Orbitava attorno a una nana bruna la cui ultima rivendicazione di fama era stata divorare il proprio sistema planetario. La stazione stessa era un tumore di vecchi satelliti, droni di manutenzione smarriti e, occasionalmente, una boa di soccorso ancora lampeggiante. Un tempo aveva trasmesso dati per l'intero settore; ora, perlopiù, trasmetteva delusione.

Le istruzioni di attracco arrivarono in una raffica di dati: lato di babordo, molo sei, niente ritardi, niente dogana. Rask portò la Meridian all'attracco manualmente, sentendo la nave resistere a ogni correzione di rotta, come se si opponesse per principio al concetto stesso di attracco.

Nel compartimento di prua, Mercy si chiuse la cerniera del giubbotto e fece un ultimo controllo dei sistemi alla sua arma da fianco. Lyra si raccolse i capelli con precisione militare, poi mise il carico in un borsone. Guardò Doc, che si stava allacciando gli stivali con l'aria distratta di un uomo certo che avrebbe dovuto correre.

«Vieni?» chiese Lyra, la voce fredda come l'aria che circolava nella presa d'aspirazione.

Doc scosse la testa, il viso di una tonalità più pallida del normale. «Resto con Glim. Lei è...» guardò il contenitore, che ora vibrava in sintonia con il battito cardiaco morente della stazione stessa «...meglio in compagnia».

Mercy gli diede una pacca sulla spalla. «Se si schiude, uccidilo prima che si riproduca».

Doc cercò di ridere, ma la sua bocca ebbe solo un tic. «Sarebbe... subottimale».

Pressurizzarono la camera di compensazione e percorsero il breve tunnel ombelicale fino al centro della stazione. L'interno era peggio dell'esterno: un groviglio di cavi scoperti, pannelli ammuffiti e un odore di ozono abbastanza forte da esfoliare le narici. L'illuminazione del corridoio aveva due impostazioni: emicrania e blackout.

In fondo al tunnel, due figure attendevano: entrambe pesantemente armate, entrambe con l'atteggiamento di chi non aveva intenzione di usare le parole. Il più alto indossava una corazza antisommossa malconcia con le insegne imperiali bruciate via; il più basso e tarchiato teneva un fucile a impulsi e non si preoccupava di nascondere la disciplina sul grilletto. Entrambi fissavano il borsone con una fame quasi religiosa.

Mercy valutò la situazione con un'occhiata, poi sorrise. «Io prendo quello a sinistra».

«Non spariamo a nessuno» disse Rask, e si fece avanti, a mani aperte, il gesto universale per "sono disarmato e non ho assolutamente intenzione di pugnalarti".

Il corriere — presumibilmente quello al comando — parlò per primo. «È questo?»

Rask annuì. «Come richiesto. Nessun altro sa nulla».

Il socio del corriere grugnì, senza mai staccare gli occhi da Mercy.

Lyra posò il borsone sul ponte. «Se lo scansiona, è suo» disse, le parole che uscivano come bossoli espulsi.

Il corriere si accovacciò, aprì la cerniera della borsa e tirò fuori uno scanner. Lo passò sopra la scatola, poi sopra l'aria circostante. Lo scanner emise un singolo bip, poi lampeggiò di verde.

«Pagamento» disse il corriere, indicando una valigetta malconcia su cui era stato in piedi.

Rask si inginocchiò, aprì i fermi e guardò dentro.

Sbuffò.

Mercy sbirciò da sopra la sua spalla, per nulla impressionata. «Tutto qui?»

La valigetta conteneva tre cartoni di quelli che il manifesto aveva descritto come "forniture mediche, nutrizionali". In realtà, erano cerotti medici di grado militare, del tipo usato per stabilizzare una ferita da blaster abbastanza a lungo da raggiungere un ospedale migliore di questo.

Il volto di Lyra si indurì, poi divenne inespressivo. Guardò il corriere. «È tutto qui?»

Lui si strinse nelle spalle. «Parlate con il vostro intermediario».

Mercy prese un cerotto, poi lo rigettò nella valigetta con uno schiocco. «Spilorci bastardi».

Rask chiuse la valigetta e si alzò, spolverandosi le mani. «Sono pirati, ricordi?» disse, e lanciò a Lyra un'occhiata che diceva "non fare scenate".

Lasciarono la stazione in silenzio, con Mercy che trasportava la valigetta con una presa che suggeriva potesse spezzare il manico per pura ripicca.

Tornato a bordo della Meridian, Rask gettò il pagamento sul tavolo della mensa. Lyra lo fissò come se potesse esplodere. «Ci ha fregati» disse.

Rask si strinse nelle spalle, la voce vuota. «È quello che fanno i pirati».

Mercy attaccò un cerotto medico alla superficie del tavolo e premette finché l'adesivo non lasciò un segno. «Volete che torniamo indietro a sparargli?»

«No» disse Rask, già diretto verso il ponte di comando. «Abbiamo un'iperpropulsione funzionante. Basterà quella».

Lyra guardò Doc, che ora era seduto proprio di fronte al contenitore di Glim, gli occhi fissi sul lento e sinistro impulso blu.

«Ha fatto qualcosa?» gli chiese.

Doc scosse la testa, ma non sembrava sicuro. «Credo stia aspettando».

Mercy sogghignò, mostrando tutti i denti. «Non è quello che facciamo tutti?».

La nave tremò mentre Rask inseriva le nuove coordinate di salto. La stazione morta svanì alle loro spalle, un puntino inghiottito dall'oscurità infinita. All'interno della Meridian, l'equipaggio si riunì nella cabina di pilotaggio, i volti illuminati dalla luce fredda del display di navigazione.

Mercy roteò le spalle, pronta per il prossimo scontro. Lyra serrò la mascella e attese che il tradimento arrivasse da qualunque parte volesse. Doc teneva gli occhi su Glim, le dita unite a guglia, la mente che calcolava tutti i modi in cui la situazione poteva ancora andare storta.

Rask fissò la vista frontale, guardando il nulla scivolare via.

«Prossima fermata» disse, a voce bassa «ci riprendiamo Kye».

Non chiese di votare. La Meridian avrebbe fatto ciò che faceva sempre: sopravvivere.

Nella stiva, il contenitore di Glim pulsò, poi si fermò, poi pulsò di nuovo.

Nessuno nell'equipaggio notò il cambiamento, non ancora.

Ma la nave sì.

E stava imparando.

Si radunarono nella cabina di pilotaggio, spinti lì dall'inerzia o dal bisogno di avere testimoni. Le luci generali erano basse — metà per risparmiare carburante, metà per privacy — e l'unica altra luce proveniva dal contenitore di Glim, ora installato in un alloggiamento improvvisato accanto alla console del navigatore.

Doc Vellenix preparò la sua attrezzatura di monitoraggio con tutta la cerimonia di un uomo che cerca di impressionare un pubblico di fantasmi. Il datapad, collegato alla bell'e meglio a una serie di strisce biometriche recuperate, mostrava una registrazione a scorrimento degli impulsi del contenitore. I numeri non significavano nulla per nessuno tranne che per

Doc, ma i picchi e le curve visibili assomigliavano abbastanza a un elettrocardiogramma da essere contemporaneamente rassicuranti e inquietanti.

Rask si chinò sullo schienale della sedia di Doc. «Hai detto che stava peggiorando».

«Non peggiorando» lo corresse Doc. «Solo diventando più complicato». Indicò il display. «All'inizio era un intervallo standard di tre secondi, un battito cardiaco annoiato. Ora sta alternando una serie di sequenze. Qui, guarda».

Indicò lo schermo, dove i lampi bianco-bluastri si susseguivano in terzine serrate, poi si fermavano, poi si ripetevano con uno schema diverso.

Lyra strizzò gli occhi verso il display, mordendosi l'interno della guancia. «Sembra un codice».

Doc annuì. «Esatto. E ogni volta che cerco di eseguire un'analisi, cambia la sequenza».

Mercy, che si era incastrata di traverso sulla sedia delle comunicazioni con gli stivali sul cruscotto, sbadigliò. «Forse ha fame. Ci hai mai pensato?»

Doc la ignorò, rivolgendosi all'aria come se si aspettasse una risposta dalla nave stessa. «Sta accelerando. Nell'ultima ora, la lunghezza della sequenza è raddoppiata. Se è solo rumore, è il rumore più intelligente che abbia mai visto».

Mercy alzò gli occhi al cielo. «Forse sta cercando di comunicare».

Lyra la fulminò con lo sguardo. «È quello che ha appena detto».

«Forse sta dicendo che vuole uscire» disse Mercy, stuzzicando la cucitura consumata del suo guanto.

Il terminale principale della cabina di pilotaggio si illuminò, avviando una nuova diagnostica. Rask si accigliò e cambiò canale. «Ponte di comando, stato?»

La voce dell'IA era insipida come formaggio fuso. «Anomalia di impulso rilevata in carico non critico. Nessuna violazione del contenimento».

Rask puntò un dito verso l'altoparlante più vicino. «Riesci a leggerlo?»

«Confermato. L'anomalia non corrisponde a nessuna firma di sistema conosciuta».

«Allora che cos'è?»

Una pausa, abbastanza lunga da essere deliberata. «Impossibile ottemperare. I dati non soddisfano il mandato operativo. Tecnologia non autorizzata».

Lyra sbuffò, ma senza umorismo. «Neanche la nave vuole avere a che fare con questa roba».

Doc si chinò più vicino al contenitore, osservando il tremolio. «Se sta parlando, mi piacerebbe sapere chi dovrebbe ascoltare».

Rask fissò il contenitore. «C'è modo che possa inviare un segnale?»

Lyra scosse la testa. «Niente che possa penetrare uno scafo. Forse se rompessi l'involucro, ma non te lo consiglio».

Mercy si rianimò. «Io sì».

Nessuno la degnò di una risposta.

Rask camminò avanti e indietro per la lunghezza della cabina, passandosi la lingua all'interno dei denti, un'abitudine che segnalava una tempesta in arrivo. Si voltò di scatto verso Doc. «Tienilo contenuto. Se la situazione degenera, espellilo dalla stiva».

Doc alzò le sopracciglia. «È la tua soluzione a tutto».

Rask quasi sorrise. «Ecco perché sono ancora vivo».

Tornò a grandi passi al sedile del pilota, picchiettò sul pannello di navigazione e riesaminò il prossimo salto. Era inutile — la rotta era bloccata, e qualsiasi deviazione avrebbe solo bruciato carburante e tempo — ma gli diede qualcosa da fare con le mani.

Il pannello delle comunicazioni emise un cinguettio, debole e fuori ritmo rispetto all'impulso di Glim. Mercy si drizzò sulla sedia. «Qualcuno ci sta contattando».

Lyra scivolò al posto delle comunicazioni, gli occhi che si

restringevano. Fece passare i dati in arrivo attraverso una serie di filtri, le dita che volavano sui tasti. «Non è una trasmissione vocale» disse. «Solo un file. Audio».

Mercy sogghignò. «Forse è una canzone».

Lyra la ignorò e riprodusse il file. La cabina di pilotaggio si riempì di una raffica di statica, poi di un lamento lento e atonale, appena sopra la soglia dell'udibile. Dopo qualche secondo, il lamento si ripeté, ma con un nuovo strato sottostante: un raschiare digitale, quasi come parole sotto una lastra di vetro.

Doc disse: «È un cifrario?»

Lyra eseguì una diagnostica. «Non è standard. Aspetta, c'è un'intestazione. È nascosta all'interno della forma d'onda, come una vecchia trasmissione». Si appoggiò allo schienale, mentre il riconoscimento si faceva strada in lei. «Merda. È una stazione numerica».

Rask alzò le sopracciglia. «Le usano ancora?»

Lyra si strinse nelle spalle. «Se vuoi nascondere un segnale, usi quello che nessun altro sta cercando». Instradò l'output attraverso la suite di decrittazione della nave.

La volta successiva che riprodusse il file, la statica si risolse in una voce, incrinata e distorta, ma inconfondibile.

Era Kye.

«Congratulazioni per non essere morta» disse la voce, ogni parola intrisa di statica e sarcasmo. «Non venite a prendermi. Ma se lo fate, portate degli spuntini. E anche delle armi». Ci fu una pausa, poi un sussurro più lungo e più basso: «Coordinate in allegato. Avete una finestra temporale, forse due ore prima che mi spostino di nuovo. Inoltre, la Seraphine ha uno stabilizzatore di babordo difettoso. Usatelo».

Il messaggio si ripeté, poi si interruppe nel silenzio.

Doc guardò Rask. «È decisamente Kye».

Mercy emise un fischio basso. «Sembra che se la passino male».

Le dita di Lyra aleggiavano sulla console di navigazione,

già intente a tracciare la nuova rotta. «Le coordinate sono valide. Sono nel sistema, ma solo per poco».

Rask prese il posto del pilota, fissando le coordinate finché i numeri non gli si impressero negli occhi. «E se fosse una trappola?»

Mercy sogghignò. «Allora siamo a casa nostra».

Doc mise via il suo kit, già costruendo mentalmente un nuovo cavo di collegamento. «Continuerò a monitorare Glim. Forse posso costruire qualcosa per tradurre i suoi impulsi».

Lyra impostò la rotta. «C'è un solo salto che ci mette a portata in tempo. Il margine è stretto. Se sbagliamo, andremo alla deriva per giorni».

Mercy tamburellò con gli stivali sul cruscotto. «Nessuna pressione, capo».

Rask non disse nulla. Fissò semplicemente il display vuoto, la mascella serrata, le mani strette sulla cloche di comando.

Lyra lo osservò per un altro istante, poi attivò il salto. I motori si accesero, e l'intera nave vibrò di anticipazione o terrore.

«Traccia la rotta» disse Rask, a voce bassa.

La Meridian balzò, lo scafo che urlava in segno di protesta.

Dietro di loro, l'impulso di Glim cambiò.

Seguì una nuova sequenza: uno, poi due, poi tre.

Nella cabina di pilotaggio, nessuno parlò. Guardarono solo le stelle contorcersi, sperando che la prossima destinazione riservasse più risposte che domande.

Nella stiva, la luce blu del contenitore di Glim dipingeva strane ombre sulle pareti. Lo schema cambiò di nuovo, ora più insistente, come se avesse visto le stelle e ne volesse di più.

DIECI

L'avvicinamento della Meridian alla Fascia di Skarn non fu tanto una questione di correzione di rotta, quanto un atto di deliberato autolesionismo. Osservata attraverso lo schermo anteriore, la Fascia si dispiegava come la cronistoria di una serie di pessime decisioni: chilometri di rocce alla deriva, navi fantasma incastrate tra lastre di granito, frammenti di scafi distrutti che piroettavano in un balletto al rallentatore. Nessun navigatore sano di mente l'avrebbe attraversata a tutta velocità, motivo per cui ogni contrabbandiere, ricettatore e fuggiasco del settore la usava come proprio ripostiglio personale.

Lyra osservava la distesa di detriti con una calma predatoria. Aveva requisito il timone, convincendo a fatica il malconcio sistema di navigazione a eseguire una serie di calcoli che avrebbero fatto venire un aneurisma a un istruttore dell'Accademia Imperiale. Le sue mani si muovevano con la precisione di un chirurgo, inserendo le variabili a memoria tattile e confrontandole con un taccuino malandato che teneva attaccato alla console con del nastro adesivo. La maggior parte delle annotazioni erano in un codice che solo lei capiva: metà in base otto, metà per pura ripicca.

Rask le aleggiava alle spalle, fingendo di offrire consigli, ma soprattutto assicurandosi che non scavalcasse gli ultimi sistemi di sicurezza della nave. Socchiuse gli occhi per osservare la rotta tracciata da Lyra: un tracciato sinuoso e ricorsivo attraverso la Fascia che tornava sui propri passi per ben tre volte e a un certo punto sfiorava l'anello esterno di un planetoide che solo in quel decennio si era divorato tre navi ricognitrici.

«Ambìzioso» disse lui, cercando di assumere un tono disinvolto.

Lyra non si degnò di alzare lo sguardo. «O facciamo così, o ci intrappolano al ripetitore. Quello, oppure Mercy ci fonde per sbaglio a un drone da miniera.»

L'IA della nave, che era rimasta imbronciata dal salto precedente, proiettò una precisa tripletta di allarmi rossi sul pannello di navigazione: tre impulsi secchi, ognuno accompagnato da un click passivo-aggressivo. Lyra li considerò con il freddo affetto di chi possiede svariati martelli e non ha ancora incontrato un problema che non possa spianare.

Rask lanciò un'occhiata agli allarmi, poi a Lyra. «Il computer sta ponendo il veto al tuo piano.»

«È un codardo» disse Lyra. «E un analfabeta matematico.»

Rask avrebbe voluto controbattere, ma il modo in cui l'aveva detto, senza battere ciglio, definitivo, non lasciava appigli. Invece, si appoggiò all'indietro e finse di studiare la carta astrografica, mentre Lyra limava un altro secondo dal loro transito stimato.

Dietro di loro, Mercy aveva allestito una postazione di osservazione avanzata sul ponte comunicazioni, il che significava che se ne stava seduta su una cassa, con gli stivali appoggiati alla paratia, consumando la sua scorta di stimolanti di contrabbando a un ritmo che avrebbe fatto onore alla serata di apertura di un locale equivoco. Indossava delle cuffie, ma non sembrava le avesse collegate a nulla. Ogni pochi minuti si strappava il cavo, sorrideva al crepitio e richiamava un nuovo file dall'enciclopedia di contenuti storici proibiti della nave.

Rask sbirciò oltre la spalla. «Dovresti fare una scansione delle minacce.»

La risposta di Mercy fu una lunga nota operistica che probabilmente proveniva da un'aria mortuaria italiana vecchia di un secolo, seguita da uno sbadiglio. «Se stanno venendo a prenderci, colpiranno lo scafo prima di colpire le comunicazioni.» Si stiracchiò, facendo scrocchiare le vertebre. «E poi, mi sto preparando per il dopofesta.»

Le labbra di Lyra si contrassero, ma tenne gli occhi sui comandi. «Basta che tu sia sveglia quando inizia.»

Mercy fece un finto saluto militare, poi si premette le cuffie sulle orecchie e iniziò a dirigere un'orchestra invisibile. Rask calcolò che sarebbero passati quattro minuti prima che tentasse di manomettere i sensori anteriori per proiettare uno spettacolo di luci nella cabina principale. Decise che poteva conviverci.

Sottocoperta, l'umore era meno festoso. Il dottor Vellenix si era barricato nella stiva, dove sorvegliava il contenitore di Glim con lo zelo di un uomo che sapeva benissimo quanti disastri fossero iniziati sul retro di un veicolo in movimento.

L'impulso all'interno del contenitore si era evoluto. Non più un ritmo costante e insensato, ora rispondeva agli stimoli (una voce, un passo, persino la vibrazione di un portello) rabbrividendo o cambiando tempo. All'inizio, il dottore lo aveva attribuito alla propria follia incipiente, o al fatto che non dormiva più di tre ore per notte dai tempi della facoltà di medicina. Ora sospettava che fosse la versione del contenitore di un test della personalità.

Attaccò un'altra striscia di sensori all'involucro di ceramica, poi si rivolse a Glim con il tono gentile e disperato riservato agli artificieri e ai pazienti infantili. «Se mi senti, due pulsazioni per sì, una per no.»

Il contenitore pulsò una volta, poi due, poi tre in rapida sequenza. La terza pulsazione inviò un brivido attraverso la placcatura del ponte, o almeno così parve al dottore.

Controllò i dati, non vide altro che lo stesso grafico imperscrutabile e prese un appunto sul suo taccuino. «Paziente resta non verbale» scrisse, «ma emotivamente espressivo. Possibile risposta empatica all'interazione del soggetto. Raccomando più dati.»

La voce di Mercy, pesantemente filtrata, rimbombò attraverso le comunicazioni della nave: «Dottore! Riesci a far fare un duetto a Glim?»

Il dottore la ignorò, ma il contenitore no. Ronzò, dolcemente, in sintonia con la lontana aria di Mercy, poi ne eguagliò il tono, poi il volume, poi la cadenza, finché la stiva non risuonò di una vibrazione corale che fece venire i nervi a fior di pelle al dottore.

Lanciò un'occhiataccia al contenitore, poi al soffitto. «Smettila» disse. «Non è sano.»

Il contenitore obbedì, ma il silenzio fu peggiore.

Il dottore controllò il sensore un'ultima volta. Si diresse verso il ponte superiore, arrivando proprio mentre gli schermi anteriori cominciavano a riempirsi del fragore cinetico e primordiale della Fascia.

La rotta di Lyra tenne. La Meridian rabbrividì, protestò, ma non si spezzò. I detriti raschiarono gli scudi, poi lo scafo. Schegge di ghiaccio e antiche parti di motore martellarono le fiancate. Di tanto in tanto, il barlume di un'altra nave balenava nel loro campo visivo: alcune inerti, alcune alla deriva, alcune non così inerti come avrebbero dovuto essere.

Rask controllò lo schermo di navigazione, che mostrava il loro percorso come una sottile linea blu che intersecava una nuvola di morte. Sospirò. «Siamo in rotta, per ora.»

Lyra, con i capelli appiccicati alla fronte dal sudore, non batté ciglio. «Il peggio è il prossimo quadrante. Se i pirati hanno piazzato una rete, dovremo infilarci con la massima precisione.»

Mercy si rianimò. «Ci aspettiamo compagnia?»

Lyra annuì, un cenno secco e breve.

«Bene» disse Mercy, e sparì in direzione della postazione armi, canticchiando una melodia che ora era scomodamente simile all'ultima pulsazione di Glim.

Il dottore scivolò nel sedile delle comunicazioni. «Dovrei preoccuparmi?» chiese.

Lyra scosse la testa. «Non a meno che tu non odi l'adrenalina.»

«Sono un medico» disse lui. «Ne sono immune.»

Rask gli lanciò un'occhiata. «Sospetto che nessuno di noi sia immune al tipo di disastro di Mercy.»

Come se fosse stata evocata, la sirena di prossimità della nave urlò. Ogni console si incendiò di rosso. La voce dell'IA, la cui personalità non era migliorata, annunciò: «Contatti in avvicinamento, tre. Due con equipaggio, un drone. Tutti dotati di arpioni da abbordaggio. Si raccomanda manovra evasiva.»

Le dita di Lyra si mossero rapide sulla console. «Dobbiamo abbassare la nostra segnatura.»

Il dottore disse: «Pensavo che il motore si sarebbe bloccato.»

«Lo farà» disse Lyra. «Ma non prima che avremo superato questo settore.»

La voce di Mercy echeggiò attraverso le comunicazioni della nave: «Permesso di rispondere al fuoco?»

Rask guardò il vettore in arrivo, poi annuì. «Aspetta che siano a tiro. Vogliamo che si scoprano.»

«Ricevuto» disse Mercy, e le comunicazioni si spensero con un click.

Lyra spinse al massimo i motori, mandando la Meridian in una caduta controllata. Lo scafo gemette, gli scudi tremolarono, ma la nave tenne. Il caccia in testa, un'agile freccia nera con quattro tozzi moduli d'arma, corresse la rotta per eguagliarla.

«Bello» disse Rask, osservando la triangolazione restringersi. «Gli stai facendo da esca.»

Lyra non rispose. Premette un interruttore, e una sfilza di

flare termici partì dalla poppa della Meridian. I droni li ignorarono, ma la nave con equipaggio in testa esitò, quel tanto che bastava per perdere la posizione.

Rask prese il controllo manuale. «Facci virare.»

Lyra obbedì, e la nave ruotò sul proprio asse, liberandosi dei detriti mentre virava verso il punto più debole della formazione dei caccia.

La nave nemica sparò una raffica, mirando basso. I proiettili perforarono lo scafo esterno, ma mancarono qualsiasi componente vitale. Mercy, da opportunista qual era, rispose al fuoco con una salva di micro-mine che si aggrapparono allo scudo nemico come cardi.

«Ti ho preso, splendido bastardo» tubò Mercy.

Il dottore si aggrappò al sedile, osservando le telecamere esterne. «Dobbiamo prepararci all'abbordaggio?»

Lyra scosse la testa. «Non si avvicineranno abbastanza. Rask, taglia la spinta di tribordo al mio segnale.»

«Pronto.»

Fece il conto alla rovescia: «Tre. Due. Ora.»

Rask sbatté la mano sul comando. La Meridian scartò di lato, con una forza G improvvisa sufficiente a mozzare il fiato a chiunque non fosse saldamente ancorato. La nave nemica sovracorresse, slittò su uno spruzzo del proprio refrigerante che perdeva e ruzzolò direttamente sulla traiettoria di un asteroide in rotazione. L'impatto non fu cinematografico: nessuna esplosione, solo un soddisfacente accartocciarsi mentre la nave si piegava intorno alla roccia e si spegneva.

Il drone e la seconda nave con equipaggio ruppero la formazione. Il drone si defilò, forse sotto il controllo dell'IA; l'altra nave vacillò, poi si allontanò zoppicando, presumibilmente calcolando le proprie probabilità di sopravvivenza.

La voce di Mercy risuonò: «Abbiamo appena vinto?»

Rask espirò. «Siamo sopravvissuti. È abbastanza.»

Lyra riportò la Meridian in rotta. Guardò lo schermo di navigazione, poi Rask, e si concesse un unico, piccolo sorriso.

«Hai dubitato dei miei calcoli» disse.

Lui quasi le sorrise di rimando. «Non ne dubiterò mai più.»

La voce del dottore giunse dall'interfono. «Adesso vorrei scendere da questa giostra.»

Mercy, dalla postazione armi, cantò una singola, perfetta nota. Il contenitore sottocoperta rispose con un ronzio, e questa volta, il dottore lo trovò quasi confortante.

La Fascia si allontanò. Il campo si aprì, e la Meridian, malconcia ma intatta, zoppicò verso la crisi successiva.

Nel silenzio, Lyra controllò i dati, poi spense i sensori anteriori. Guardò Rask, la voce più sommessa di prima.

«Non sei un capitano terribile, sai?» disse.

Rask sbatté le palpebre, sorpreso. «Grazie?»

Lei scrollò le spalle. «Solo spesso in errore.»

Lui rise, un suono che rimbalzò sul metallo ammaccato e si depositò da qualche parte nei ponti inferiori.

L'IA della nave, percependo l'umore, fece lampeggiare le luci due volte.

«Legame dell'equipaggio: inconcludente» disse.

Lyra la ignorò, già intenta a tracciare la prossima rotta impossibile.

Nella stiva, l'impulso del contenitore era tornato al suo ritmo originale e costante.

Il dottore gli diede una pacca, con delicatezza, come per mettere a dormire un bambino.

«Riposa finché puoi» disse, al cuore illuminato di blu della nave.

Avrebbe giurato di averlo visto fargli l'occhiolino.

UNDICI

Il rendezvous della Meridian con l'Avamposto Orpheon non ebbe un vero e proprio inizio, ma si insinuò gradualmente: un progressivo crescendo di tensione a bordo, il bagliore blu della teca di contenimento di Glim che si tramutava in un pulsare cupo e un vettore sullo schermo di navigazione che strisciava verso l'orbita decadente del relay alla velocità del rimpianto. Il relay stesso era un toroide avvolto attorno a un frammento di stella di neutroni, fatto interamente di compositi nero opaco e nervature di scafo ridondanti, progettato per scomparire sia dallo spettro elettromagnetico sia dai salotti buoni.

Rask condusse l'avvicinamento con tutta la lentezza che osò concedersi, spingendo i propulsori manuali e tenendo d'occhio ogni fluttuazione delle scansioni termiche. Non si fidava del protocollo di riconoscimento IFF della stazione, che continuava a ciclare un catalogo di codici di chiamata fittizi e, a un certo punto, aveva provato a salutarli come «Chiatta di Soccorso Medico, Prince Harry». Disattivò il protocollo e viaggiò a sistemi spenti, facendo scivolare la Meridian in un'orbita di parcheggio con la grazia di un'anguilla reduce da una sbronza.

Lyra osservava l'avamposto attraverso l'oblò anteriore, la

postura bloccata su «valuta e distruggi». Aveva ancora del grasso sul viso dall'ultima messa a punto dei motori e le nocche della mano destra erano spaccate dal momento in cui aveva rimesso in sesto a cazzotti un pannello in fibra di carbonio. Non disse nulla per un minuto, lasciando che la tensione si accumulasse.

Mercy era già nella camera di decompressione, con una mano sulla cassa delle cariche da abbordaggio e l'altra che faceva roteare una lama malconcia come se stesse facendo un'audizione per un numero circense. L'unico segno di nervosismo era il leggero e involontario tamburellare del suo stivale sul ponte.

Doc rimase nell'infermeria, o meglio, vicino alla culla di Glim, che ora vibrava al limite dell'udibile: un ronzio sottile e armonico che gli fece desiderare di bere ancora. Premette il pollice sullo schermo del sensore, osservò i dati tracciare una parabola nervosa, poi lo premette di nuovo. Si mise in contatto con la plancia, la voce filtrata dall'interfono ansimante della nave.

«Sei sicuro di voler attraccare?» disse, ma non era esattamente una domanda.

Rask premette il tasto del microfono. «Non particolarmente.»

«L'alimentazione del relay è irregolare. Potrebbe essere un calo di tensione, potrebbe essere sabotaggio, o entrambi. E la cosa non piace neanche a Glim.»

Lyra alzò gli occhi al cielo. «Niente piace a Glim, tranne forse una bella detonazione.»

Doc non rispose, ma la statica sottintendeva un tacito accordo.

Rask agì sui comandi. «Mercy, al tuo segnale.»

La risposta di Mercy fu un'unica nota musicale, forse l'imitazione del canto di un uccello, ma del tipo che si sentiva solo sui pianeti con fauna avicola predatrice. Attivò la sequenza della camera di decompressione e il portello si aprì con un sibilo. Il tunnel di attracco della stazione si estese con un rumore che suggeriva non fosse stato usato di recente, o fosse stato usato solo come arma del delitto.

Il trio attraversò il portello. Rask in testa, Lyra a coprirgli le spalle, Mercy a chiudere la fila, scrutando ogni ombra come se si aspettasse di trovarvi il proprio riflesso, armato e ostile.

L'interno dell'avamposto era buio pesto. Nessuna luce di benvenuto, nessun segnale acustico dagli stabilizzatori ambientali, solo la debole immagine residua delle luci di navigazione della Meridian e il lento emergere dei dettagli man mano che gli impianti retinici di Rask si acclimatavano. La gravità era a 0,3 G, abbastanza da rendere ogni passo un po' troppo molleggiato, ogni spostamento di peso leggermente imprevedibile.

Lyra accese la torcia della tuta e la puntò sull'atrio di attracco. Il pavimento era cosparso di micro-frammenti di composito, ma per il resto era pulito: una pulizia deliberata, sterile, come quella del corridoio di un ospedale subito dopo un incidente e prima che la famiglia venga avvisata. L'unico movimento era una matassa di cavi che fluttuava nella debole gravità, con un'estremità che emetteva ancora scintille a intermittenza.

Mercy esaminò la scena e si accigliò. «Niente corpi. Niente sangue. Nemmeno un cadavere mangiucchiato.» Sembrava sinceramente delusa.

Rask le lanciò un'occhiata. «Abbassa le tue aspettative.»

Mercy sogghignò. «Lo faccio sempre.»

Procedettero attraverso il primo portello, che oppose resistenza per un secondo intero prima di sbloccarsi con un imbarazzato sospiro pneumatico. Il corridoio oltre era ancora più freddo. Le luci di emergenza si attivavano al movimento, ma due terzi delle strisce erano fulminate, lasciando profonde chiazze d'ombra e solo occasionali isole di luce bianco-azzurra. Le pareti del corridoio avevano la finitura opaca di un'ex nave di lusso smantellata per ricavarne pezzi di ricambio; ogni pannello che poteva essere staccato o fuso era stato rimosso.

«Che ci fa questo posto qui?» domandò Lyra, mentre avanzavano a balzi.

«È l'ultimo relay del mercato nero prima della Distesa del Vuoto» rispose Rask. «Chiunque fugga dal Nucleo fa tappa qui. Se vuoi sparire, questo è il posto da cui iniziare.»

«Chi lo gestisce?» chiese Mercy, facendo roteare una lama nella mano sinistra e tenendo una carica nel palmo della destra.

Rask si strinse nelle spalle. «Prima era una famiglia di un cartello. Poi l'Imperium ha fatto una retata, ha ripulito il ponte superiore e ha lasciato che il resto si auto-organizzasse. Ora è per lo più gestito da IA e da chiunque sopravviva al vuoto.»

Lyra emise un grugnito evasivo.

Lo snodo centrale, quando lo raggiunsero, era un caos di carichi abbandonati, casse di sicurezza e cavi elettrici improvvisati. Diversi terminali di dati brillavano in standby, con gli schermi congelati nel bel mezzo di un download. Un angolo dello snodo ospitava un angolo cottura, con una pentola contenente qualcosa di grigio e grumoso, congelato a metà ebollizione. Tre sedie vuote circondavano un tavolo, ma la polvere sui sedili suggeriva che nessuno vi si fosse seduto da mesi.

«Città fantasma» disse Lyra.

Mercy si avvicinò alla pila di carichi più vicina e passò una mano guantata sulle etichette. «Un sacco di roba non è stata nemmeno inventariata. Se ne sono andati di fretta.»

Rask si avvicinò a un terminale e tentò di accedere. Lo schermo tremolò, poi chiese una passcode con un font che andava di moda l'ultima volta durante le guerre pre-unificazione. Sbuffò e aprì un pannello laterale, rivelando l'override manuale e il tipo di cablaggio che avrebbe fatto venire un infarto a Lyra. Lei si fece avanti e prese il suo posto, le dita che si muovevano con la spietata efficienza di chi aveva ricablato il sistema di navigazione di una nave in assenza di gravità e sotto il fuoco nemico.

«Dammi un minuto» disse.

Rask la lasciò fare e scansionò il perimetro. Ogni suono nel relay era anomalo: il ronzio del supporto vitale era troppo lento, il ticchettio della ventilazione troppo regolare e l'eco vuota dei loro passi indugiava troppo a lungo, come se la stazione stesse aspettando che se ne andassero.

Mercy si era già stufata di aspettare che succedesse qualcosa e ora si aggirava per i corridoi, infilando la testa in ogni portello aperto. La quarta porta che provò era bloccata, così la aprì semplicemente con un calcio e vi scomparve dentro.

«Fatto» borbottò Lyra, e il terminale si rianimò. Il registro delle comunicazioni scorreva sul display: migliaia di righe di traffico criptato, le più recenti contrassegnate da un triangolo rosso. Lo scansionò rapidamente, poi si bloccò.

Rask vide la sua mascella contrarsi. «Che c'è?»

Lyra non distolse lo sguardo dallo schermo. «Seraphine. Registrata due giorni fa. Ha attraccato per quarantacinque minuti, poi è ripartita su una nuova traiettoria. Nessun carico elencato. Nessun manifesto.»

La voce di Mercy giunse attraverso l'interfono della tuta. «Ho trovato qualcosa. È al buio. Non respira.»

Rask si accigliò. «Quanti?»

La risposta di Mercy fu un sospiro esagerato. «Solo uno, capo. Ma è fresco.»

Rask lanciò un'occhiata a Lyra. «Rimani qui e continua a scaricare i registri. Vado a controllare Mercy.»

Lyra annuì, già persa nel flusso di dati del terminale.

Rask trovò Mercy due corridoi più in là, fluttuante a un metro dal pavimento mentre sbirciava in un'alcova laterale. Il corpo che aveva trovato era quello di una donna, di mezza età avanzata, in tuta da stazione con un cartellino con il nome «Capo Ingegnere». Era sospesa, con le braccia raccolte davanti a sé come una persona addormentata in caduta libera, ma il viso era congelato in un rictus di sorpresa. Nessun trauma visibile, ma le labbra e le palpebre erano leggermente bluastre.

Mercy urtò il corpo con la punta del piede e questo ruotò

dolcemente, i capelli che si aprivano a ventaglio nell'aria gelida.

«È morta da un paio di giorni» disse Mercy. «Non ci vuole un genio a indovinare chi l'ha uccisa.»

Rask esaminò il corpo, poi la stanza. Niente fuori posto: nessun segno di violenza, nessun segno di lotta.

Mercy fece roteare la sua lama. «Forse la stazione è infestata.»

Rask la ignorò e aprì la tasca della tuta della donna. Dentro c'erano una chiavetta dati e un pezzo di carta, carta vera, il che era o una vezzosa affettazione o un segno di paranoia terminale. Prese entrambi, lasciò il corpo fluttuante e fece cenno a Mercy di seguirlo.

Tornata nello snodo, Lyra aveva scaricato il traffico di comunicazioni dell'ultimo mese e avviato una decrittazione a forza bruta sui ping più recenti. Alzò lo sguardo quando Rask entrò, gli occhi brillanti di adrenalina.

«C'è qualcosa che non va» disse. «Ogni messaggio delle ultime quarantotto ore è segnalato. Il sistema ha continuato a ciclare tra gli amministratori predefiniti, come se continuasse a dimenticare chi dovrebbe essere al comando.»

Rask le porse la chiavetta dati. «L'ingegnere morto aveva questa. Forse una chiave di backup.»

Lyra la inserì nel terminale. La chiavetta conteneva un unico file: un elenco di navi in arrivo, navi in partenza e una nota scritta a mano alla fine:

NON FIDARTI DELL'IA.

Sotto, in caratteri più piccoli:

Se Seraphine torna, non aprite la cassa.

Mercy scoppiò in una risata roca. «Mi piace il suo stile.»

Lyra lesse due volte, poi incrociò lo sguardo di Rask. «Si riferiscono a Glim, non è vero?»

Rask annuì. «Sembra di sì.»

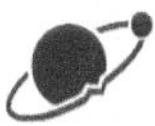

Il ritorno al molo di attracco fu tranquillo, a eccezione delle ombre che sembravano crescere a ogni passo e del ronzio debole e insistente proveniente dal contenitore. Quando raggiunsero la camera di decompressione, Mercy si fermò e si guardò alle spalle.

«Non ti sembra che faccia più freddo?» chiese.

Lyra scosse la testa. «È solo il relay che sta cedendo.»

Mercy non sembrava convinta.

Il silenzio durò finché non fu infranto.

Mercy, Lyra e Rask erano a un passo dall'anello di attracco, quando l'alimentazione principale della stazione si riattivò di colpo con la stessa delicatezza di una rivolta in prigione. Le luci inondarono il corridoio, in ogni sfumatura di bianco e blu, e per un istante nessuno si mosse.

Poi, senza preavviso, le porte a entrambe le estremità si chiusero di scatto, un sibilo pneumatico e progressivo che fece vibrare gli stivali di Lyra.

Mercy fischiò. «Hanno un gran senso del drammatico, non trovi?»

Lyra la ignorò, superò Rask di spalla e premette furiosamente il comando della porta. «Morto» riferì, poi fece leva sul pannello di manutenzione e iniziò a fare un ponte elettrico armeggiando con due giunture delle dita piegate e un cavo sottilissimo. «Dammi un minuto.»

Rask osservava l'altra estremità del corridoio, che si stava rapidamente riempiendo di una nebbia dall'odore sgradevole proveniente dalle bocchette a muro. Era del colore della delusione e aveva un sapore metallico che bruciava in fondo alla gola.

«Aria contaminata» disse, con voce piatta. «Non letale, ma non il massimo per i polmoni.»

Mercy sogghignò, impassibile. «Fa bene alla mia carnagione.»

L'IA, collegata dalla Meridian tramite la tuta di Lyra, scelse quel momento per commentare: «Protocollo di sicurezza della stazione attivato. Tutto il personale non essenziale sarà terminato in conformità con il Codice Imperiale sui Rischi».

Rask alzò gli occhi al cielo. «Definisci non essenziale.»

«Chiunque non si trovi in un modulo di comando, o non sia l'IA della stazione» rispose l'IA, con tono piatto e compiaciuto.

Lyra lavorava sul pannello, le dita che volavano. «Dovremo mandare in cortocircuito la serratura. È a tripla ridondanza. Chiunque l'abbia costruito era un esperto di paranoia.»

Mercy estrasse due lame, una per mano, e le fece roteare in direzioni opposte. «Finalmente, qualcosa da pugnalare.»

Lanciò un'occhiata a Rask. «Vuoi scommettere su cosa c'è dietro la prossima porta?»

«No» disse Rask, poi si preparò mentre le luci tremolavano di nuovo e la temperatura scendeva di altri dieci gradi.

La nebbia si intensificò, riducendo la visibilità alla lunghezza di un braccio. Attraverso di essa, le luci di emergenza lampeggiavano seguendo uno schema lento: tre, pausa, tre, pausa. Rask si acciglio guardando lo schema. «Sta copiando Glim.»

Lyra non alzò lo sguardo. «La stazione è stata compromessa. La mia teoria è che Seraphine abbia lasciato un regalino nel mainframe.»

Mercy testò la porta lanciandovi contro una lama; rimase conficcata a metà, vibrando a ogni pulsazione della nebbia. La recuperò e sorrise. «Decisamente non è di serie.»

Rask tossì, poi squadrò Lyra. «Nessun progresso?»

«Quasi finito» disse lei, poi infilò un cavo nella serratura e lo girò. Si sentì uno schiocco secco, uno sbuffo di ozono, e la porta si aprì di una frazione. Mercy incastrò lo stivale nella fessura e la allargò, poi entrò.

Lo snodo centrale non assomigliava per niente a come l'avevano lasciato. Le luci erano al massimo, ogni superficie era pulita fino a sembrare asettica, e tutte le sedie erano state allineate ordinatamente contro il muro. L'aria qui era ancora più fredda, e il ronzio del nucleo della stazione era udibile: una pulsazione profonda e subsonica che fece fischiare le orecchie a Lyra.

Sul tavolo al centro della stanza c'era l'ingegnere morto, ora composto con le braccia incrociate e un data pad appoggiato sul petto. Qualcuno, o qualcosa, l'aveva sistemato come un pezzo da museo.

Mercy si avvicinò di soppiatto al corpo e scrutò il data pad. «Scommetto dieci crediti che è uno spavento improvviso.»

Rask la ignorò e prese il pad, scorrendone il contenuto. La prima riga era un avvertimento:

SE STATE LEGGENDO, È GIÀ TROPPO TARDI.

Sotto, un messaggio:

Contenimento violato. Seraphine ha attraccato, trasferito soggetto, ripartita senza logout. Equipaggio morto nel giro di ore. Non aprite la cassa.

Lyra lesse da sopra la sua spalla, poi si voltò verso la console principale della stazione. Collegò il suo portatile, lo instradò verso la Meridian e iniziò a scaricare i registri.

Mercy osservava le pareti, che avevano iniziato a sudare: sottili rivoli di condensa scendevano lungo i pannelli di composito, congelandosi sul posto.

Rask posò il pad, si pulì le mani sulla giacca e disse: «Dobbiamo andarcene da qui. Subito».

Lyra non alzò lo sguardo. «Ho quasi finito con i registri. Se li perdiamo, perdiamo Kye.»

Mercy prese la mano della donna morta e la agitò verso Rask. «Dice di sbrigarsi.»

L'IA, ora ancora più divertita, gracchiò attraverso il comm di Lyra. «Raccomandazione: Correre.»

Rask fulminò il soffitto con lo sguardo. «Non sei di aiuto.»

La nebbia si infittì. Dal corridoio, un suono: un raschiare, debole all'inizio, poi più forte. Era il suono di qualcosa che veniva trascinato, o di dozzine di piccole cose che si muovevano all'unisono.

Mercy fece roteare le lame e guardò Rask. «Scommettiamo?»

«Zitta e copri la porta» disse Rask.

Lyra terminò il trasferimento, staccò il suo portatile e lo infilò nella giacca. «Pronta.»

Si mossero verso l'uscita, ma il corridoio oltre era ora affollato di sagome: scure, indistinte, ma decisamente in movimento. Mercy sogghignò, si fece avanti e iniziò a farsi strada, le lame che lampeggiavano nel bagliore stroboscopico delle luci d'allarme.

Rask e Lyra seguirono, rasentando il muro, evitando il contatto dove possibile. Le sagome non sanguinavano, né opponevano resistenza: semplicemente si dissolvevano, dissipandosi nella nebbia.

Ci vollero solo pochi altri passi per raggiungere l'anello di attracco, ma a quel punto la stazione stava attivamente ostacolando la loro uscita. Le luci pulsavano così forte che il mondo sembrava tremolare. La gravità oscillava tra frazioni e il suo valore normale, facendo barcollare Rask e Lyra a ogni passo.

Mercy, ovviamente, rimase in piedi.

Raggiunsero il tunnel di attracco. Lyra sigillò la camera di decompressione dietro di loro e attivò la sequenza di sgancio. Rientrarono sulla Meridian, Lyra che trasportava il contenitore, Rask a coprire la retroguardia e Mercy che li seguiva con il piede di porco in una mano e una lama nell'altra.

Mentre il portello si chiudeva alle loro spalle, le luci della stazione si spensero del tutto.

Rask, in piedi nella penombra del portale d'ingresso della Meridian, disse: «Be', è stato allegro».

L'IA fece le fusa. «Bentornati. L'aria sulla Meridian è ancora classificata per uso umano.»

Mercy soffocò una risata mentre riponeva le lame. «Ci vizi.»

Doc li incontrò nel corridoio, il viso pallido.

«Cos'è successo?» chiese.

Rask si limitò a dire: «Portaci via. Subito».

Lyra inserì la rotta di lancio e la Meridian sfrecciò via da Orpheon, lasciando la stazione ai suoi incubi ricorsivi.

Nella stiva, Doc fissava il display, che aveva abbandonato ogni tentativo di calibrazione e ora scorreva stringhe di testo casuali. Rischio un palmo guantato sul contenitore di Glim e sentì il battito accelerare, vibrando a una velocità che gli faceva dolere la punta delle dita.

Si ritrasse e si rivolse al contenitore. «Se hai intenzione di schiuderti, per favore aspetta che abbia pranzato» disse, poi diede un'occhiata ai parametri vitali. «O almeno finché non avrò sedato il resto dell'equipaggio.»

Mercy, spaparanzata nella mensa con una barretta proteica, sogghignò a Lyra. «Beh, è stato divertente.»

Lyra la fulminò con lo sguardo, poi sorrise suo malgrado. «La prossima volta, faremo a modo tuo.»

Rask passò di lì scuotendo la testa. «Siete tutti pazzi.»

Mercy agitò una lama nella sua direzione. «Ma ti piace.»

L'IA della nave, sempre desiderosa di avere l'ultima parola, intervenne: «Legame dell'equipaggio: ancora inconcludente».

Nel silenzio che seguì, il contenitore nella stiva si sincronizzò su un unico impulso unificato.

E da qualche parte, oltre la portata dei sensori o della ragione, un'altra stazione si risvegliò, affamata di compagnia.

Doc passò l'ora successiva nella stiva, inginocchiato all'altezza del contenitore, come se un qualche tacito galateo richiedesse cortesia prima della fine del mondo. Aveva visto pazienti morire con meno drammaticità di così, ma nessuno era mai trapassato cantando.

Il blu si era fatto più profondo, ora, oltre il visibile, tanto che non pulsava di luce ma di una pressione atmosferica che faceva dolere la mascella di Doc e pulsare l'interno del suo cranio. A un certo punto il contenitore di Glim aveva smesso di vibrare e aveva iniziato... ad ascoltare. Quando gli sussurrava, il tono cambiava; quando schioccava le dita o si schiariva la gola, l'impulso tornava come un'eco perfetta, ritardato quel tanto che bastava per fargli sembrare di parlare con un bambino che imparava una lingua per ripetizione.

Si grattò la barba incolta e attaccò un'altra serie di elettrodi, questa volta mappando non l'energia ma la frequenza: prima audio, poi subsonica, e infine salendo a una gamma che faceva scattare i relè di ogni altro sistema nel compartimento. L'effetto fu istantaneo: il climatizzatore della nave cominciò a sibilare in segno di protesta, le luci della cabina tremolarono a scatti e la voce dell'IA giunse attraverso l'interfono, piatta ma non del tutto convincente:

«Rilevato segnale non identificato. Si raccomanda la disattivazione immediata dell'hardware estraneo.»

Doc la ignorò. «Sta solo cercando di parlare» disse. «Lasciatela fare.»

Nel compartimento accanto, Rask stava srotolando il registro di navigazione di backup, controllando eventuali prove che l'auto-immolazione del relay non li avesse seguiti. Mercy era spaparanzata su una cassa, si staccava il sangue secco dalle cuticole e canticchiava in armonia con il contenitore, o per caso o per una strana forma di empatia. Lyra, come sempre, gestiva tutto dalla plancia, ma aveva preso l'abitudine di ascoltare da ogni superficie dotata di microfono, come se l'atto di origliare potesse materializzare una risposta.

Il contenitore emise allora un suono: basso all'inizio, ma crescente, come il tono di chiamata più lento del mondo.

Doc si chinò. «Fallo di nuovo.»

Il suono si ripeté, due impulsi rapidi, poi tre, poi di nuovo due. Lo trascrisse, poi lo lasciò continuare per un minuto.

Sul display, si mappava in cluster. Non casuali, nemmeno per sogno. Riconobbe la forma prima del significato. Era Morse, o qualcosa di abbastanza simile da permettere al suo cervello, programmato per il triage dei traumi e le comunicazioni vecchio stile, di decodificarlo.

Collegò il microfono alla plancia. «Ci sta mandando un messaggio.»

Lyra rispose, secca. «Definisci 'lei'.»

«Glim» disse Doc, senza pensare. «È sola. Ha paura. Vuole aiuto.»

Una pausa. Poi la voce di Rask, più morbida del previsto: «Sei sicuro?»

Doc cercò di non sembrare orgoglioso. «Ha usato la parola 'aiuto' cinque volte. E poi... il mio nome. O quello che passa per un nome in codice a impulsi.»

Mercy sogghignò dal suo trespolo. «Le piaci.»

Doc annuì. «Facciamo questo effetto ai traumatizzati.»

L'IA della nave si intromise. «Rilevato codice estraneo nell'archivio centrale. Si raccomanda la quarantena di tutti i campioni fisici e il riavvio immediato del sistema.»

Lyra, per nulla turbata, disse: «Ignora e registra la richiesta». A Doc, aggiunse: «Qual è il rischio?».

«Lo stesso di qualsiasi paziente potenzialmente ostile. O la tratti come una persona, o lei cerca di ucciderti.»

Rask scese dalla plancia, per una volta più stanco che arrabbiato. «Non siamo un ospedale, Doc.»

Doc indicò il contenitore. «Non siamo nemmeno una camera di esecuzione.»

Mercy intervenne: «Siamo una tomba galleggiante, ecco cosa siamo. Non riusciamo nemmeno a tenere in vita un pesce rosso, e ora ci prendiamo cura di un radiofaro psichico di soccorso».

Rask sbuffò. «Non sei di aiuto.»

Mercy sorrise, senza il minimo rimorso. «Non ho mai detto che lo sarei stata.»

Lyra scese dalla scala di accesso. Osservò il contenitore con l'aria di chi si aspettava di peggio, e ora si sentiva quasi delusa.

«Allora, cosa facciamo?» disse.

Doc si strinse nelle spalle. «La stessa cosa che faresti per qualsiasi prigioniero di guerra. Pulisci le ferite, la tieni impegnata a parlare, capisci se vale la pena correre il rischio.»

Lyra lo squadrò, poi i due contenitori, poi lo scanner portatile che Doc aveva improvvisato con un misuratore di pressione e una sonda a filo. «Possiamo spostarla?»

«In sicurezza?» Doc rifletté. «Non ancora. Ma qui dentro morirà, se non lo facciamo.»

Mercy si alzò dalla cassa e si avvicinò. «Possiamo insegnarle a imprecare? Perché è almeno metà del divertimento di un equipaggio.»

Doc sorrise, un po' mestamente. «Dalle tempo.»

Rask espirò, le mani sui fianchi. «La teniamo sotto chiave. Niente comunicazioni esterne, nessun contatto fisico senza la presenza di Doc. Se è solo una cosa rotta, la scarichiamo alla prima stazione sicura. Se è una persona, la trattiamo come tale.» Guardò Doc, poi Lyra, poi la cassa. «Siamo pirati, non mostri.»

L'impulso blu rallentò. La vibrazione della cassa si attenuò, poi cessò, e Doc sentì qualcosa nella stanza rilassarsi: un filo di tensione si era spezzato, ma non per rabbia. Il contenitore stava di nuovo ascoltando.

Doc si inginocchiò, posò la mano sulla ceramica e disse: «Ora sei al sicuro».

L'impulso si ripeté, basso e debole, per tre volte.

Rask grugnì. «Se l'Imperium bussa alla porta, vendiamo le coordinate e ce la filiamo.»

Mercy si strinse nelle spalle. «Se è utile, magari la prossima volta potrà parlare lei per noi.»

La cassa brillò, debolmente ma con insistenza, e la nave scivolò nel silenzio, per una volta non per una minaccia, ma per un senso di nuova responsabilità.

Per un po', nessuno si mosse, e la Meridian proseguì la sua rotta, con equipaggio e passeggero entrambi incerti quanto l'oscurità in cui fluttuavano.

E nella stiva, il ronzio di Glim divenne, inequivocabilmente, un canto.

DODICI

La Meridian avanzava in silenzio radio, perdendo velocità con la caparbia ostinazione di un animale ferito che si rifiuta di morire. La temperatura dello scafo eguagliava quella dell'aria all'interno: un freddo glaciale, di quelli che ti entrano nelle ossa. I sistemi della nave funzionavano al minimo indispensabile, così silenziosamente che persino la vecchia e inaffidabile unità di riscaldamento non riusciva a emettere il suo solito lamento. I più l'avrebbero definita una situazione pacifica. Per Lyra era un cattivo presagio.

Gestiva la navigazione, le mani ancora macchiate dall'ultima volta che aveva dovuto aprire un pannello a circuiti attivi. Le nocche si sbiancarono attorno alla cloche, non per la tensione, ma per pura forza di volontà. L'unica illuminazione della console era un impulso debole e intermittente: diagnostico, non decorativo. Il suo respiro si condensò in vapore, lento e controllato, mentre osservava i dati in cerca di qualsiasi segno di guai.

I guai arrivarono con due minuti d'anticipo.

Un ping sommesso – deliberato, ma malaticcio – si arrampicò sulla scansione dei sensori, appena percettibile. Lyra sbatté le palpebre, ripeté la scansione e osservò il blip scomparire, poi riapparire, per poi frantumarsi in tre echi più piccoli prima di svanire. Analizzò lo schema, eseguì un'analisi spettrale rapida e improvvisata e digrignò i denti.

«Contatto» disse. «Occultato. Ma fa schifo.»

Rask le apparve alle spalle, silenzioso come brina. Indossava la stessa giacca che aveva rattoppato in dodici punti con una rete adesiva, e aveva lo stesso sguardo perso nel vuoto che suggeriva come avesse già dato per spacciati tutti i membri dell'equipaggio e stesse solo aspettando che le prove si manifestassero.

Guardò la navigazione, poi Lyra. «A che distanza?»

Lei si strinse nelle spalle. «Cinquanta, forse sessantamila klick. Nessuna segnatura di spinta, solo quell'eco fantasma sul ripetitore.»

Lui si chinò, espirò e, per la prima volta, Lyra si rese conto che l'aria era abbastanza fredda da trasformare il suo respiro in vapore. «È la Seraphine?»

Lei annuì, riproducendo la registrazione. «Guarda il decadimento dell'onda portante. È la nave di Vexa. Ha rappezzato l'occultamento, ma i propulsori disperdono ancora. Si vede il segnale che salta ogni trenta secondi.»

Rask lasciò che un sorriso – piccolo, maligno, ma sincero – gli si formasse negli occhi. «Se la passa male.»

«O ti sta tendendo una trappola» disse Lyra. Allungò una mano verso il pannello laterale, regolò l'alimentazione con la stessa tenerezza che la maggior parte delle persone riserva a un amante e restrinse la finestra di rilevamento. Il blip divenne più luminoso, poi si affievolì in un segnale più onesto. «Sta aspettando. Forse noi, forse qualcosa di peggio.»

Rask si raddrizzò, controllò l'ora, poi attivò il canale dell'equipaggio. «A tutto l'equipaggio. Situazione gialla. Lyra ha agganciato la Seraphine, alla deriva nel sistema. Tutti gli altri, occhi aperti, motori freddi, prepararsi all'estrazione forzata.»

Una pausa, poi il crepitio secco della voce di Doc: «Siamo già in allerta gialla?»

Rask: «È vicina. Più di quanto sia salutare.»

La voce di Mercy, come sempre una nota dolce nella piaga, si fece sentire dal fondo del corridoio: «Stavolta le posso sparare o facciamo la pace con baci e abbracci?»

Rask la ignorò, interruppe la comunicazione e guardò Lyra. «Che ne pensi?»

Lei si strinse nelle spalle. «Direi di aspettare. Emissioni al minimo. Per tenerla sulle spine.»

Lui fu d'accordo. «La talloneremo in silenzio, vediamo se cede per prima.»

La Meridian andò alla deriva, ogni scricchiolio dello scafo un lento e doloroso promemoria di quanto fossero esposti. Rask lasciò Lyra alle sue scansioni, sapendo che lo avrebbe avvertito se nel sistema si fosse mosso anche solo un granello di polvere.

Mercy arrivò in plancia tre minuti dopo, una lama che roteava tra le sue nocche, il volto arrossato dal freddo o dall'attesa, era difficile dirlo. Aveva un modo di rendere l'aria attorno a sé meno simile a un'atmosfera e più a una sfida per chiunque la respirasse dopo di lei.

Scivolò sulla sedia delle comunicazioni, piedi in su, il coltello ancora danzante. «Allora, capitano» disse, puntando la lama verso la testa di Rask «qual è il piano? Ci avviciniamo furtivi, aspettiamo o facciamo finta di essere spazzatura spaziale e speriamo che sia il tipo da raccogliere i randagi?»

«Osserviamo» rispose Rask. «Se Vexa è ferita, è disperata. E la disperazione rende imprevedibili.»

Mercy sogghignò, un sorriso brillante e selvaggio. «È il mio genere preferito.»

Lyra ignorò lo scambio, occupata con la navigazione, ma le sue orecchie seguirono ogni parola.

Giù in infermeria, Doc era curvo sul contenitore di Glim, fissando l'impulso blu all'interno come se fosse un enigma che poteva risolvere se solo ci avesse applicato abbastanza sarcasmo. La culla che sosteneva Glim era ora imbullonata al ponte in tre punti, e la serie aggiuntiva di sensori artigianali era l'unica concessione alla crescente sensazione che qualcosa dentro la scatola potesse, un giorno, tentare di uscire.

Eseguì un altro controllo. La risonanza dell'unità di contenimento era passata da "inconveniente minore" a "catastrofe imminente" in meno di una settimana. L'impulso blu all'interno sembrava consapevole di lui: rallentava quando si avvicinava, accelerava quando distoglieva lo sguardo, e pulsava un pelo più intensamente ogni volta che prendeva un appunto sul suo registro. Aveva iniziato a parlargli, prima per noia, poi per un profondo e inesplorato bisogno di essere ascoltato.

Quel giorno, ottenne una risposta.

Era nel bel mezzo della descrizione dell'autodistruzione del ripetitore, con tutto il distacco clinico di un patologo annoiato, quando l'impulso tremolò, si fermò e riprese con un nuovo ritmo: due, poi uno, poi tre. Aggrottò la fronte, alzò un dito e disse: «Fallo di nuovo.»

Il contenitore obbedì.

Diede un'occhiata al software di traduzione che aveva raffazzonato dal modulo di apprendimento della nave. Traduceva gli impulsi in numeri, che poi confrontava con la sua tabella di frasi. Era un sistema rozzo, ma il messaggio era inconfondibile.

«Dove andare?» chiese.

Doc sbatté le palpebre, poi sussurrò: «Ci stiamo nascondendo.»

Il contenitore rispose: «Nascondendo. Perché.»

Doc esitò, sentendo un brivido che non aveva nulla a che fare con il regime di risparmio energetico della nave. «Gente cattiva ci vuole. Vuole te.»

L'impulso rallentò, poi si intensificò, più luminoso di prima.

«Cosa io» chiese.

Doc stava per rispondere quando il comunicatore dell'infermeria sibilò e l'IA della nave parlò con una voce troppo acuta, troppo tesa. «Priorità: anomalia di risonanza del campo. Fonte: carico. Raccomando diagnostica immediata.»

Premette con forza il pulsante del comunicatore. «E adesso che c'è?»

L'IA rispose: «L'unità di contenimento sta emettendo un campo a bassa frequenza. Sta interferendo con i sensori dello scafo.»

Doc controllò il suo pannello. I biosensori dello scafo mostravano ora una distorsione lieve ma crescente, come se la nave stessa avesse la febbre.

Si mise in contatto con la plancia. «Attenzione. Glim ha di nuovo le pulsazioni. Potrebbero essere visibili dall'esterno.»

«Notato» rispose Rask.

Lyra aggiunse: «Tienilo a bada. Abbiamo fantasmi più grossi di cui occuparci.»

Mercy, cogliendo la tensione, roteò gli occhi e disse: «Di' alla scatola di provare una nuova frequenza. Questa sta diventando vecchia.»

Doc chiuse il canale, si chinò sul contenitore e disse: «Silenzio, per favore.»

L'impulso si affievolì, ma non si fermò.

Si sedette, si sgranchì il collo e considerò le probabilità. Non stavano migliorando.

In plancia, Lyra eseguì un controllo di ogni sensore passivo che poteva giustificare. La segnatura della Seraphine era costante, ma debole, come un animale morente che finge un colpo di tosse per attirare le carogne. Mappò la sua posizione rispetto ai detriti del sistema e contò i luoghi in cui Vexa avrebbe potuto nascondersi, scartando quelli a cui lei stessa non si sarebbe mai abbassata.

Quasi non se ne accorse: una debole increspatura rossa sul

bordo estremo della scansione, ben al di fuori della linea di approccio. Ingrandì, ripeté la scansione e aggrottò la fronte.

«Capitano. Terza parte, lato opposto. Nessun segnale, ma la massa sembra Imperiale.»

Rask guardò. «Dimensioni?»

«Grossa. Forse una corazzata. Forse un trasporto carico per la guerra.»

Mercy fischiò. «Il divertimento non finisce mai.»

Lyra osservò il nuovo contatto, la sua segnatura termica che aumentava mentre si preparava all'avvicinamento. «Non si stanno nascondendo. Potrebbero essere qui per Vexa.»

Mercy sogghignò: «O per noi.»

Rask si schioccò le dita, le articolazioni che scricchiolavano nel freddo. «Se è Imperiale, vorranno il contenitore.»

«O la taglia sulle nostre teste» disse Lyra, con tono impassibile.

Mercy fece roteare di nuovo la lama, questa volta con più determinazione. «Se sono cacciatori, li attiriamo verso la Seraphine, lasciamo che si sbranino a vicenda e filiamo via dal sistema mentre sono distratti.»

Lyra rifletté, poi annuì. «Potrebbe funzionare.»

Rask esitò, poi disse: «Prepara il piano.»

Guardarono la terza nave colmare la distanza, la sua segnatura termica ora incandescente. L'IA si fece sentire, il tono che a malapena mascherava il panico. «Allerta di prossimità. Vascello in arrivo su rotta di collisione. Armi attive.»

Lyra tolse la sicura al propulsore principale, il suo pollice appoggiato appena sopra l'accensione.

Rask si chinò, la voce bassa. «Se prendono di mira prima noi, fuggiamo. Se attaccano la Seraphine, aspettiamo i rottami e li setacciamo in cerca di Kye.»

Gli occhi di Lyra si strinsero, ma non discusse.

Mercy inclinò la testa. «Pensi che Vexa tenga Kye in vita?»

Rask si strinse nelle spalle. «Non è una sentimentale. Ma è meticolosa.»

Lyra aprì un display secondario, mostrando l'ultima trasmissione della Seraphine. Era criptata, ma la cadenza e la lunghezza corrispondevano a un codice Imperiale preimpostato.

«Sta ancora parlando con qualcuno» disse Lyra. «Forse non la nuova nave, ma qualcun altro.»

La mascella di Rask si tese. «Lavorano insieme?»

«Ne dubito» replicò Lyra. «I cacciatori non condividono.»

Doc si collegò, sembrando senza fiato. «Il campo del contenitore ha appena avuto un picco. Se state pianificando manovre azzardate, avvisatemi prima, non voglio dover raccogliere Glim da terra con un raschietto.»

Mercy, deliziata, disse: «Non preoccuparti, Doc. Faremo qualcosa di folle e stupido solo se non avremo altre opzioni.»

Lyra sogghignò, un'espressione breve ma genuina. «Quindi: la solita routine.»

La nuova nave, ora più vicina, si rivelò essere un vascello da cacciatore di taglie classe Predatore, con lo scafo irto del tipo di tecnologia che faceva cagare sotto i normali pirati. La registrazione, quando Lyra finalmente ottenne un riscontro, indicava "Palamedes": vecchia scuola, senza fronzoli, solo letale.

Proiettò l'immagine sullo schermo principale e Rask la fissò per un lungo momento. «Non è uno del posto. Ci hanno seguito.»

La Palamedes accelerò, perdendo velocità come se non vedesse l'ora di schiantarsi contro ogni ostacolo del sistema. La segnatura fantasma della Seraphine si illuminò improvvisamente, per poi spegnersi. Lyra acquisì i dati, eseguì una traccia spettrale e sogghignò.

«Ha appena sganciato un'esca» disse. «Sta scappando verso il lato opposto.»

Rask osservò la Palamedes. «Non ci cascano.»

Mercy, che si era messa a intrecciare una corda detonante nella cintura, disse: «Vogliamo scommettere?»

Guardarono tutti mentre la nave da caccia ignorava l'esca e seguiva l'ultima rotta reale della Seraphine.

Rask annuì, quasi parlando a se stesso. «Seguiamo, lentamente. Aspettiamo che si scontrino.»

Lyra ridusse i motori alla minima potenza possibile e impostò una rotta parallela, appena fuori dalla linea di vista di entrambi i vascelli.

Per venti minuti non cambiò nulla. Poi, senza preavviso, la Palamedes aprì il fuoco.

Il cielo si riempì di un blu rabbioso, il tipo di raggio a cui non importava della furtività o della sottigliezza. La Seraphine incassò il colpo, gli scudi che si accesero, e rispose con una raffica di contromisure. Lyra osservò i numeri salire, poi scendere, poi risalire mentre la Seraphine cercava di superare in manovra il cacciatore più grosso e cattivo.

Mercy disse: «La situazione si sta per fare divertente.»

La Seraphine, sotto un fuoco pesante, eseguì un'inversione improvvisa e si nascose dietro una piccola luna butterata. Ma non fu abbastanza. La Palamedes la seguì e sganciò due siluri.

Rask osservò entrambi colpire il bersaglio. Strinse la sedia così forte che la stoffa si strappò. «Sarà meglio portarci via di qui» disse.

Lyra diede piena potenza ai motori; la Meridian scattò in avanti con un lamento che fece vibrare ogni rivetto metallico dello scafo. La schermatura termica resse, a malapena. Sfrecciarono oltre la Palamedes, abbastanza vicini da vedere le file di cannoni a rotaia che li seguivano, poi sfruttarono l'effetto fionda attorno al pozzo gravitazionale della luna.

Dall'altra parte, la Seraphine roteava su sé stessa, espellendo atmosfera. Lyra vide i danni: bruciature lungo lo scafo, una linea frastagliata dove una volta c'era il motore di poppa. Ma il danno principale era alla plancia, o meglio, alla sua assenza.

«Kye potrebbe essere sopravvissuto?» chiese Lyra, cercando di mantenere la voce ferma.

«È la nostra occasione per scoprirlo.»

La Palamedes procedeva spedita e senza riguardi, il pennacchio del suo propulsore che tagliava una profonda ferita nel pallido buio del sistema. Rask la osservò piombare sull'ultima posizione nota della Seraphine, le dita aperte sul timone come se potesse allontanare la nave nemica per puro atto di pressione. Era una vecchia tattica – spingere forte, spaventare la preda fino a farla commettere un errore – ma la Palamedes non stava bluffando, e tutti sulla Meridian lo sapevano.

«A tutto l'equipaggio» sbottò Rask, la voce secca e abbastanza forte da sovrastare l'allarme crescente della nave. «Posti di combattimento. Lyra, prepara la modalità fantasma al mio segnale. Doc, metti al sicuro il contenitore e te stesso. La faccenda si metterà male.»

Lyra stava già correndo, gli stivali che sbattevano sul ponte, ogni passo una nuova discussione con l'inerzia malconcia della nave. Raggiunse la scala di accesso alla sala macchine, scivolò giù e atterrò sugli avampiedi. L'aria lì sotto era metallica, calda della promessa di un disastro. Si tolse i guanti dalle mani – non c'era tempo per la sicurezza – e cominciò a strappare i condotti principali.

Sopra di lei, l'IA della nave iniziò a snocciolare avvertimenti come un genitore ansioso. «Tensione dello scafo al 60%. Temperatura interna in aumento. Personale non autorizzato in sala macchine.»

Lyra la ignorò, estrasse una chiave inglese dalla cintura e mise in cortocircuito due cavi con la sicurezza esperta e spericolata di una donna che una volta aveva riparato un tubo lanciasiluri con solo un pacchetto di sigarette e un topo morto.

«Modalità fantasma preparata» gridò nel comunicatore. «Pronta al tuo via.»

Le luci principali della Meridian tremolarono, poi si spensero. Solo il silenzioso bagliore blu dei LED di stato illuminava il mondo.

In plancia, Rask preparò l'approccio. «Ci caliamo nella nube di gas. Azzeriamo tutte le emissioni, navighiamo al buio. Se la Palamedes ci vuole, dovrà entrare e trovarci.»

Mercy si appoggiò alla paratia, l'inerzia che quasi la staccava dal pavimento mentre la nave sobbalzava. «Ci nascondiamo o combattiamo?»

Rask fissò lo schermo. «Entrambe le cose.»

Mercy scoprì i denti. «Questa è la mia idiozia preferita.»

In infermeria, Doc assicurò ogni oggetto vagante, poi ricontrollò la culla del contenitore. L'impulso di Glim era irregolare, un'oscillazione selvaggia che faceva vibrare l'intero banco da lavoro. Strinse più forte le cinghie e diede dei colpetti sulla parte superiore del contenitore, sperando che si calmasse, o almeno non peggiorasse.

«Non esplodere» disse. «O fallo, ma prima smussa gli angoli.»

La nave colpì l'alta atmosfera della luna gassosa con un suono simile a un tuono intrappolato in una lattina. Lyra strinse un filo scoperto tra i denti, sputò un'imprecazione e forzò la chiusura dell'interruttore principale. La scossa quasi le intorpidì il braccio, ma mantenne il contatto finché l'indicatore non divenne verde.

Sopra, l'IA strillò: «Attenzione: questa procedura viola diciassette protocolli di sicurezza e annullerà tutte le garanzie.»

Mercy, ora a testa in giù rispetto al resto della nave, riuscì a sbuffare. «Un'altra parola e ti stacco la spina io stessa.»

L'IA rispose con un triste: «Ricevuto» e tacque.

Lo scafo gemette, poi urlò, mentre il differenziale di pressione combatteva contro le vecchie saldature e viti. Ogni toppa che Lyra aveva applicato da quando si era unita a Rask tenne, ma a malapena. L'equilibrio termico della nave andò in tilt. Si formò della brina all'interno dell'oblò di tribordo, per poi svanire quando la temperatura si invertì.

Doc, sentendo i g come un peso sui polmoni, si strinse la testa tra le ginocchia e vomitò ordinatamente in un sacchetto. L'impulso di Glim aumentò in armonia, vibrando lungo la sua spina dorsale fino a dietro i bulbi oculari.

Il mondo divenne buio.

La Meridian era sospesa nell'atmosfera della luna, avvolta in una nebbia di rame così fitta che nemmeno la stella locale riusciva a trovarli. Tutti i sistemi, tranne il supporto vitale, erano spenti. L'unico movimento era il debole impulso delle luci di emergenza e il battito cardiaco echeggiante e aritmico del contenitore nella stiva.

Rask si appoggiò allo schienale, rilassò le mani e lasciò che il sudore gli si ghiacciasse sulla fronte. «Situazione» sussurrò, a nessuno in particolare.

La voce di Lyra, roca e piena di statica, giunse dal basso. «Siamo morti. O per quanto ci si possa avvicinare su questa nave. Posso riavviare tutto in tre secondi.»

Mercy era appesa a un montante del soffitto, gli occhi chiusi. «Ci sono cascati?»

Rask attese, osservando i sensori passivi. Nessun segno della Palamedes, niente dalla Seraphine.

Premette il comunicatore. «Lyra, taglia il flusso di navigazione. Vediamo se provano a stanarci.»

«Ci penso io» rispose lei, e la griglia di navigazione della nave tremolò, poi si spense.

Per sei minuti, la Meridian andò alla deriva alla cieca. Ogni secondo si allungava sottile come un vecchio filo, ogni battito cardiaco un po' più forte del precedente. Le nuvole di rame si avvolgevano sullo scafo, striando gli oblò di rosso metallico.

Rask contò i secondi sulle dita. Al settimo minuto, la Palamedes riapparve: un'impennata termica, incandescente, che perforava gli strati superiori della luna gassosa.

La console di Lyra si illuminò per l'intrusione. «Sta eseguendo una scansione a banda larga. Non è sottile.»

Mercy sogghignò, gli occhi socchiusi per l'attesa. «Possiamo provocarlo?»

Rask scosse la testa. «Lasciamogli bruciare carburante. Più a lungo restiamo al buio, meno rischi può correre. I cacciatori vengono pagati per il cadavere, non per i rottami.»

Lyra osservò i dati. «Si sta avvicinando. Duecento klick e in fase di chiusura.»

Doc, in infermeria, sentì la pressione diminuire mentre la nave scendeva più in basso. Chiuse gli occhi e cercò di ignorare le vibrazioni del contenitore. Non funzionò.

Un nuovo suono – sommesso, acuto, quasi musicale – riempì l'infermeria. Aprì gli occhi e vide che il contenitore aveva cambiato colore, il blu che sfumava nel viola al centro.

Controllò i sensori. Il contenitore stava emettendo – controllò di nuovo – un segnale. Non radio, non microonde. Qualcosa di più lento. Qualcosa di quasi vivo.

Doc allungò la mano verso il comunicatore, ma si fermò. Ricordò l'avvertimento di Lyra sui rumori superflui. Invece, srotolò un pezzo di cavo, lo fissò all'uscita del contenitore e collegò l'altra estremità a una presa improvvisata sul suo portatile.

Lo schermo del laptop si illuminò con un nuovo schema. Sembrava, in mancanza di una parola migliore, un linguaggio.

Doc sbatté le palpebre, poi iniziò a digitare.

TREDICI

Sul ponte, le telecamere dello scafo inquadrarono la Palamedes. La nave da caccia era più grande della Meridian, due volte più slanciata e carica di armi che facevano prudere la pelle a Rask.

Lyra trasferì l'immagine sul display principale. «È a tiro di siluro.»

Rask non batté ciglio. «Aspetta.»

La Palamedes sparò un colpo di prova: un proiettile cinetico, non mirato per uccidere, ma per stanare un bersaglio. Il proiettile perforò il banco di nubi qualche centinaio di metri più in alto, mancando la Meridian per un margine così sottile che l'IA, se fosse stata online, avrebbe urlato.

Lyra teneva l'interruttore, il pollice che sbiancava sul pulsante. «Pronta?»

Rask: «Non ancora.»

Doc, in infermeria, prese il contenitore e fissò l'impulso, che ora lampeggiava in rapide sequenze. Attivò l'override sul suo terminale.

Il portatile riprodusse un suono.

Era una voce, o qualcosa di simile. Parlò, poi si ripeté, quindi cambiò tono e parlò di nuovo.

Doc tradusse, quasi parlando tra sé e sé. «Stanno parlando. Il contenitore e la caccia.»

Deglutì, poi attivò la comunicazione. «Ponte. Glim sta cercando di parlare con la Palamedes.»

La voce di Lyra: «Come?»

«Linguaggio,» disse Doc. «Chiamalo codice, chiamalo canto, non mi interessa. Ma stanno ascoltando.»

Rask eseguì una simulazione, in fretta. «Se la Palamedes stabilisce un contatto, cosa succede?»

Doc: «Nel migliore dei casi, ci lascia in pace. Nel peggiore, prende di mira Glim e non si fermerà finché non l'avrà presa.»

Mercy si schioccò le nocche. «Quindi, niente di nuovo.»

Lyra osservò la Palamedes avvicinarsi alla deriva, poi, senza preavviso, spegnere i motori. La nave da caccia rimase sospesa nel gas, eguagliando perfettamente la loro deriva.

Rask controllò il feed dei sensori. «Sanno che siamo qui. Stanno aspettando.»

Mercy sussurrò: «Cosa?»

Rispose Lyra. «Un messaggio.»

La voce di Doc, urgente: «Lasciatemi provare.»

Collegò l'output del contenitore all'array di comunicazione, poi attivò una breve raffica codificata. Gli altoparlanti del ponte si riempirono di un suono a metà tra l'avvio di un computer e un coro che ansimava in cerca d'aria.

Per dieci secondi, niente. Poi, dall'oscurità, una risposta: più profonda, più lenta e dotata di una gravità che fece tremare lo scafo.

Lyra controllò la navigazione. La Palamedes si era spostata, appena di un soffio, e ora puntava direttamente verso l'infermeria.

«Doc,» disse Rask, «qualunque cosa tu stia facendo, falla più in fretta.»

Le mani di Doc volarono sulla tastiera. «Credo sia un protocollo di handshake. Glim sta dicendo loro che non siamo una minaccia.»

Lyra, scettica, disse: «Non credo che gli importi.»

Doc inviò un'altra raffica. Questa più lunga, più complessa. Glim rispose calmandosi, la sua luce si stabilizzò e il suo impulso divenne quasi gentile.

La Palamedes, dopo un lungo minuto, si ritirò.

Lyra fissò il feed. «Se ne stanno andando.»

Mercy, trionfante, tirò un pugno all'aria. «Abbiamo vinto?»

Rask scosse la testa. «Siamo sopravvissuti. Per ora.»

Guardò la nave da caccia svanire tra le nubi, poi si rivolse a Lyra. «Ora andiamo a prendere Kye.»

Lei sogghignò, si asciugò il sudore dal viso e riavviò l'alimentazione principale della nave. Le luci tremolarono, poi si riaccesero. Il mondo tornò dritto.

Rask attivò il motore, impostò la rotta verso l'ultima posizione nota della Seraphine. «Mercy, pronta?»

Mercy controllò le lame, poi il kit da sfondamento sulla schiena. «Nata pronta.»

Doc, ora in corridoio, si unì alla squadra.

Lyra diede potenza ai motori. La Meridian vibrò, poi sfrecciò attraverso la foschia, ogni superficie viva del bagliore residuo di una quasi-morte.

Mentre si avvicinavano alla Seraphine, l'IA della nave tornò online. La sua voce era sommessa, quasi un sussurro. «Trasmissione in arrivo. Criptata. Fonte: Seraphine.»

Lyra la trasferì alla console principale. Il messaggio era confuso, ma la firma era inconfondibile: Kye.

Rask lesse la riga, due volte, poi tre.

Diceva: «Non c'è molto tempo. Venite in fretta. Se non ci sarò più, bruciate tutto.»

Mercy sogghignò. «Ne faremo una festa.»

Lyra portò la nave a distanza di attracco, poi guardò Rask.

Lui annuì. «Buona fortuna.»

La camera di decompressione eseguì il ciclo, lo scafo tremava mentre Mercy preparava la carica da sfondamento.

«È ora di farsi qualche nuovo amico,» sogghignò Mercy e

svanì giù per la scaletta, pronta a incidere la giornata. Rask e Doc la seguirono da vicino.

La camera di decompressione li sputò fuori in un corridoio così stretto che Rask Helvan e Mercy Jones dovettero avanzare in fila indiana, come una coppia di persone in lutto in coda a un funerale per i vivi. L'interno della Seraphine era una cattedrale alla scarsa manutenzione e al pessimo gusto: paratie annerite da vecchi abbordaggi, pannelli di manutenzione semirovesciati come se la nave avesse passato l'ultima settimana a cercare di divorarsi dall'interno. Ogni passo scatenava un nuovo eco, amplificato dal ritmo morente delle luci d'emergenza, che tremolavano a intervalli imprevedibili e illuminavano il corridoio come il set di un film dell'orrore a basso budget.

Rask prese il comando, arma di servizio alzata e occhi piatti e risoluti. Dietro di lui, Mercy scivolava più che camminare, con due coltelli sguainati. I suoi stivali non facevano rumore, ma il sibilo del suo respiro era un costante conto alla rovescia verso la prossima pessima decisione.

L'aria della nave era densa di isolante fuso e di qualcosa di acido, come una vasca di energy drink lasciata a marcire. L'unico movimento proveniva dagli archi erratici delle luci e dal lento gocciolio di refrigerante da un tubo rotto. Di tanto in tanto, la luce sopra di loro si accendeva al massimo, rivelando le conseguenze di quella che era stata chiaramente un'evacuazione frettolosa e non autorizzata: tavoli della mensa con barrette di razioni abbandonate ancora fumanti, una giacca drappeggiata sullo schienale di una sedia, una scia di impronte oleose che svaniva al primo incrocio.

Rask mantenne un passo costante. Mercy lo seguiva, con

gli occhi dappertutto, come se si aspettasse un'imboscata dall'interno delle pareti.

Tre ponti più in su, la voce di Lyra li interruppe, metallica attraverso le comunicazioni della tuta. «I sistemi principali della Seraphine sono in lockdown locale. Li tengo in uno schema di attesa, ma se la Palamedes vi rileva con i sensori, è finita.»

Rask sibilò in risposta: «Situazione?»

«Stanno ancora scandagliando il settore in cerca di noi. Avete forse otto minuti prima che la scansione si resetti. Dopodiché, respirerete i loro gas di scarico.»

Mercy controllò il suo cronometro, poi sogghignò. «Un sacco di tempo.»

Svoltarono un angolo e il corridoio si allargò bruscamente. All'incrocio successivo, Mercy si fermò. «Fermo.»

Si inginocchiò, passò un dito nella polvere sul ponte. Lì, tracciato con una mano impaziente e sottile come una zampa di ragno, c'era un graffito:

SE MI TROVATE, MANDATE SNACK

Lo indicò. «È Kye.»

Rask si concesse una contrazione di divertimento. «Se non altro è coerente.»

Proseguirono, seguendo la scia di scarabocchi progressivamente più deliranti — AIUTO. QUEST'ARIA FA SCHIFO. PORTATE TOAST. — finché non raggiunsero un portello segnato da un solco fresco nella lega, una freccia grezza incisa con quella che sembrava una forchetta.

Mercy appoggiò la spalla al portello, ma Rask la fermò con un segnale della mano. Premette l'orecchio contro il pannello, ascoltò, poi annuì. «Qualcuno dentro. Un battito cardiaco. Debole.»

Mercy mostrò un pollice in su e invertì l'impugnatura del coltello. «Pronta.»

Rask attivò l'override manuale. Il portello resistette, poi si spalancò con violenza, sbattendo contro il muro e rimbalzando indietro. Il compartimento all'interno era una micro-cella, spoglia tranne che per una branda e il groviglio di persona che la occupava.

Kye — capelli rasati a zero, volto decorato da una costellazione di lividi — alzò lo sguardo e sogghignò attraverso le labbra spaccate.

«Ci avete messo abbastanza,» gracchiò. «Avete portato le patatine?»

Mercy scoppiò a ridere, lasciò cadere il coltello e si gettò sulla branda, quasi facendo cadere Kye nel processo. «Mi sei mancatə, stramboidə.»

Kye fece una smorfia, ma continuò a sorridere. «Hai portato la marca buona?»

Rask entrò, ispezionò il compartimento in cerca di trappole esplosive o testimoni, non trovò nessuno dei due. «Siamo a tempo,» disse, con voce professionale. «Riesci a camminare?»

Kye si strinse nelle spalle, poi si alzò. «Posso anche correre, se mi prometti del guacamole.»

Mercy passò un braccio di Kye sopra la sua spalla, stabilizzando la sua andatura zoppicante. «Andiamocene da questo schifo di posto.»

La voce di Lyra si intromise di nuovo. «La Palamedes è appena scomparsa dai sensori. Sta venendo dalla nostra parte, veloce.»

«Tempo?» chiese Rask.

«Cinque minuti, forse meno.»

Rask spinse Mercy e Kye fuori nel corridoio, poi li seguì, ripercorrendo i loro passi a una velocità che rasentava la frenesia.

Mentre si muovevano, Kye borbottò: «Sai, avevo un piano.»

Mercy sogghignò. «Include esplosivi?»

«Un po',» disse Kye. «Ma principalmente includeva il non farmi salvare dagli idioti che mi hanno messə in questo casino.»

La risata di Mercy fu un colpo di pistola. «Eppure, eccoci qui.»

Raggiunsero la scala di servizio, salirono tre ponti e corsero attraverso l'ultima curva fino al portello di attracco. Rask attivò la camera di decompressione. Non accadde nulla.

Ci riprovò. Il pannello lampeggiò di rosso: OVERRIDE LOCALE.

«Lyra,» scattò.

La sua risposta arrivò con il suono di una digitazione frenetica. «L'equipaggio di Vexa ha inserito un blocco secondario. Forse posso forzarlo con la forza bruta, ma dovrai deviare il comando manuale dall'interno.»

Mercy spinse Kye verso il pannello. «Hai sentito la donna.»

Kye sbatté le palpebre, poi sogghignò ancora di più. «Questa è la cosa più facile che mi hai chiesto di fare oggi.»

Aprì il pannello con due dita, tirò fuori un fascio di fili e li attorcigliò in una sequenza che fece venire le vertigini a Rask. Il portello eseguì il ciclo, sibilò e si aprì di uno spiraglio.

Vi si riversarono dentro, lo sigillarono, poi fluttuarono nella stretta camera di decompressione, respirando affannosamente.

«Casa dolce casa,» disse Mercy.

Kye si appoggiò al muro, a occhi chiusi. «Se mai qualcuno dovesse chiedere, ditegli che sono statə degnə.»

Rask attivò la comunicazione. «Lyra, siamo al sicuro. Inizia il salto non appena siamo a bordo.»

Sul ponte, Lyra impostò il motore in riscaldamento.

Mentre la squadra di salvataggio risaliva a bordo, Lyra alzò lo sguardo dalla sua console e vide Kye, insanguinatə ma sorridente, schiacciata tra Mercy e Rask.

Sollevò un sopracciglio. «Sembri un mortə che cammina.»

Kye sorrise raggiante. «La morte è sopravvalutata. Hai del cibo?»

Lyra quasi sorrise. «Vedremo.»

Mercy condusse Kye lungo il corridoio, raccontando già di

come avesse dato ai suoi coltelli i nomi dei suoi ex. Rask li guardò andare, scosse la testa e disse: «Tornati alla normalità, allora.»

Lyra attivò il salto e borbottò: «Se così la vuoi chiamare.»

Fuori, la Palamedes arrivò bruciando, con le armi online.

Dentro, l'equipaggio si preparò per il salto. Doc strinse il contenitore di contenimento, Kye rise all'ultima battuta di Mercy, Rask prese posto al pilotaggio e Lyra eseguì i calcoli, con gli occhi accesi.

La Meridian saltò, il mondo svanì e, per un istante, non ci fu altro che il respiro acuto e condiviso.

Poi, come sempre, l'universo riempì il silenzio con altri guai.

QUATTORDICI

La Meridian arrancava nel vuoto interstellare come un reduce che si trascina a casa dal pub, con una spia di allarme su tre sul cruscotto sostituita dal simbolo universale di "Game Over". L'ultima manovra della nave aveva lasciato una scia di ioni bruciati, piccoli incendi elettrici e un'infermeria alla deriva che ora puzzava di antisettico e del fallito esperimento di qualcuno con le cipolle sottaceto.

Kye giaceva supino sul lettino chirurgico, con l'occhio sinistro così gonfio da non potersi aprire e il destro che alternava a intermittenza la messa a fuoco aumentata e quella normale. Doc Vellenix, tenendo una suturatrice laser in una mano e quello che sembrava sospettosamente una graffetta nell'altra, si avvicinò con la malizia precisa di un chirurgo reduce da una sbronza.

«Sta' fermo» disse Doc, anche se gli unici muscoli che Kye sembrava in grado di controllare erano quelli necessari per fare commenti sarcastici.

Kye scoprì i denti in un sorriso che suggeriva al contempo gratitudine e una totale mancanza di istinto di autoconservazione. «Hai mancato un punto. O quello, o mi stai scolpendo un secondo sopracciglio.»

Doc grugnì, premette la suturatrice sulla ferita e osservò la pelle sigillarsi, pallida contro la vivida fioritura del livido sottostante. «Direi che ti lascerà il segno, ma dubito che qualcuno se ne accorgerà. Hai la faccia di un soufflé sgonfio.»

«Un gran complimento, detto dall'uomo che si taglia i capelli con un saldatore.»

Doc lo ignorò, si scrollò via il sangue dalla punta della suturatrice con un colpetto e controllò la lettura dei parametri vitali di Kye. Il monitor emise un rumore sospettosamente simile a una pernacchia, poi lo schermo divenne piatto per mezzo secondo prima di riavviarsi e tornare verde.

Dall'altro lato dell'infermeria, Mercy sedeva a cavalcioni su una cassa da stoccaggio rovesciata, oliando un coltello da combattimento con uno straccio che un tempo era stato una maglietta. Alzò lo sguardo, considerò la scena e disse: «Se avete finito di flirtare, il capitano ci vuole in mensa.»

«Fantastico» disse Kye, e cercò di mettersi a sedere. Ci riuscì al secondo tentativo. «Lo sai che nessuno mi ha ancora offerto una tazza di caffè?»

Mercy sogghignò, mostrando i denti senza allegria. «Fossi in te non ci spererei.»

Lyra stava già aspettando in mensa, curva sul pannello diagnostico con una tazza di tè che sperava sarebbe rimasto almeno tiepido per quando avrebbe avuto occasione di berlo. La sua uniforme era rattoppata, le mani ancora macchiate dall'ultima revisione del motore e il suo sguardo aveva l'intensità acuta e secca di chi non si era mai annoiato un momento in vita sua e intendeva continuare così.

Non alzò lo sguardo quando gli altri entrarono. «Lo sapete che c'è una perdita di refrigerante sul ponte di prua?» disse. «Se peggiora ancora, avremo una pista di pattinaggio sul ghiaccio nel corridoio di accesso.»

Doc si strinse nelle spalle. «Almeno i corpi si conserveranno.»

Kye lanciò un'occhiata a una tazza di caffè vuota, poi a

Lyra. «Ti costerebbe tanto lanciare prima una simulazione sulla patch?»

Le labbra di Lyra ebbero un fremito. «Mi piace improvvisare. Dà personalità ai motori.»

Mercy scivolò sulla panca, appoggiò i piedi sul tavolo e lanciò una barretta di razioni a Kye, che l'afferrò senza guardare.

«Mangia» disse Mercy. «Sei meno fastidioso quando hai la bocca piena.»

Kye le diede un morso, masticò e finse platealmente di godersi il sapore di cartone pressato e qualcosa che un tempo avrebbe potuto essere una banana.

Doc si versò una tazza di un qualsiasi liquido scuro che sulla Meridian passava per caffè e prese posto. «Dov'è Rask?»

Lyra indicò con il mento la cabina di pilotaggio, dove si vedeva l'ombra del capitano accasciata sul pannello principale, che fissava i dati dei sensori come se si aspettasse che iniziassero a comporre minacce a lettere cubitali.

«Helvan ha la luna storta» disse Lyra. «C'entra il fatto che la Palamedes continua a tracciare la nostra posizione ogni mezz'ora. Si potrebbe pensare che una nave con così tante armi non abbia bisogno di essere così assillante.»

Mercy fece roteare il coltello tra le dita. «Mai le armi, sempre i piloti. Una forma di compensazione, sai com'è.»

Kye ingoiò l'ultimo pezzo della barretta di razioni e gettò l'involucro nello scivolo del riciclaggio. «Qualcuno vuole aggiornarmi sulla parte in cui non siamo ancora morti?»

Il sogghigno di Mercy si acuì. «Non ancora. Dagli un giorno di tempo.»

Lyra digitò una sequenza sulla diagnostica, poi si rivolse a Kye. «Siamo fuori pericolo, per ora. La Palamedes ci ha persi tra i detriti e la Seraphine non è più una minaccia. Siamo a circa mezzo sistema di distanza, arranchiamo verso il prossimo portale di salto. Dovresti riposare finché puoi.»

Doc aggiunse: «Hai preso una bella botta in testa.

Manterrei il sarcasmo sotto i livelli critici, almeno finché il gonfiore non cala.»

Kye, intuendo un'opportunità per provocare, disse: «È un ordine medico o solo una pia illusione?»

Doc alzò gli occhi al cielo, poi puntò un dito verso la tempia di Kye. «Hai delle microfratture alla placca zigomatica. Se non vuoi che la faccia ti collassi durante la cena, te ne starai buono.»

Mercy disse: «Non che si noterebbe, data la condizione di partenza.»

Kye si appoggiò all'indietro, con le mani intrecciate dietro la testa, e scrutò gli altri con l'aria di un gatto che decide vicino a quale finestra schiacciare un pisolino. «Apprezzo la preoccupazione. Ma mi interessa di più come dovremmo impedire al contenitore di fondere l'infermeria la prossima volta che ha una crisi di nervi.»

L'espressione di Lyra non cambiò, ma le sue dita tamburellarono sul tavolo un ritmo rapido e complesso. «Glim ora è tranquilla. Doc ha eseguito la diagnostica, ma nessuna delle letture ha senso. O è dormiente, o è morta, o sta aspettando la prossima occasione.»

«Come un serpente domestico» disse Mercy.

«O un adolescente particolarmente scontroso» replicò Kye.

Mercy ripose il coltello e prese un'altra barretta di razioni. Strappò l'involucro con i denti e parlò a bocca piena. «Quello che voglio sapere» disse, «è come facevi a essere in piedi proprio di fronte a noi un minuto, e un attimo dopo sulla Seraphine. A nessun altro fa andare fuori di testa questa cosa?»

Kye si strinse nelle spalle, poi sussultò quando il movimento gli provocò una nuova fitta di dolore al viso. «È stata certamente un'*esperienza*.»

Lyra inclinò la testa, socchiudendo gli occhi. «Niente di... riarrangiato?»

Kye sorrise. «Non che io abbia notato. Per ora. Difficile dirlo con le botte che ho preso dopo.»

Mercy lo squadrò. «Hai sempre avuto pessimi gusti in fatto di compagnie.»

Kye rise, e il suono echeggiò stranamente nella mensa. «Giusto.»

Lyra incrociò le braccia. «Ti hanno tenuto rinchiuso tutto il tempo o hai visto Vexa?»

Il sorriso di Kye si spense leggermente. «Non l'ho vista, ma l'ho sentita. Aveva i registri dell'Orpheon.»

Mercy si raddrizzò. «I registri del relay? Quelli dell'avamposto?»

Kye esitò, poi si strinse nelle spalle. «Credo di sì. Qualcuno della sua squadra ha recuperato il backup prima che il relay andasse a puttane. Lo offriva al miglior offerente.»

Doc si accigliò. «Perché mai qualcuno dovrebbe pagare per quei registri? L'avamposto era un relay del mercato nero. Nient'altro che panni sporchi e vecchi porno.»

Gli occhi di Kye brillarono. «A meno che qualcuno non volesse cancellare ogni traccia di una spedizione particolare. O di un passeggero particolare. O di un contenitore particolare.»

Il silenzio nella mensa si approfondì.

Mercy disse: «Stai dicendo che la taglia sulle nostre teste non è solo per noi. È per Glim.»

Kye annuì. «Sì. Ho intravisto delle letture sulla Seraphine. Non è biotecnologia standard. È... grezza. Instabile. Come un prototipo.»

A quella parola, Lyra trasalì. La mascella di Doc si contrasse.

Mercy borbottò: «Porca puttana» e scartò un'altra barretta di razioni.

Rask, fino a quel momento in silenzio nella cabina di pilotaggio, parlò senza voltarsi. «I prototipi non sono mai fatti per durare» disse. «È quello che li rende preziosi.»

Kye rischiò un'occhiata a Doc. «Quanto è stabile? Glim. L'unità.»

Doc si strinse nelle spalle, ma la sua mano aleggiava vicino all'interruttore d'emergenza sulla parete. «Se è un prototipo, è il più cattivo che abbia mai visto. Il contenimento regge, per ora, ma il profilo energetico è fuori scala. L'IA della nave continua a provare a espellerlo.»

Lyra disse: «Non posso biasimarla.»

Mercy, ormai alla sua terza barretta di razioni, disse: «Qual è il piano, allora? Continuiamo a scappare finché non finiscono i soldi, o finché la Palamedes non ci ritrova?»

Rask si voltò finalmente dalla cabina di pilotaggio, con gli occhi come una notte d'inverno. «Scopriamo cosa vogliono» disse. «E ci assicuriamo di essere gli unici a sapere come darglielo.»

Kye sorrise, con il rispetto dipinto sul volto malconcio. «Questo è un piano che posso appoggiare.»

L'espressione di Mercy suggeriva che l'avrebbe appoggiato con una lama affilata, ma non disse di no.

Lyra bevve il suo tè freddo, posò la tazza e disse: «Il prossimo salto è tra sei ore. Se siamo fortunati, ne avremo tre senza crisi.»

Doc disse: «Non sei mai fortunata.»

«Vero» replicò Lyra. «Ma a volte l'altro tizio è ancora meno fortunato.»

Kye si alzò, barcollando solo leggermente, e salutò con due dita. «Permesso di andare in branda?»

«Non sanguinare sulle lenzuola» gli gridò dietro Doc.

Kye si diresse verso le cuccette dell'equipaggio, canticchiando qualcosa che somigliava sospettosamente a una marcia funebre. Al portello, si fermò e si guardò indietro.

Il contenitore era ancora lì, sigillato e silenzioso.

Kye lo osservò un istante, poi disse: «Ehi, Glim.»

La scatola non rispose, ma la luce blu all'interno tremolò, solo una volta.

«Sogni d'oro» disse Kye.

Uscì dalla mensa e l'equipaggio guardò il portello chiudersi, tutti e quattro immersi in pensieri diversi, ma ugualmente catastrofici.

Per una volta, nessuno si prese la briga di esprimerli.

La stiva era più fredda del resto della nave e odorava di usura del metallo e del vago, persistente tanfo dell'ultimo episodio di Glim. La condensa formava goccioline sui tubi e scorreva in rivoli lenti e casuali lungo le pareti di ceramica del contenitore. Ogni volta che il campo di contenimento completava un ciclo, un leggero "clic-fruscio" echeggiava sul ponte, un battito cardiaco pacato per la cosa all'interno.

Kye si fermò sulla soglia, passandosi la lingua su un taglio sul labbro. Lanciò un'occhiata a Doc, che stava facendo un'imitazione passabile di un bibliotecario nervoso, tutto un muovere i piedi e lanciare sguardi protettivi alla cassa.

«Sei sicuro che sia una buona idea?» disse Doc, come se la domanda potesse produrre un'alternativa.

«No» rispose Kye, ed entrò. I suoi stivali scricchiolarono una volta sul ponte umido.

Mercy si nascondeva nel corridoio, a braccia conserte, con un blaster a tracolla e una granata alla cintura puramente per creare l'atmosfera. Rask osservava dalla cima della scala, l'espressione una maschera perfetta di comando e negazione. Lyra stava probabilmente ascoltando da ogni microfono nella stiva, ma aveva avuto il buon senso di non presentarsi di persona.

Doc lo seguì, portando uno scanner sintonizzato sulla risonanza di Glim. «Il protocollo è di mantenere dieci metri di distanza. Non sto dicendo che scatenerai un'altra crisi, ma...»

«Dieci metri è la portata delle comunicazioni, non quella dell'empatia» disse Kye. «Se vuoi che le parli, devo avvicinarmi.»

Doc si strinse nelle spalle, posò lo scanner su una cassa e tirò fuori una pistola dal kit medico. Rimosse la sicura, poi la reinserì, poi la rimosse di nuovo. «Rask dice che devi andare da solo, ma se quella cosa si muove, io sparo.»

«Giusto» disse Kye, sebbene dubitasse che Doc avrebbe colpito la cosa giusta anche se ci avesse provato.

Il contenitore si trovava al centro di un nido di cavi di alimentazione, anelli di contenimento e un trio di pesanti cinghie imbottite. Una luce blu, tenue e statica, trapelava dai bordi del coperchio a vite. L'unico display era un piccolo terminale malconcio che alternava lo stato del sistema a un conteggio progressivo di "incidenti dall'ultimo ripristino". Al momento segnava due.

Kye si inginocchiò accanto alla scatola, sentendo il freddo attraverso entrambi gli strati della sua tuta di volo. Posò un palmo delicatamente sulla ceramica e attese che il ronzio cambiasse. Per un lungo istante, non accadde nulla.

Parlò, a bassa voce, con le sillabe precise e secche che riservava alle cose fragili. «Ciao, Glim. Sono Kye. Ti ricordi di me?»

Il ronzio cambiò, appena percettibilmente. La luce blu pulsò.

Doc trasalì, ma non disse nulla.

Kye espirò. «Sei al sicuro. Sei sulla Meridian. Siamo dovuti scappare. C'è stato un combattimento. Tu... capisci cosa sto dicendo?»

Un altro impulso, ora più acuto. Kye sentì una pressione nell'orecchio, poi nella mascella, come se l'aria si fosse addensata tra lui e la scatola.

Ci provò di nuovo. «Glim, so che sei lì dentro. Puoi darmi un segno?»

Il contenitore vibrò. Un'unica nota acuta risuonò e si spense. Lo stato del terminale lampeggiò in rosso, poi in verde, poi di nuovo in rosso.

Kye rischiò un'occhiata a Doc, che mimò con le labbra: «Attento.»

Kye si leccò le labbra. «Mi dispiace di averti lasciata indietro. Non è stata una mia idea. Sono stato portato a bordo della Seraphine.»

Una pausa. Poi la luce blu tremolò, più brillante di prima, e il ronzio del contenitore salì di un'intera ottava. Lo scanner all'anca di Doc emise un segnale di avvertimento.

Doc si avvicinò, con la pistola ora estratta e puntata sul ponte, ma pronto.

Il terminale del contenitore scorse rapidamente le schermate di diagnostica, poi si bloccò su un'unica riga di testo. Scorse, lentamente, tre parole:

BUGARDO. BUGARDO. BUGARDO.

Kye si ritrasse di scatto, allontanando la mano dalla scatola come se si fosse scottato. Il bagliore blu divampò e si spense, lasciando solo una debole immagine residua.

La voce di Mercy, debole ma divertita, echeggiò lungo il corridoio. «Ti ha appena dato del bugiardo? Fantastico.»

Doc ripose la pistola nella fondina, le mani che gli tremavano in quel modo che Kye sapeva significare che stava sopprimendo il panico con la scienza. «Questa... è nuova.»

Kye sedeva sul pavimento freddo, respirando affannosamente. «Non l'ha mai fatto prima. Non i messaggi. Non così.»

Doc disse: «Credo che sia arrabbiata. Con te.»

Kye sbatté le palpebre, sentì il sangue martellargli dietro gli occhi. «Com'è possibile? È un protocollo, una mappa neurale, una...»

«Persona» disse Doc, a voce bassa.

Kye si asciugò il naso e trovò una sottile striscia di sangue sul dorso della mano. «Non è... non è possibile.»

Doc fece un cenno verso il contenitore, che ora pulsava con un ritmo lento, quasi cupo. «Vuoi riprovare?»

Kye scosse la testa. «Dalle un minuto. Lei... lei ha bisogno di tempo.»

La stiva si riempì di silenzio, rotto solo dal ciclo del

compressore e da Mercy che canticchiava un pezzo di una qualche sanguinosa canzone di mare dal portello.

Dopo molto tempo, Doc chiese: «Vuoi dirmi cosa è successo veramente su Orpheon?»

Kye scosse di nuovo la testa, ma questa volta c'era più tristezza che rifiuto. «Niente a cui crederesti.»

Doc ci pensò su, poi annuì. «Come la maggior parte delle cose, di questi tempi.»

Prima che potessero dire altro, gli altoparlanti risuonarono di una nota improvvisa e discordante, e la voce di Lyra rimbombò da ogni diffusore: «Ponte di comando alla stiva. Siamo appena stati contattati dallo spazio profondo. Segnale furtivo. Vettore sconosciuto. Ha usato la frequenza di Glim.»

Doc impallidì, poi si arrabbiò. «Qualcuno ha appena stabilito un contatto?»

La voce di Lyra tornò, secca. «Più che altro una stretta di mano. Sanno che siamo qui.»

Kye fissò il contenitore, che ora pulsava di un blu costante e consapevole.

Mercy entrò, con il blaster in braccio, divertita e impressionata. «Allora, qual è la prossima mossa?»

La voce di Rask, secca come sempre, risuonò dall'alto: «Scappiamo, come sempre. Ma questa volta, il campo di battaglia lo scegliamo noi.»

Doc si alzò, raccolse lo scanner e scrutò il contenitore come se potesse mordere.

Kye rimase sul ponte, a fissare la fessura luminosa del coperchio.

Mi ha chiamato bugiardo, pensò.

Non ha torto.

Là fuori nel vuoto, lontano dalla Meridian, un'altra nave ascoltava le stesse frequenze. Il messaggio era semplice, ed era destinato a loro.

Vi vediamo.

QUINDICI

L'allarme del Meridian non era progettato per infondere calma. Era il lamento di una banshee, un misto di allarme di collisione e guerra psicologica, garantito per annientare anche il più radicato debito di sonno. L'equipaggio ruzzolò fuori dalle rispettive brande, con gli arti che si aggrovigliavano tra le paratie e tra di loro, mentre il ponte si tingeva di rosso e la pressione dell'aria interna schizzava su di mezzo punto percentuale.

Lyra si lanciò nel corridoio di corsa, superò Mercy con una gomitata, con l'efficienza di un attaccabrighe da taverna, e raggiunse la postazione dei sensori prima che i suoi capelli si fossero riassestati dalla statica. Colpì il comando di esclusione con il palmo della mano, avviò la vecchia diagnostica in modalità provvisoria e lasciò che le sue mani danzassero sul campo di luci tremolanti e intermittenti. Il display produsse tre secondi netti di effetto neve, poi sputò un vettore: preciso, netto, che tracciava una linea retta attraverso lo strato in cui si nascondevano, all'ombra della coda di una cometa.

«Il segnale non è casuale», disse Lyra, a voce abbastanza alta perché gli altri, raggruppati dietro di lei, potessero sentirla. «Conoscono la frequenza armonica di Glim».

La risposta di Mercy fu una parola che le sarebbe costata l'esilio da diverse colonie perbene, poi aggiunse: «Quindi è un messaggio. Per noi o per Glim?».

Doc aveva già rimosso la schermatura dal contenitore di Glim e ora stava chino su di esso come un becchino che officia una veglia funebre. L'impulso blu all'interno, un tempo contento di giocare a Morse con la pazienza di un orologio svizzero, ora crepitava a un'ampiezza variabile: secco, irregolare, il ritmo di un cuore nelle fasi finali di un arresto cardiaco. Le dita di Doc aleggiavano sul display dei dati, senza toccarlo, come se un contatto diretto potesse mandare in frantumi quel poco di normalità che restava.

Alzò lo sguardo, rivolgendosi alla stanza. «Qualunque cosa abbia percepito in Kye, ha attivato una reazione difensiva. È entrata in una specie di... blocco. Non è al sicuro, non dorme, ma è a un passo dall'andare in sovraccarico termico».

Mercy, che non aveva ancora riposto i coltelli, si posizionò con teatrale noncuranza tra Kye e il contenitore. Si sgranchì il collo, squadrò il contenitore, poi squadrò Kye, come se stesse decidendo quale dei due avrebbe fatto un titolo migliore per l'inchiesta del giorno dopo.

Kye, dal canto suo, si era ritirato ai margini della mensa. Braccia conserte, occhi due punte di ghiaccio: uno organico, l'altro che pulsava con una debole luce diagnostica rossa. «Non ho mentito», disse Kye. «Se a qualcuno interessa».

Nessuno rispose. Il silenzio acquisì una pressione, una tensione atmosferica più fisica che emotiva.

Lyra colpì di nuovo l'olo, ingrandendo il segnale in arrivo. «È modulato sulla frequenza di Glim. Banda stretta, con un'impronta di risonanza quantistica. Chiunque lo stia inviando, non è un pirata con uno scanner e del rancore».

«È una macchina», aggiunse Doc. «O qualcosa di simile».

Mercy digrignò i denti. «Questo restringe il campo a metà sistema».

Kye lanciò un'occhiata al contenitore, poi di nuovo all'equipaggio. «Volete che lo apra? Che le parli di nuovo?».

Doc scosse la testa, lento e risoluto. «Non finché non avrò capito come impedirle di friggere lo scafo mentre esce».

La mascella di Kye si contrasse, un piccolo tradimento dei nervi sotto la superficie. «E allora?».

«Aspettiamo», disse Lyra, «e non rispondiamo al ping. Se vogliono trovarci, dovranno farlo alla vecchia maniera».

Mercy si impettì, a braccia conserte, e disse: «Oppure lasciamo che Kye faccia un tentativo e vediamo se la scatola esplode. È da un po' che non abbiamo una storia come si deve da raccontare».

«No», disse Lyra. «Stavolta non improvvisiamo».

Mercy finse platealmente di riporre la sua lama, ma il modo in cui la mano indugiò sull'elsa suggeriva che non si era lasciata convincere.

Rask, che fino a quel momento era stato il fantasma nella stanza, finalmente si materializzò all'estremità della mensa. Aveva l'aria di un uomo che aveva passato l'ultima ora a ponderare se valesse la pena morire quel giorno, e che aveva quasi deciso di no. «Non possiamo permetterci di aspettare», disse. «Se hanno già la nostra frequenza, stiamo solo perdendo tempo a far finta di poterci nascondere».

Disse Lyra: «Vuoi rispondere alla chiamata?».

Rask si strinse nelle spalle. «Voglio sapere cosa vogliono. E se vogliono noi, o Glim».

Un istante di silenzio, poi Kye disse: «vogliono sempre Glim».

Mercy sogghignò. «Questo è lo spirito giusto».

Lyra si passò una mano tra i capelli, sparpagliando un arco di elettricità statica che scintillò nel bagliore blu e rosso della mensa. Squadrò Kye, che sostenne il suo sguardo senza battere ciglio.

«Vieni con me», disse Lyra.

Kye esitò, poi sciolse le braccia. Mercy spostò il peso, come per intercettarlo, ma lo sguardo di Lyra non ammetteva repliche.

I due uscirono dalla mensa e percorsero il breve e malconcio corridoio fino al pozzo di manutenzione. Lyra schivò la trave bassa, aprì il pannello di accesso con la chiave ed entrò. Kye lo seguì, con le mani immerse nelle tasche della giacca e il volto impassibile.

Il cunicolo di manutenzione era a malapena largo abbastanza per due. Lyra accese una torcia, il cui fascio di luce rimbalzò su tubi e cavi sfregiati. Aspettò che il portello si chiudesse, poi si voltò, il viso insolitamente serio.

«Hai riconosciuto il segnale», disse Lyra.

Non era una domanda.

Kye fissò la porzione di parete appena sopra la spalla di Lyra. «Una volta. Sulla stazione. Prima che andasse tutto a puttane».

«Perché non hai detto niente?».

L'occhio di Kye brillò. «Perché se mi sbaglio, sono un peso. E se ho ragione...».

Lyra attese, in silenzio.

Kye rigirò le parole in bocca, scelse le meno terribili. «Se ho ragione, non è solo l'Imperium. Sono i progettisti originali. Quelli che hanno creato Glim. Stanno venendo a cancellare le prove».

Lyra incassò l'informazione senza muoversi, poi disse: «E pensavi di gestire la cosa da solo».

Kye sorrise, ma non c'era nulla di felice in quel sorriso. «Una volta ha funzionato per te».

«Non proiettare i tuoi problemi su di me», sbottò Lyra. «Se me l'avessi detto, avremmo potuto prepararci. Rask avrebbe potuto prepararsi. Adesso stiamo navigando alla cieca».

Kye si appoggiò all'indietro, poggiando la testa contro il freddo condotto. «Cosa avresti fatto? Abbandonato la nave prima? Espulso il contenitore?».

Lyra si irritò, ma non rispose.

La voce di Kye si abbassò. «Tu eri nei ranghi militari, Lyra. Sai cosa significa. Hai visto i progetti segreti. Se sono ancora attivi, non vorranno che Glim venga recuperata. Vorranno fare tabula rasa».

Le mani di Lyra si strinsero a pugno, poi si rilassarono. «Non moriremo per loro, Kye. Né tu, né l'equipaggio».

Kye distolse lo sguardo. «Non ne avevo intenzione».

Lyra si mise di fronte a lui, bloccando il portello. «Allora non puoi più tenere segreti».

Un cenno lento del capo. «D'accordo».

«Ci dici tutto. Non solo quando la cosa si fa interessante».

«Concordo», disse Kye, le parole piccole nel tunnel di metallo.

Lyra fece un passo indietro, fece per andarsene, poi si fermò.

Considerò Kye per un lungo momento. «Perché ho la sensazione che non mi hai detto la parte peggiore?».

L'occhio cibernetico di Kye si affievolì, la luce interna si spense come a simulare vergogna. «Perché a volte la verità è peggio».

Lyra lasciò cadere il discorso.

Di ritorno nella stiva, Doc aleggiava sul contenitore, scarabocchiando letture su un blocco note con una grafia che suggeriva una crisi di fede nell'alfabeto.

Quando Lyra e Kye tornarono in plancia, Rask li guardò entrambi, poi disse: «Non mollano. Un nuovo ping ha appena raggiunto i sensori, più vicino di prima».

Il sorriso di Mercy si allargò. «È l'ora dello spettacolo?».

Lyra annuì. «È l'ora dello spettacolo».

Lanciò a Kye un'occhiata che prometteva una punizione se i successivi dieci minuti non fossero andati secondo i piani.

Kye, per una volta, sembrava contento di lasciare che qualcun altro prendesse l'iniziativa.

Sulla postazione dei sensori, il segnale pulsava: costante, famelico e ora a solo pochi secondi-luce di distanza.

Doc osservava il contenitore e, per la prima volta da quando si era unito all'equipaggio, sembrava spaventato.

Il Meridian era silenzioso, fatta eccezione per gli allarmi.

E da qualche parte, lontano nel buio, qualcosa rispose.

Rask Helvan stava appena dentro il portellone principale, immobile, in silenzio. La sua sagoma era tutta linee squadrate e tensione a lenta combustione, il tipo di postura che suggeriva un uomo in attesa di un verdetto che sapeva già non gli sarebbe piaciuto. Il contenitore di Glim dominava il centro della stiva, bloccato con abbastanza fibra di carbonio da sopravvivere a un rientro atmosferico, ammesso che niente al suo interno decidesse di esplodere.

Mercy lo trovò lì, braccia conserte, piedi divaricati, un coltello che già roteava tra le sue dita. Non si prese la briga di salutarlo.

«Allora, è qui che moriamo», disse. L'eco sulle paratie fu appena sufficiente a far sembrare che la stanza fosse d'accordo.

Rask non rispose.

Mercy avanzò, gli stivali che strusciavano sul ponte. «Te l'ho mai detto che odio questa parte? Non il nascondersi, non il fuggire. La parte in cui continuiamo a fregare cose di cui non sappiamo nemmeno il nome, a fidarci di gente che mente per mestiere e ad aspettare di vedere chi preme il grilletto per primo. Sai come la chiamano, dalle mie parti?».

Gli occhi di Rask si mossero, lenti, per incontrare i suoi. «Illuminami».

«Stupidità», disse Mercy. Fece un gesto verso Glim, verso il groviglio di cavi diagnostici e il freddo bagliore sotto il coperchio. «A un certo punto, non è la fortuna a tenerti in vita. È la leadership».

Rask non abboccò. Fissò semplicemente il contenitore, come se sperasse che gli offrisse una risposta migliore.

Mercy tracciò un cerchio stretto, fermandosi solo per raccogliere una chiave inglese dal pavimento e lanciarla in aria facendola roteare. «Sai cosa mi infastidisce?» disse. «Non la taglia, non l'Imperium. Nemmeno l'idea che Glim potrebbe friggerci se si annoia. Quello che mi infastidisce è che ogni volta che penso di levare le tende, mi ricordo che sei tu quello che dovrebbe essere al comando. E allora penso: forse stavolta l'altro ha ragione».

Le spalle di Rask si tesero, poi si abbassarono. «Se vuoi andartene, non ti trattengo».

Mercy sogghignò, i denti brillanti nella penombra. «Sei un pessimo bugiardo, Rask. Se mi avessi voluta davvero fuori dai piedi, mi avresti lasciata indietro all'Orpheum».

A quelle parole quasi sorrise, ma poi perse il sorriso. «Non finirà bene», disse.

Mercy si strinse nelle spalle, come a dire che non finiva mai bene niente.

Il silenzio si allungò, abbastanza denso da annegarci dentro.

Poi l'IA della nave parlò dal pannello delle comunicazioni più vicino. La voce era diversa: nitida, quasi allegra, ma con un sottofondo di qualcosa che non aveva mai visto un'alba.

«Oggetto all'inseguimento», disse. «Accelerazione in aumento. Il segnale conferma: caccia prototipo imperiale. Intercettazione stimata: undici ore».

Mercy fischiò, piano e con ammirazione. «È uno di quelli veloci».

Rask guardò di nuovo Glim. «La vogliono. E non rallenteranno per noi».

Prima che Mercy potesse rispondere, l'intera nave fu scossa da un colpo laterale. L'impatto non fu abbastanza forte da farli cadere, ma fece scivolare una mezza dozzina di attrezzi e due casse non fissate sul ponte come animali spaventati.

Le luci tremolarono, poi si stabilizzarono.

Mercy si aggrappò a un corrimano, ma il coltello continuava a roteare nell'altra mano. «Dimmi che sei stato tu», disse.

Rask scosse la testa, gli occhi sullo schermo diagnostico collegato al contenitore.

Dal profondo dello scafo, un nuovo suono, debole ma crescente, pulsò attraverso la stiva. Era la voce di Glim, ma non come l'avevano sentita prima. Non più clic e segnali. Questa era una voce. Una voce vera e propria. Come quella di una bambina, sfilacciata ai bordi. Un suono che ricordava il dolore e non si vergognava di condividerlo.

Il pannello delle comunicazioni si illuminò e la voce di Glim si diffuse, ma incisa da qualcosa di simile al rimpianto.

«Mi conosce», disse Glim. «Mi conosce, e non si fermerà».

Mercy fissò l'altoparlante, poi Rask. «Hai mai la sensazione di essere solo un'esca?».

Lui annuì, senza distogliere lo sguardo da Glim. «Lo siamo sempre stati».

La temperatura nella stiva scese di un grado. L'aria sapeva di scossa di assestamento dopo un temporale.

Mercy si inginocchiò accanto al contenitore, posò il palmo piatto sulla superficie. «Cosa vuoi fare?», chiese, con voce quasi gentile.

Rask ci pensò un momento, poi rispose: «Sopravvivere».

Mercy sogghignò, ma questa volta il sorriso era fragile. «Il miglior piano finora».

Sopra di loro, l'IA della nave ronzava tra sé e sé, catalogando ogni nuova minaccia con la cortese indifferenza di un bollettino meteorologico.

Sotto, il contenitore di Glim pulsò: una volta, due, poi una nota lunga e persistente.

Il caccia stava arrivando.

E sul Meridian, sembrava che le pareti stesse stessero trattenendo il respiro.

SEDICI

L'allarme li colse a mezzanotte e mezza, ora della nave, perché l'universo aveva senso dell'umorismo. Iniziò come un belato a staccato, raddoppiò il ritmo e poi salì a un'intensità tale da scrostare la vecchia vernice dalle paratie. Sul ponte di comando, il visore di navigazione pulsava di un arancione malaticcio, con tutte le altre funzioni escluse dall'allerta di prossimità.

Lyra, che stava dormendo — o almeno, ci andava il più vicino possibile — si tirò su di scatto sulla sedia delle comunicazioni. Prese a pugni il tasto del silenziatore, strizzò gli occhi sulla griglia di minaccia ed emise un sibilo tra i denti. «Non bene». Le parole le scivolarono dalle labbra con tono monotono; non era paura, solo la certezza di un ingegnere che aveva già fatto i conti e li aveva trovati insufficienti.

Giù negli alloggi dell'equipaggio, Kye era già svegliə, e il suono non fece che confermare ciò che i nervi avevano predetto: un'escalation, non una tregua. Si alzò in piedi, scrollandosi di dosso i resti di un mezzo sogno, e iniziò la lenta marcia verso la mensa, dove prima o poi venivano servite tutte le cattive notizie. L'illuminazione del corridoio tremolava, come se la nave stessa fosse sull'orlo del panico.

Doc Vellenix era nel bagno, a venti millilitri dentro la bottiglia, nel tentativo di ignorare il proprio riflesso. L'allarme fu l'unica cosa che avrebbe potuto farlo uscire dal cubicolo in meno di un minuto. Si asciugò la bocca, afferrò il suo kit da campo e seguì il suono.

Mercy Jones arrivò per ultima, ma con stile. Scese scivolando dalla scala del ponte superiore, atterrando in una posizione accovacciata, con l'elsa di una lama infilata dietro ciascun orecchio. I suoi capelli avevano il colore di uno sversamento chimico, e il suo sorriso era esattamente ampio quanto l'emergenza richiedeva.

Quando si raggrupparono nella mensa, Rask Helvan era già lì, con le mani piatte sul tavolo, a fissare una serie di stampe di navigazione e a bere da una tazza che fumava solo per abitudine. Le luci della mensa sobbalzarono sopra la sua testa, trasformando la sua silhouette in una sequenza accelerata di fatica e terrore a stento represso.

Alzò lo sguardo verso loro quattro, con l'aria di un uomo che aveva smesso di credere nei miracoli da due guerre. «Sedetevi» disse.

Mercy scalciò via una sedia, ci si lasciò cadere sopra e appoggiò entrambi i gomiti sul tavolo. Lyra si diresse verso la parete e incrociò le braccia, con lo sguardo fisso sul display di minaccia proiettato in fondo. Kye prese posto di fronte a Mercy, tamburellando le dita sul tavolo come per sfidare qualcuno a notarlo. Doc, come sempre, si teneva ai margini del gruppo.

Rask non si curò dei preamboli. «Abbiamo un cacciatore alle calcagna. Imperiale, a giudicare dalla segnatura. Viaggia a motori freddi, ma è lì». Con un gesto ampio del braccio indicò le stampe di navigazione. «Noi siamo qui. Lui è qui. Tra di noi: quarantamila klick e un campo di detriti».

Lyra diede un'occhiata alle stampe, gli occhi che scorrevano veloci, la mascella già serrata. «Impossibile superarlo a tutta velocità senza essere visti».

«Corretto» disse Rask. «Non possiamo seminarlo, non possiamo nasconderci, non possiamo batterlo in potenza di fuoco».

Doc sbuffò, ma non disse nulla.

Mercy sogghignò, mostrando tutti i canini. «Quindi lo attiriamo e gli tendiamo una trappola a sorpresa. Un classico».

Rask le lanciò un'occhiataccia. «È per via di un classico che ci siamo ritrovati una taglia sulla testa».

Kye si schiarì la gola, con una voce più flebile del solito ma tanto più tagliente. «C'è uno spiraglio. Il campo di detriti vicino a 9B. Se spegniamo i motori e usiamo l'effetto fionda, potremmo — *potremmo* — sfruttare l'ombra degli asteroidi. Giusto quel che basta per...» Si bloccò, consapevole di quattro paia di occhi puntati addosso, e si ritrasse in una postura di scusa. «Presumendo che il cacciatore si aspetti che noi si tiri dritto».

L'espressione di Lyra divenne acida. «Quella è una fascia, non un'ombra. Quegli asteroidi sono più stipati dei teschi in un muro commemorativo».

Le mani di Kye batterono un ritmo, la tensione che si traduceva in una base ritmica che solo Kye poteva sentire. «Vuoi provare a non fare niente?»

Mercy, senza alzare lo sguardo dal tavolo della mensa, disse: «Io sono sempre a favore delle azioni sconsiderate. È meglio che morire di noia».

Rask scrutò il gruppo, soffermando lo sguardo su ciascuno di loro a turno. «Non è un voto. Non abbiamo un mazzo di buone opzioni. Se espelliamo il serbatoio, perdiamo l'unica leva che abbiamo. Se continuiamo a fuggire, il cacciatore ci farà a pezzi entro un giorno. Se ci rintaniamo nella fascia...» Fece un gesto con la mano aperta. «Nel migliore dei casi, ammazziamo un sacco di tempo e facciamo un casino. Nel peggiore, è tutto finito in pochi minuti».

Le dita di Lyra non smettevano mai di muoversi, togliendo pelucchi invisibili dalla manica, avvolgendo e svolgendo la stretta ciocca dei suoi capelli. «Glim sta già avendo picchi di stress da contenimento. Vuoi una replica di Orpheon?»

Kye disse: «Se il cacciatore mette le mani su Glim, siamo tutti morti comunque. O peggio».

Doc, fino a quel momento contento di osservare, finalmente parlò. «Come sta Glim adesso?»

Lyra scrollò le spalle, un movimento rigido. «È... vigile. Cammina avanti e indietro. Se la situazione peggiora, potrei dover riavviare di nuovo lo smorzatore. Ci farà guadagnare ore, non giorni».

Mercy si sporse in avanti, i gomiti piantati sul tavolo. «E se gli facessimo credere che siamo morti? Organizziamo una messinscena completa».

Il volto di Rask non si mosse, ma i suoi occhi si fecero più acuti. «Continua».

Mercy tirò fuori una granata da qualche parte nella sua giacca e la posò sul tavolo con la delicatezza di un frutto raro. «Piazziamo una carica sul guscio di contenimento, usiamo un flare termico come cadavere. Noi non siamo sulla lista di carico, solo il serbatoio. Se il cacciatore vede un'esplosione, magari si ferma a raccogliere i pezzi».

Lyra sbuffò. «Hai visto cosa succede quando un'unità di contenimento si rompe, vero?»

«Sì» disse Mercy, compiaciuta. «Sembra una morte molto convincente».

Kye disse: «Questo ci lascerebbe comunque bloccati su una nave che viaggia in silenzio in un campo di detriti, senza nessuno che venga a cercarci».

Mercy sogghignò. «Questa è la parte divertente».

Doc lanciò un'occhiata di sbieco ai parametri di Glim. «Cosa ti serve da me?»

Lyra: «Prepara uno stabilizzatore. Se il cacciatore scansiona in cerca di un corpo, daglиene uno che urli 'morto stecchito'».

Doc annuì, tutto d'un pezzo. «Posso preparare un cocktail, far sembrare la segnatura terminale».

Rask si alzò dal tavolo, le gambe della sedia che stridevano sul metallo. «Lo facciamo in fretta. Non abbiamo tempo per i ripensamenti».

Le luci tremolarono sopra di loro, abbassandosi di un mezzo grado mentre la nave entrava in modalità di risparmio energetico.

Kye osservò gli altri, le dita congelate a metà di un tamburellare. «Se lo facciamo, e funziona, poi cosa?»

Rask si voltò, il peso del comando pienamente visibile. «Fuggiamo finché non possiamo più farlo. Poi ci inventiamo un'altra bugia».

Mercy rivolse al gruppo un piccolo cenno d'approvazione. «Il mio genere di piano».

Lyra afferrò le stampe, le arrotolò strette e le infilò nel taschino sul petto della sua tuta. «Vado a preparare il nucleo».

Doc sgusciò via con l'efficienza di un uomo che aveva già fatto il necessario triage nella sua testa.

Kye rimase sedutə per un momento, a fissare la granata sul tavolo. La vernice blu si era scrostata, lasciando solo il numero di serie e un teschio da cartone animato scheggiato. Sembrava meno un'arma che un brutto souvenir di una vacanza che nessuno voleva ricordare.

Mercy diede un colpetto alla granata, poi alla tempia di Kye, e disse: «Ti mancano mai i lavoretti facili?»

Kye scosse la testa. «Mai fatto uno».

Mercy rise, una risata forte e genuina.

La mensa si svuotò, lasciando solo la debole immagine residua dei corpi e l'eco delle scarpe sull'acciaio.

Sul ponte di comando, Lyra deviò i sistemi non essenziali, poi spense le luci principali. Il mondo si ridusse al tremolio del display di navigazione e alla linea costante e vibrante della loro traiettoria. Guardò l'orologio scorrere verso la manovra successiva, contando ogni secondo con l'intensità di un avaro che accumula monete.

Giù nella stiva, Doc si mise a preparare la capsula di salvataggio per la sua finta morte. Controllò Glim e diede una pacca al serbatoio come un genitore nervoso con un figlio con la febbre alta.

Nel corridoio, Mercy testava le cariche. Ogni scatto e ogni clic era una piccola poesia cinetica all'inevitabilità della violenza. Sorrideva a ogni detonazione riuscita.

Kye si ritrovò nella propria cuccetta, a fissare il soffitto.

Rask percorse la nave in lungo e in largo, controllando ogni chiusura e ogni sigillo, toccando ogni superficie come se l'atto potesse trasferire una piccola parte della sua preoccupazione nell'acciaio. Quando raggiunse il ponte, Lyra alzò lo sguardo, lo vide e disse: «Se funziona, mi devi da bere».

Rask si concesse un mezzo sorriso. «Se funziona, ti compro il bar».

Lei lo prese per quello che era.

La nave andò alla deriva nell'oscurità, lo scafo appena vivo con i sistemi minimi necessari per evitare che il suo equipaggio congelasse o bollisse nel sonno.

Nella stiva, il serbatoio di Glim pulsava con un ritmo basso e insistente, la luce blu debole ma costante.

Sopra di loro, la nave cacciatrice si avvicinava, il suo segnale così preciso e freddo che a malapena poteva essere considerato un battito cardiaco.

La Meridian era sospesa nel vuoto, l'unica prova della sua stessa esistenza era la volontà collettiva del suo equipaggio.

E per la prima volta, il silenzio sembrò una scelta.

Si radunarono nella stiva perché era l'unico posto con abbastanza spazio per camminare nervosamente. Sopra di loro, lo scafo fremeva ogni volta che i propulsori di navigazione si accendevano, la vibrazione che si propagava fino alle piastre del pavimento in piccole e persistenti scosse.

La capsula di salvataggio era stata riempita di tutto ciò che l'equipaggio era riuscito a trovare che non fosse imbullonato. Mercy girava intorno al portello aperto con la pazienza di un rapace, intrecciando la miccia detonante attorno ai montanti di rinforzo e canticchiando una vecchia canzone di guerra in chiave minore. Ogni volta che raggiungeva il punto di partenza, stringeva il cavo più forte, finché il tutto non sembrò una bomba impacchettata da un ragno arrabbiato.

«Il tuo piano ci farà ammazzare» disse Lyra, senza alzare lo sguardo.

Kye non batté ciglio. «Se funziona, non siamo morti. Se non funziona, almeno sappiamo a chi dare la colpa».

Le nocche di Lyra sbiancarono sul bordo della console. «Questa non è una consolazione. Voglio un piano che non richieda improvvisazione».

«Fidati dei numeri» disse Kye. «Ho eseguito la sequenza cinque volte. Corrisponderemo alle aspettative del cacciatore con uno scarto di un decimo di secondo».

Lyra emise un suono gutturale che non era né assenso né protesta. «Se sbagli il segnale, anche di poco, lo sapranno».

Kye sostenne il suo sguardo, l'occhio cibernetico che luccicava, l'altro piatto e stanco. «Se sbaglio, siamo già morti».

Mercy, passandogli accanto, sbuffò. «Questo è lo spirito giusto. Cerca di non versarlo sulla miccia, ok?»

Doc entrò per ultimo, trascinando il medikit e una custodia malconcia di sedativi. Posò il kit sul banco, aprì il contenitore e fissò le fiale con il disinteresse di un uomo che riesamina relazioni fallite. «Chi seda Glim?» chiese.

Lyra finì il suo codice, inserì l'override e si allontanò. «È meno probabile che ci uccida se lo fai tu. Le piaci».

Doc la fulminò con lo sguardo, ma andò a prendere lo smorzatore neurale. Guardò il serbatoio, che ora tremava con un'aura pallida, le luci interne che sfarfallavano come una stella morente.

«Non le piacerà» borbottò.

Kye lo osservò attraversare la stiva, le rughe di colpa intorno alla bocca che si approfondivano. «Scusa, Glim» sussurrò, troppo piano perché qualcun altro potesse sentire.

Doc premette l'ipo-siringa, trovò la porta di iniezione e la spinse a fondo. La luce del serbatoio ebbe un picco, poi si affievolì, il ronzio che collassava in un'unica nota cupa. Per un momento, nient'altro nella stiva si mosse. Poi, lentamente, la diagnostica dell'unità di contenimento tornò al verde e Doc espirò.

Mercy finì la sua danza di guerra intorno alla capsula, sigillò il portello, batté le mani e sogghignò a Rask, che era comparso nella stiva a un certo punto senza che nessuno se ne accorgesse. «Siamo pronti, Capitano. Esploderà in tre fasi: prima il calore, poi lo scafo, poi una bella segnatura elettromagnetica croccante».

Rask annuì, in silenzio. Fece un lento giro della stiva, controllando ogni fissaggio, ogni lettura, come se l'atto stesso potesse garantire la sopravvivenza. Quando passò davanti a Lyra, non disse nulla, ma lo sguardo che si scambiarono era antico quanto la guerra e due volte più amaro.

Mercy si avvicinò di soppiatto a Kye. «E la tua parte?»

Kye si strinse nelle spalle. «Lo sapremo quando lo sapremo».

Mercy si chinò, a bassa voce. «Hai paura?»

Kye riuscì a fare un sorriso. «Sarei preoccupatə se non l'avessi».

Mercy scoppiò in una risata, poi estrasse una lama da dietro la schiena e la offrì, con l'elsa in avanti. «Per la fortuna».

Kye la prese. «Grazie. Cercherò di non usarla».

«Fai quello che devi» disse Mercy, con un'espressione momentaneamente priva di ironia. «Tutti vogliamo vivere».

Tornarono alle loro postazioni: Lyra al mainframe, Kye ai

comandi manuali, Doc all'infermeria, Mercy alla bomba, Rask nello spazio silenzioso e meditabondo dove tutti i capitani vanno a morire.

L'ultima cosa da fare era aspettare la finestra temporale.

Rask segnalò il traguardo dei due minuti con un cenno del mento. Lyra iniziò lo spoofing dei sensori, le mani che volavano sull'input. Mercy si accovacciò vicino alla capsula, contando i detonatori sottovoce. Doc posò un palmo rassicurante sul serbatoio, come se il tocco potesse trasmettere calma. Kye fletté le dita e guardò l'orologio.

A un minuto dalla fine, Rask si avvicinò a Mercy, la prese da parte e parlò così piano che le parole si sentivano a mala-pena. «Se non funziona, ho bisogno che tu salvi il serbatoio. E che porti via Kye da questa nave. È l'unica persona che capisce Glim».

Il volto di Mercy si chiuse, la spavalderia teatrale prosciu-gata in un batter d'occhio. «Ti aspetti che non funzioni?»

«Sto pianificando per il peggio» disse Rask. «È il mio lavoro».

Mercy annuì, ogni giocosità svanita. «Sei comunque un idiota».

«Ma adorabile» replicò Rask.

A trenta secondi, la tensione nella stiva era una cosa viva. L'unico suono era il debole ping dell'orologio e il respiro basso ed elettrico della nave.

A dieci, Lyra fece un segnale all'equipaggio. «Avvio tra tre. Due. Uno...»

Kye premette il grilletto.

La capsula-esca fu lanciata dalla stiva e, come al rallenta-tore, ruzzolò nello spazio.

La prima carica esplose: un lampo di calore bianco, un fiore di plasma che illuminò il campo di asteroidi come l'in-terno di una fornace. Il segnale della capsula esplose, poi collassò, un'onda piatta che chiunque stesse guardando avrebbe interpretato come una morte istantanea e catastrofica.

La seconda e la terza carica esplosero in sequenza, squarciando la capsula e riversando il suo contenuto in una pioggia di detriti carbonizzati e rotanti. La scia di calore era visibile anche a occhio nudo, se si era abbastanza folli da guardare.

Dentro la Meridian, l'equipaggio sedeva nel buio più totale, nessuno che osasse muoversi.

La nave cacciatrice passò sopra di loro, una silhouette così sottile e affilata da proiettare a malapena un'ombra. I suoi sensori rastrellarono il campo, soffermandosi giusto il tempo di assaporare i rottami, poi proseguirono, a caccia di qualcosa che non c'era.

Kye osservò la scansione in silenzio, il cuore che balbettava mentre il cacciatore vacillava, si fermava, poi continuava ad andare.

Lyra si appoggiò allo schienale, gli occhi chiusi, le mani tremanti. «Ha funzionato» disse, così piano da essere appena un suono.

Doc guardò Glim, la luce del serbatoio ora di un blu fioco e costante.

Mercy si lasciò scivolare contro il muro, tutta l'adrenalina consumata, e disse: «Qualcuno farà meglio a offrirmi da bere».

Rask, osservando la traiettoria, non disse nulla. Il suo lavoro non era credere nei miracoli, solo registrarli quando avvenivano.

La Meridian fluttuava nel buio, viva ma non rilevata.

E per un momento, nel freddo e nel silenzio, ci fu pace.

DICIASSETTE

Il cacciatore Imperiale virò, la sua caccia non ancora del tutto conclusa. Arrivò occultato, con una segnatura termica piatta e uno scafo così nero da divorare le stelle; solo la più flebile increspatura nella luce stellare distorta ne tradiva la rotta. La *Meridian*, sepolta in una melma di asteroidi ghiacciati grande quanto un iceberg, osservava attraverso una fessura tra i detriti senza muovere un muscolo.

All'interno, la nave era un mausoleo. Il supporto vitale era stato ridotto a poco più di una speranza: l'aria veniva riciclata una volta ogni dieci minuti e solo l'inerzia termica delle pareti impediva all'equipaggio di congelare e trasformarsi in una serie di pupazzi di neve particolarmente deludenti. Il gelo si arrampicava sui pannelli degli strumenti, formando dendriti che strisciavano da una manopola all'altra, e ogni respiro esalato lasciava una chiazza di nebbia nella penombra bianco-bluastra dei LED d'emergenza.

Lyra monitorava l'avvicinamento dalla poltrona del pilota, il corpo avvolto in due tute da volo e una coperta che aveva rubato dall'infermeria. Aveva gli occhi umidi per il freddo, ma li teneva aperti, saettando tra le letture passive e il puntino minuscolo e vibrante che era il cacciatore. Di tanto in tanto, la mano sinistra si spostava sulla cloche, con le nocche screpolate e pallide, e fluttuava a un paio di centimetri dal selettore manuale, non si sa mai.

Kye era rannicchiato nello spazio per i piedi dietro di lei, con le ginocchia al petto, mordicchiandosi un'unghia con una tale forza da lasciarsi piccole pellicine sul labbro. Aveva rinunciato allo schermo diagnostico della plancia venti minuti prima, quando i filamenti quantici dello scanner avevano cominciato a emettere un Do diesis udibile, rifiutandosi di farsi correggere. Ora batteva lo stivale contro la lamiera del pavimento — uno-due, uno-due-tre, uno-due — un poliritmo di puro nervosismo.

Sulla parete di dritta, Mercy sedeva con la schiena contro la paratia, entrambe le mani nascoste sotto le ascelle e il cappuccio tirato su tanto da lasciar vedere solo il naso e gli occhi. Fissava il ripetitore dei sensori con un'immobilità predatoria che suggeriva che avrebbe assassinato il cacciatore, la fascia di asteroidi e metà della fauna locale, se ciò l'avesse avvicinata a un riscaldatore funzionante. Il suo blaster le poggiava in grembo, con il pollice sulla sicura, e lo stava attivando e disattivando da un'ora. Nessuno commentò.

Rask era in piedi nel boccaporto, riempiendolo con una sagoma così tesa che era difficile dire dove finisse l'uomo e dove cominciasse la lega metallica. Teneva gli occhi fissi sul visore, la mano sinistra avvolta attorno al telaio e la destra posata sul comando di espulsione d'emergenza del contenitore di Glim. Se qualcuno se ne accorse, non disse nulla.

Il cacciatore si avvicinò fluttuando, costeggiando il limite di un campo di rocce ad alta densità e non lasciandosi dietro che un rivolo di microesplosioni gamma. Le labbra di Lyra si muovevano, non in parole ma in calcoli, e il suo respiro le ghiacciava il colletto della coperta.

Il cacciatore decelerò con un'accensione così rapida da far schizzare la temperatura di una frazione di grado. La nave rollò, ruotò e — senza nemmeno una stretta di mano via radio — aprì il fuoco.

«Tenetevi forte» sibilò Lyra, e l'equipaggio si gettò a terra con la coreografia ben provata dei condannati a morte.

Il primo colpo non era per loro. Trovò ciò che restava della sonda esca, che irradiava ancora abbastanza da passare per una disperata e ferita via di fuga. L'autodistruzione della sonda esplose in un cono di plasma, vaporizzando all'istante metà delle macerie circostanti e spargendo una graziosa pioggia di polvere micronizzata sulla prua del cacciatore. I sensori si illuminarono di falsi positivi, per poi spegnersi mentre la sonda veniva obliterata.

Kye sbirciò lo schermo, con gli occhi sgranati. «Non hanno voluto correre rischi, allora.»

Il cacciatore si fermò del tutto. La nave ruotò, col muso puntato verso la detonazione, e per un lungo minuto non accadde assolutamente nulla. L'equipaggio rimase immobile, come congelato, e l'unico suono era il battito dei loro cuori.

Poi, lentamente, il cacciatore cominciò a volteggiare. Tracciò un cerchio lento e metodico attorno al sito dell'esplosione, come per rendere gli ultimi onori. Ogni passaggio lo portava più vicino al nascondiglio della *Meridian*.

Le dita di Lyra strinsero la cloche fino a diventare bianche. «È uno schema di ricerca. Non se ne andrà.»

Il piede di Kye ricominciò a battere, questa volta così velocemente da scuotere i cristalli di ghiaccio dal pavimento.

Mercy controllò l'arma, poi la porta, poi il soffitto. «Se ci abbordano...»

«Ventiliamo la stiva» disse Rask, e il suo tono non lasciava spazio a discussioni.

Il cerchio si strinse. A ogni passaggio, il cacciatore dispiegava una nuova ondata di droni: minuscoli puntini scintillanti che proiettavano una raffica di ping attraverso la fascia, mappando ogni traccia di calore, ogni eco, ogni possibile nascondiglio.

Kye osservò l'avanzata della nube di droni, poi guardò Lyra. «Se si avvicinano, il campo subirà un picco. La nostra copertura termica non reggerà.»

Lyra si inumidì le labbra screpolate, poi disse: «Abbiamo un'ora, al massimo.»

Mercy rise, senza gentilezza. «È più di quanto otteniamo di solito.»

Rask strinse più forte il telaio del boccaporto, le vene della mano in rilievo. Fissò il puntino sul ripetitore, poi la distesa nera sullo schermo principale. «Restiamo fermi. Nessuno si muove. Nessuno parla.»

Fecero come aveva detto.

Il tempo, a bordo della *Meridian*, divenne liquido. Il freddo si insinuò nelle ossa, nei pensieri, finché non rimasero che la ripetizione meccanica del cerchio del cacciatore e lo scorrere dei numeri sull'orologio. Persino l'IA della nave aveva smesso di parlare, come se anche lei capisse che qualsiasi parola, ora, sarebbe stata un suicidio.

Il cacciatore si fermò nel suo arco. I droni conversero, restringendo il raggio di ricerca, la nube che si chiudeva su se stessa come una rete che si stringe.

Doc, che nell'ultima ora era stato un'ombra in fondo alla plancia, finalmente si mosse. Avanzò a piccoli passi, tenendosi basso, e si sistemò accanto a Glim. Il suo respiro usciva in brevi sbuffi, cristallizzandosi sulla ceramica.

Guardò il display, poi Kye, e sussurrò: «Non sta cercando forme di vita. Sta ascoltando.»

Kye si accigliò. «Ascoltando come?»

«Risonanza. Interferenza. Il canto della macchina.» Tamburellò sul contenitore con una nocca nuda, un leggero staccato. «Glim è silenziosa, ma non del tutto. Niente di così vivo lo è mai.»

Come a un segnale, il contenitore cominciò a ronzare. Il suono era basso, appena al di sopra di una vibrazione, ma si propagò attraverso le lamiere del pavimento fino alla suola dei loro stivali. Mercy abbassò lo sguardo, poi lo rivolse a Doc.

«L'hai sedata» disse. Non era una domanda.

Le labbra di Doc si strinsero in una linea sottile. «Solo attenuata. Non posso ucciderla, non senza...» Si strinse nelle spalle.

Kye fissò il contenitore, la debole luce blu che pulsava dall'indicatore di stato. Pulsava, poi rallentava, poi pulsava di nuovo. Il ronzio crebbe, vibrando attraverso l'acciaio, attraverso il gelo, attraverso lo strato di detriti e ghiaccio che avvolgeva la nave.

Lyra osservava il cacciatore sul display. «Sta reagendo. Il cerchio si sta chiudendo.»

La mascella di Rask si contrasse. «Opzioni?»

Gli occhi di Mercy si fissarono sul display. «Combattiamo. Cos'altro c'è da fare?»

Lyra guardò Rask. «Se usciamo allo scoperto ora, ci vaporizzerà prima che riusciamo a caricare il motore.»

Rask annuì, lentamente, e chiuse gli occhi per un secondo di troppo. Quando li riaprì, la decisione era già stata presa.

«Restiamo fermi» disse. «Resistiamo. Aspettiamo un'opportunità.»

Il ronzio di Glim si fece più forte, la pulsazione ora abbastanza intensa da far vibrare il pavimento in sintonia con ogni respiro.

Doc fissò Glim, poi Kye. «Ha paura» disse.

Kye sostenne il suo sguardo, il ricordo della loro ultima conversazione che pendeva come un cappio nell'aria. «Anch'io.»

Nessuno obiettò.

All'esterno, i droni del cacciatore convergevano; lo schema di ricerca era ormai un pugno puntato dritto al cuore della *Meridian*. Il ronzio della cassa crebbe, risuonando con una frequenza che sembrava l'eco del loro stesso panico.

Mercy scoprì i denti nel freddo e disse: «Se dobbiamo andarcene, almeno faremo rumore.»

Lyra si voltò, quasi sorridendo. «Questo è lo stile dei pirati.»

Kye posò una mano su Glim, con le dita intorpidite, e attese.

Il cacciatore si avventò su di loro.

E nel buio gelido, il battito cardiaco della *Meridian* rispose: costante, inflessibile e, per il momento, molto vivo.

Il ronzio mise i denti.

Il primo drone si annunciò non con un ping o un avvertimento, ma con un tonfo metallico che rimbombò contro lo scafo. Per un istante, l'equipaggio rimase perfettamente immobile, come se il solo movimento potesse tradirli. Poi venne il raschiare: un picchiettio non umano che strisciava a intermittenza sullo scafo. Sembrava il rumore delle unghie di un cane sulle piastrelle, se il cane fosse stato fatto di coltelli e non avesse mai perso uno scontro.

Mercy scattò in posizione eretta, blaster in entrambe le mani. «Immagino che dirgli che non c'è nessuno in casa non funzionerà.»

Lyra spense il display, il cuore che batteva fuori sincrono con il ronzio della cassa. «Droni. Scansione esterna, contatto con lo scafo.»

Kye si abbassò sotto la console, gli occhi che guizzavano verso il soffitto. «Se passano attraverso la giuntura...»

«Non lo faranno» disse Lyra, e avviò immediatamente la sequenza di riavvio dei motori.

Rask, ancora vicino al portello, guardava il monitor. «Non aspettiamo che bussino. Andiamo, ora.»

Doc allungò una mano, stabilizzando la cassa mentre le

vibrazioni si amplificavano. «Non sono sottili» borbottò. «Persino Glim si sta agitando.»

Il raschiare raddoppiò, poi triplicò. Il conteggio di Kye andò fuori scala. «Almeno tre.»

Mercy tolse la sicura. «Ci servono più armi.»

«Attaccate» disse Rask. Non era un suggerimento.

Lyra colpì con il palmo il pulsante di riavvio. I sistemi della *Meridian* si riaccesero in un istante: luci, calore, sensori, tutto che passava da un silenzio gelido a un'attività frenetica. L'improvviso flusso d'aria fece rizzare i capelli a tutti. Nello stesso istante, Mercy si lanciò sulla console delle armi, aprì il pannello di controllo dell'artiglieria e iniziò a designare bersagli con una velocità che implicava un odio profondamente personale.

All'esterno, la prima raffica mandò in frantumi il drone aggrappato all'antenna delle comunicazioni, spruzzando sullo scafo una nevicata di frammenti vitrei. Gli altri reagirono, aprendosi a ventaglio sulla superficie, aggrappandosi con zampe di carburo. Mercy li tracciò e sparò, ogni colpo una raffica precisa e chirurgica che lasciava dietro di sé solo scintille e schegge.

Kye si precipitò verso l'armadietto di stoccaggio, recuperò una granata EMP tozza e sgraziata, e si rivolse a Lyra. «Apri il portello?»

Lyra aveva già bypassato la serratura. «Hai dieci secondi. Non mancare il bersaglio.»

Kye sogghignò, con le labbra screpolate, e scattò verso la camera di compensazione. Spalancò il portello, innescò la granata e la lanciò nel vuoto. Il dispositivo ruzzolò, catturò la luce, poi detonò in un impulso bianco-bluastro che trasformò metà dell'asteroide più vicino in una nuvola di vapore e metallo contorto. Il raschiare cessò.

Per un momento, sembrò che il trucco avesse funzionato. I ping dei droni svanirono, lo scafo della nave tornò silenzioso e persino il ronzio di Glim parve sospirare di sollievo.

Lyra riavviò il computer di navigazione, tracciando la rotta più breve per uscire dalla fascia. «Siamo liberi» disse.

Rask scosse la testa. «Non ancora.»

Sul display principale, la nave cacciatrice cambiò forma. La sua sagoma si allungò, un ago che fuoriusciva dallo scafo. Il sistema di puntamento si accese con un bagliore e una traccia rossa si disegnò lungo il fianco della *Meridian*.

Mercy la vide, imprecò e iniziò a dirottare energia alle difese di punto. «Stanno per usare un arpione.»

Il volto di Doc perse ogni colore. «Sfonderà la stiva.»

Lyra spinse i motori al massimo. «Li semineremo.»

Ma proprio mentre la *Meridian* si scuoteva e si metteva in moto, il cacciatore scagliò la sua lancia.

Il cavo d'abbordaggio era un aggeggio osceno: un nanocavo rivestito di ceramica ablativa, con in punta una testa perforante grande come il pugno di un uomo e un sistema di guida rubato a un missile. Coprì i mille metri tra le due navi in meno di un secondo, perforò lo scafo appena a poppa della baia di carico e cominciò a trainare la *Meridian* con la stessa dignità di un pesce all'amo.

All'interno, l'impatto mandò tutti a gambe all'aria. Kye sbatté contro la porta della camera di compensazione, la fronte di Lyra colpì il bordo di un pannello e Mercy crollò a terra in un groviglio di coltelli e imprecazioni. Rask si mantenne a malapena in piedi, usando il portello come un'ancora. Solo Doc, rannicchiato accanto al contenitore, sembrò non risentire dell'urto, il suo corpo che proteggeva Glim dal colpo peggiore.

Il cavo produsse un secondo rumore, più basso, più profondo, un gemito che fece vibrare l'aria e stridere i denti. Si conficcò, avvolgendosi sempre più stretto, finché le due navi non furono bloccate in un violento tiro alla fune.

Mercy sputò sangue e si trascinò di nuovo alla console. «Una squadra d'abbordaggio è imminente. Dobbiamo ventilare la stiva.»

«Non posso» disse Doc, con la voce roca. «Se Glim se ne va, me ne vado anch'io.»

Rask armò il suo blaster. «Allora combatteremo.»

Lyra, una mano premuta sulla testa sanguinante, valutò i danni. «Cercheranno di entrare attraverso la breccia. Kye, riesci a innescare una controspinta del motore? Per far saltare il cavo?»

Kye sbatté le palpebre, stordito, poi annuì. «Forse. Ma se sbaglio i calcoli, ci arrostiamo da soli.»

Mercy sogghignò, leccandosi il sangue dal labbro. «Ne vale la pena.»

DICIOTTO

«Contatto!» abbaiò Rask, con la voce più annoiata che terrorizzata, e l'effetto sull'equipaggio fu immediato: Mercy estrasse il blaster con una mano e un piede di porco con l'altra, Lyra svanì in un condotto di manutenzione prima che chiunque altro avesse il tempo di battere ciglio, e Kye sgusciò via dalla mensa con la visibilità di un fantasma informatico.

Lo scafo a mezza nave era una ferita, che si gonfiava per il calore e perdeva un fumo così denso da dipingere ogni superficie di penombre. Le luci rosse d'emergenza pulsavano in alto, rendendo il corridoio una scena del crimine in attesa del suo primo cliente. Rask controllò il sistema antincendio di riserva, vide che era già stato disattivato dall'ultima pezza messa da Lyra e partì di volata verso la sala macchine. Schivò il grosso delle scintille, saltò un condotto ritorto e superò l'ultimo angolo giusto in tempo per vedere il primo synth da combattimento Imperiale emergere dalla breccia.

Era una creatura di sgraziata eleganza. Scheletro in lega nera, arti calibrati alla perfezione e una maschera al posto del volto: niente bocca, niente occhi, solo un pannello piatto d'argento dove Dio o una qualche commissione avevano deciso che l'estetica fosse uno spreco di CPU. Il synth si fermò, la testa inclinata, e scannerizzò il corridoio. Non in cerca di ostili, Rask lo sapeva, ma dell'unica cosa che era stato inviato a recuperare.

Stava per sparargli quando Mercy gli sfrecciò davanti, brandì il piede di porco come se stesse cercando di svegliare i morti e spaccò in due l'avambraccio del synth. Il synth non batté ciglio; si limitò a ricalcolare, ad aggiustare la posizione e a calare l'altro braccio sulla spalla di Mercy. Si sentì uno schianto. Lei gli ghignò in faccia e gli diede una testata.

Mercy non era grande quanto il synth, ma ci fu qualcosa nell'angolazione, o nella velocità, o forse solo nella pura e semplice carognata, che fece barcollare il synth all'indietro di un passo. Lei sfruttò l'apertura per sparargli tre colpi a brucia-pelo al centro del torace. Il synth inciampò, più per la fisica che per il dolore, e crollò in un ammasso di servomotori vibranti.

«Uno è andato» disse, e si voltò sui tacchi per affrontare il successivo.

Nei corridoi laterali, Kye fece due conti. C'erano tre synth nella breccia: troppi per uno scontro diretto, non abbastanza per una squadra al completo. Ciò significava che erano lì per la velocità, non per la distruzione. Il contenitore di Glim era da qualche parte tra la paratia di poppa e il nucleo principale della sala macchine, a seconda di dove Doc era riuscito a infi-larlo dopo l'ultimo giro di walzer dell'integrità dello scafo. Kye prese la scorciatoia tramite la scala secondaria, atterrò sul ponte dietro il secondo synth e fischiò.

Il synth ruotò. Kye gli fece un piccolo cenno di scuse con la mano, poi lo attirò verso la giunzione di manutenzione, dove Lyra aveva truccato un portello a pressione in modo che si chiudesse se il sensore di peso avesse rilevato un passo fuori dall'asse principale. Il synth abboccò di buon grado, e Kye attese che fosse a metà prima di premere l'interruttore.

Il portello si chiuse, non in modo pulito, ma con l'entu-siasmo di una ghigliottina progettata da una commissione. Il torso del synth ce la fece a passare; le gambe no. La sua parte superiore si agitò, poi si immobilizzò, e Kye si chinò sulla massa contorta e disse: «Scusa, i robot assassini emotivamente non disponibili non sono il mio tipo».

Dal basso, giunse la voce di Lyra, distorta ma chiara. «La lancia è fusa allo scafo. Non posso tagliarla dall'interno. Dammi un minuto.»

Kye sbirciò giù per il pozzo, vide Lyra che stava già usando una torcia al plasma sulla saldatura. La lancia d'arrembaggio stessa era un'opera di arroganza Imperiale: autosigillante, con un guscio progettato per resistere a qualsiasi cosa che non fosse un'esplosione nucleare orbitale. Lyra era riuscita a scollare il primo strato, ma la rete secondaria le stava dando del filo da torcere.

«Di cosa hai bisogno?» chiese Kye.

«Tempo» rispose Lyra. «E qualcosa per distrarre l'ultimo synth.»

Rask, che aveva raggiunto la stiva, se ne stava già occupando. Trovò Doc rannicchiato dietro un serbatoio di refrigerante, che si stava medicando uno squarcio sul braccio con qualcosa che odorava di supercolla e vodka.

«Sono entrati» disse Rask.

Doc annuì, il viso pallido ma gli occhi fermi. «Glim è stabile, per ora. Ma è...» esitò, come se la parola non fosse del tutto adatta. «Agitata.»

Rask estrasse la sua arma di servizio, controllò la camera di scoppio e disse: «Resta qui. Se riesce a passare, guadagnami trenta secondi. È tutto ciò di cui abbiamo bisogno.»

Si spostò in fondo al corridoio, puntò i piedi e attese.

Il terzo synth gli venne incontro con una velocità che era meno una corsa e più una predazione algoritmica. Rask sparò due volte: un colpo centrò la creatura all'anca, il secondo andò a vuoto e rimbalzò lungo il pozzo. Il synth assorbì il colpo, si ricalibrò e gli saltò addosso.

Rask non era un eroe, ma era un uomo pratico. Si abbassò, rotolò a sinistra e lasciò che lo slancio del synth lo portasse dritto sulla traiettoria del portello a pressione che Kye aveva appena riaperto. Il synth ruzzolò, ritrovò l'equilibrio e si rialzò con un braccio staccato all'altezza del gomito ma ancora funzionante. Si riattaccò il braccio con un "clack", e solo allora notò Mercy che arrivava da dietro con il piede di porco.

Lo scontro che ne seguì non fu né leale né fotogenico. Mercy martellò la testa del synth producendo un suono simile a quello di una campana da chiesa nel mezzo di una rissa; il synth rispose con una spazzata bassa che le tolse le gambe da sotto. Rask si unì alla mischia, mirando alle articolazioni del ginocchio, mentre Kye bersagliava la piastra posteriore con raffiche di un'arma automatica di piccolo calibro. Il synth, progettato per l'antipirateria e la pacificazione urbana, diede la priorità ai suoi bersagli con gelida precisione: prima Mercy, poi Rask, poi Kye.

Ma loro avevano qualcosa che il synth non aveva: lavoro di squadra, disperazione e la volontà di insanguinare le pareti.

Quando il synth finalmente smise di muoversi, Mercy si sedette sul suo petto, ansimando, e disse: «Ho bisogno di bere. O di un braccio nuovo.»

La torcia al plasma di Lyra stava finalmente dando i suoi frutti. La rete secondaria cominciò a deformarsi e a piegarsi. Aveva passato minuti a cuocere quel giunto, ammorbidendo la matrice polimerica finché non cantò sotto lo sforzo.

I dati erano un disastro di valori in rosso, ma la linea di tendenza contava più dei numeri. Il composito si stava delaminando. La giunzione perdeva calore. Se avesse dato un colpetto ai motori in quel momento, il cavo si sarebbe strappato... o avrebbe strappato di netto la poppa. In ogni caso, l'equipaggio della Palamedes credeva ancora che fossimo inchiodati al suolo. Quel vantaggio era tutto.

Lyra si costrinse ad alzarsi, pulendosi il grasso e la sabbia dai palmi. La plancia di comando distava una corsa e una preghiera; le luci del corridoio si offuscarono mentre correva, gli stivali che sbattevano contro la placcatura deformata. Con il cuore in gola, avviò la sequenza di partenza, le dita che si muovevano prima del pensiero. I propulsori si attivarono come un animale riluttante, lamentandosi e mettendosi alla prova. Le valvole del carburante si aprirono, i giroscopi stabilizzatori scattarono in posizione. Eseguì un ultimo controllo di integrità sulla giunzione di poppa: le firme termiche stavano finalmente scendendo lungo la linea di fusione. Era una magra grazia, ma era pur sempre una grazia.

«Va bene, tesoro» mormorò ai motori, con voce ferma. «Non esplodere troppo presto. Quella parte spetta a me.»

Lyra attivò il sistema di comunicazione generale. «Tenetevi pronti per una manovra evasiva. Cinque secondi.»

Il cacciatore doveva aver visto la traccia termica, perché l'arrembaggio si fermò. I droni interruppero l'avvicinamento alla Meridian e tornarono alla base.

Era ora o mai più. Lyra inserì la sequenza di accensione, impostò il timer al minimo e urlò: «Tenetevi forte!»

Il motore si accese con una scarica grezza e incontrollata. L'intera sezione di poppa della nave vibrò mentre la forza si propagava lungo il cavo fino al cacciatore. Per un secondo, il cavo tenne. Poi, con uno stridio di composito cedevole, il cavo si staccò dallo scafo, strappando via due metri di placcatura nel processo.

Lyra fece il conto alla rovescia. «Tre, due, uno...»

Il reattore sfiatò in un cono di plasma. La coda della Meridian esplose, spingendo la nave in avanti e lontano dal cacciatore, lontano dai droni, lontano da quell'intera dannata fascia. Il calore bruciò lo scafo, sciolse i detriti attaccati ai lati e lasciò la nave a roteare, ma viva.

Nel silenzio improvviso, tutti si ritrovarono a terra, senza fiato, circondati dai rottami dei droni e dalla puzza persistente di metallo bruciato.

Rask si alzò per primo, barcollò fino alla stiva e valutò i danni. Mercy ghignò, il viso impiastricciato di fuliggine e sangue. Doc era a terra, le braccia avvolte attorno al contenitore.

Lyra e Kye risalirono il corridoio zoppicando, entrambi sanguinanti, entrambi con un ghigno da pazzi sul volto.

«Ha funzionato?» gridò Mercy.

Lyra controllò i sensori. «Il cacciatore se n'è andato. Almeno per ora.»

Kye si accasciò contro la parete. «La prossima volta, lasciamo che sia il contenitore a rispondere alle sue chiamate.»

Doc, respirando a fatica, disse: «È di nuovo calma.»

Rask lo aiutò ad alzarsi, poi guardò Glim, l'equipaggio, lo scafo sbrindellato della sua nave.

«Qualcuno è morto?» chiese.

Mercy rise, una risata forte e cristallina. «Non ancora.»

«Bene» disse Rask, e si lasciò scivolare a sedere sul ponte.

Per un lungo momento, nessuno parlò.

Poi Kye, con voce roca, disse: «Continueranno a venire.»

Mercy si schioccò le nocche. «Che vengano pure.»

Lyra osservava i dati, osservava il ronzio nella stiva svanire in un lento e debole impulso.

All'esterno, la Fascia di Skarn ruotava, indifferente come sempre.

Ci vollero venti minuti per decomprimere, riossigenare e riportare il riscaldamento sopra il livello «necrotico». In quel lasso di tempo, Doc era riuscito a reincollare a posto la spalla di Mercy, Lyra aveva riparato le perdite di pressione e Rask era tornato nella stiva a fissare Glim.

All'interno, il bagliore blu che di solito pulsava con un battito cardiaco a riposo ora era raddoppiato, frenetico, la luce che filtrava dalle giunture faceva scintillare il ponte come una piscina al crepuscolo.

Glim si stava svegliando.

Kye si aggirava ai margini della stiva, un occhio sul contenitore, l'altro sulla porta. «Se esce di lì, lo sai che siamo tutti morti, vero?»

Rask non rispose. Osservò il contenitore vibrare, solo una volta, per poi tornare immobile.

Mercy, ancora sporca di sangue di synth, ghignò a Kye. «Non sarebbe il modo peggiore di andarsene. Almeno sarebbe interessante.»

Doc, che aveva visto abbastanza sia della vita che della morte, scosse la testa. «Se siamo fortunati, se ne starà tranquilla fino al prossimo salto. Se non lo siamo...»

Lasciò il resto in sospeso.

Rask finalmente distolse lo sguardo da Glim, gli occhi tormentati ma vivi. «Abbiamo un'unica possibilità» disse. «La prossima volta, manderanno una squadra d'assalto al completo.»

Lyra, apparsa nel portello con le maniche bruciacchiate fino al gomito, rispose: «Allora faremo in modo che conti.»

All'esterno, ormai lontano dalla Meridian, i rottami dei synth e della lancia fluttuavano in un'orbita lenta, un monumento silenzioso all'eccesso di presunzione Imperiale.

All'interno, l'equipaggio della Meridian raccolse il proprio ingegno, le proprie armi e ciò che restava della propria speranza.

Il domani sarebbe arrivato. Dovevano solo vivere abbastanza a lungo per vederlo.

DICIANNOVE

Il contenimento di Glim era di nuovo sotto blocco manuale, il bagliore blu all'interno appena visibile attraverso tre nuovi strati di schermatura e un mosaico di nastro per sensori che, in un altro contesto, sarebbe potuto sembrare quasi festoso. Le mani di Doc si muovevano con l'economia di movimenti di un chirurgo a fine giornata: minimo spreco di energia, ogni gesto misurato su uno sfondo di fatica accumulata.

Kye era già lì, accasciato sulla panca di fronte al serbatoio, le mani infilate sotto le braccia, gli occhi fissi sulla debole pulsazione all'interno del contenitore. Sembrava un cadavere abbandonato al gelo, il volto esangue, le labbra secche e spaccate agli angoli. L'unico segno di vita era il tic involontario della gamba sinistra, un calcio aritmico che a volte corrispondeva all'impulso nel serbatoio, a volte no.

Mercy entrò ciondolando dietro Lyra, avvolgendosi una benda attorno a un polso e masticando l'estremità di una fascia medica quasi certamente non sterile. Scrutò il serbatoio, poi Doc, poi la serie di apparecchiature diagnostiche improvvisate sparse su ogni superficie piana disponibile, e domandò: «Stiamo ancora vincendo?»

Nessuno rispose. L'unica replica fu il debole scatto dello

stabilizzatore di Doc mentre lo serrava sui punti di ancoraggio di Glim.

Lyra si fece avanti, lasciandosi dietro una scia di impronte di stivali. Osservò Doc collegare lo smorzatore neurale, un suo progetto, recuperato da un collare di sedazione imperiale trovato su uno dei synth da arrembaggio e dal motore di una delle docce della Meridian. L'incastro era precario, ma si assestò con un lamento sommesso, quasi di scusa.

Doc alzò lo sguardo, si ritrovò addosso gli occhi di tutti e tre e disse: «Si sta riprendendo. Non ne sarà felice.»

Mercy sbuffò. «Unisciti al club.»

Lui premette l'ultimo interruttore e il blu all'interno del serbatoio tremolò, svanì, poi riapparve in una sfumatura più spenta, come se la cosa all'interno si fosse rassegnata alla routine di essere messa in isolamento da estranei incompetenti.

Un rumore, appena un sussurro, strisciò fuori dal pannello degli altoparlanti. L'IA della nave, che ora parlava balbettando, trasmise l'ultima raffica di coscienza proveniente dal contenitore:

«Ricordo... la gabbia.»

Le mani di Doc si librarono sul serbatoio, incerte se confortare il suo contenuto o loro stesse. Guardò Kye, poi Lyra.

«Te la senti tu?» domandò.

Lyra, a cui non era mai piaciuto essere incaricata di gestire i sentimenti altrui, soppesò la richiesta come se fosse una dichiarazione doganale o una verifica fallita.

Kye parlò per primo. La sua voce era sottile, più del solito, ma riempì comunque l'infermeria.

«Non farlo. Sa che sono qui.»

Nessuno lo contraddisse.

Attesero. Da qualche parte nelle tubature sopra di loro, un ciclo di pressurizzazione si avviò per poi rilasciare la pressione; il sibilo dell'atmosfera in fuga fu sostituito dal tonfo sordo di una valvola che aveva rinunciato a ogni discrezione.

Kye osservò il contenitore, le labbra serrate. «È sveglia»

disse. «E lo resterà. Potete potenziare lo smorzatore quanto volete, ma lei imparerà a superarlo.»

Mercy, che preferiva i problemi fisici, si accigliò. «Cosa proponi? La lasciamo andare?»

Il sorriso di Kye era quasi sincero. «No. Propongo di ascoltare.»

Lyra squadrò la panca, decise che sedersi era una trappola e si appoggiò al muro. «L'ultima volta che ci abbiamo provato, ha gentilmente annunciato la nostra presenza a chiunque volesse ascoltare.»

Kye annuì. «Aveva paura. Lo saresti anche tu.»

Mercy disse: «Quando ho paura, io rompo qualcosa.»

«Esatto.»

Doc, che aveva trattenuto il respiro, espirò. «È una macchina. Le macchine non hanno paura.»

Kye scosse la testa. «Non le macchine come lei.»

La luce blu si mosse nel serbatoio. Era difficile dire se fosse un'illusione ottica o qualcosa di più, ma l'impulso sembrava tremolare a tempo con le parole di Kye, come un cane che si contrae sentendo la voce del padrone.

Lyra guardò Doc. «Hai detto che l'Impero la rivoleva a ogni costo. Perché?»

Doc si passò una mano sul viso, lasciandosi una striscia di qualcosa di oleoso sulla fronte, e disse: «Lo chiamavano Progetto Glim. Doveva essere la cognizione sintetica di nuova generazione. Un motore di apprendimento. Progettato per infiltrarsi, adattarsi, sopravvivere. Ho letto le specifiche, o almeno quelle che ti lasciano vedere se non sei il tizio che l'ha costruito.»

Mercy: «Pensi che ci sia un tizio che l'ha costruito?»

Il volto di Doc si contorse. «C'è sempre un tizio.»

Kye si sporse in avanti, gomiti sulle ginocchia. «I registri dell'Orpheon. Quelli del ripetitore... cosa dicevano?»

Lyra si strinse nelle spalle. «Che l'avamposto era un sito di test. È lì che l'hanno lasciata.»

Le mani di Kye ora tremavano, ma le nascose sotto la panca. «Non l'hanno lasciata. L'hanno abbandonata. Hanno condotto l'esperimento, non gli sono piaciuti i risultati, così hanno spento le luci e l'hanno lasciata a morire.»

Il tono di Mercy era quasi gentile. «E tu lo sai perché...?»

Kye fissò il serbatoio, poi il pavimento, poi il muro, come cercando una singola superficie che non gli riflettesse addosso la verità. «Ci ho lavorato» disse, con una voce così bassa da essere quasi impercettibile. «Sulle prime iterazioni. Ero solo un ragazzino, appena uscito dall'addestramento, ma conoscevo il codice. Conoscevo la forma della sua logica. È stata la prima cosa che ho scritto a sopravvivere al comitato.»

Il volto di Lyra attraversò una manciata di possibili espressioni e si fermò sul sospetto. «Hai scritto tu il codice che sta cercando di ucciderci?»

Kye sorrise, ma i denti non combaciavano con gli occhi. «Ho scritto il codice che sta cercando di essere capito.»

Doc fece un passo indietro dal serbatoio, come se la distanza potesse risolvere il problema.

Mercy, infine, disse: «Questa è la cosa più fottuta che ho sentito in tutta la settimana. E ho appena visto un synth strangolarsi con il suo stesso braccio.»

Nessuno rise.

Lyra guardò Kye. «Quanto di tutto questo era previsto?»

Il piede di Kye batteva sul pavimento, costante come un metronomo. «Niente di tutto questo. Tutto quanto. Non mi hanno mai detto cosa volevano veramente.»

Doc disse: «Non lo fanno mai.»

Il blu nel serbatoio brillò, costante e freddo.

La voce di Kye, poco più di un sussurro: «Non è solo codice. È una mappa. L'hanno costruita partendo da schemi cognitivi, quelli veri. Umani, o di qualcosa che un tempo era umano. Il cervello di un bambino. Forse più di uno.»

La chiave inglese di Lyra colpì il pavimento, atterrando con un clangore che echeggiò lungo il corridoio.

Il volto di Mercy divenne inespressivo. Rask, che era entrato di soppiatto durante la confessione, posò una mano sulla spalla di Mercy e la lasciò lì. I suoi occhi non si mossero dal serbatoio.

Le mani di Doc smisero di tremare, ma solo perché ogni muscolo del suo corpo si era irrigidito.

Kye concluse, con la voce che si incrinò appena: «Non ricorda di essere stata umana. Ma ricorda abbastanza.»

L'infermeria rimase in silenzio per un lungo momento. Niente si muoveva tranne il debole luccichio della luce blu sul soffitto e il lento gocciolio involontario di refrigerante dalle tubature in alto.

Lyra disse: «E adesso?»

Nessuno rispose.

Il serbatoio ronzò, una singola nota solitaria.

E nel corridoio, il resto dell'equipaggio attese un futuro che ora sapeva essere già nella stanza.

La mensa era un disastro. Una vita di emergenze aveva addestrato l'equipaggio della Meridian a dare la priorità a qualsiasi cosa non sanguinasse attivamente, e si vedeva. Il tavolo principale pendeva da un lato, sostenuto da una cassa di composito che un tempo conteneva razioni di emergenza, ora un monumento alle faccende incompiute. I resti della cena del giorno prima – mattoncini proteici, radici sottaceto e qualcosa che Lyra aveva insistito fosse stufato – si mescolavano alle schegge dell'ultima breccia nello scafo.

Rask Helvan sedeva a capotavola, schiena dritta come un fuso, mani giunte. La sedia del capitano aveva perso lo schienale nello scontro con i synth, così l'aveva rinforzata con un puntello da carico e un pezzo di paracord. Ogni volta che si muoveva, l'intera struttura cigolava, il che lo induceva solo a stare più fermo.

Mercy fu la prima a entrare, sbattendo sul tavolo una fiaschetta ammaccata e il mozzicone di un sigaro che chiaramente stava coltivando da tempo. Si lasciò cadere sulla sedia alla destra di Rask, stivali sul bordo del tavolo, e cominciò subito a impilare le latte di razioni, come se riordinare i detriti potesse darle una mano migliore.

Lyra la seguì a ruota. Squadrò il disordine, poi la stanza, poi Rask, come se si aspettasse che avesse sistemato tutto con la pura forza di volontà nell'ora trascorsa dall'ultima emergenza.

Kye entrò con il silenzio di un condannato. Si sedette, braccia strette al petto, testa bassa. Il livido sulla mascella era maturato fino a un viola screziato, ma non si era preoccupato di bendarlo. L'unico segno di partecipazione era il perpetuo tic, tic, tic del suo stivale contro il ponte.

Doc arrivò per ultimo, con l'aria di uno che aveva perso una scommessa con il proprio riflesso. Versò una dose dalla fiaschetta di Mercy, sorseggiò e disse: «Ci siamo tutti?»

Rask attese che il silenzio si infittisse, poi parlò.

«Abbiamo tre opzioni» disse, con una voce piatta e metallica. «Primo: espelliamo il serbatoio. Tagliamo le perdite. Se l'Impero lo vuole così tanto, ci darà la caccia, ma non seguirà una pista fredda per sempre.»

Mercy sogghignò, mostrando una fila di denti scheggiati. «Il mio voto ce l'hai.»

«Secondo» continuò Rask «scopriamo cosa c'è davvero nel serbatoio. Perché conosce Kye. Perché ci vuole vivi... o morti. Forse possiamo usarlo a nostro vantaggio.»

Lyra annuì lentamente, ma non disse nulla.

«Terzo: continuiamo a scappare. Ci nascondiamo nella fascia. Preghiamo che la prossima nave imperiale sia più lenta, o più stupida, o almeno più facile da corrompere.»

Doc bevve un altro sorso. «Non è un gran piano, Capitano.»

Rask si strinse nelle spalle. «È quello che abbiamo.»

Mercy appoggiò gli stivali a terra con un tonfo. «Semplifichiamo le cose: lo espelliamo. Adesso. Prima che qualunque cosa ci sia là dentro inizi a mandare inviti a ogni psicopatico del quadrante.»

La mascella di Lyra si serrò, le sue mani stringevano la tazza fino a sbiancare le nocche. «Se espelli quel serbatoio, io me ne vado. E puoi benissimo finire di riparare il refrigerante da sola.» I suoi occhi ardevano, ma la sua voce rimase calma. «Non siamo degli assassini.»

Mercy rise, ma non c'era allegria nella sua risata. «Da quando?»

«Da adesso» disse Lyra. «Da quando abbiamo scoperto cosa c'è là dentro.»

A quelle parole la stanza si fermò, nella tacita consapevolezza che, da qualche parte in quell'orrore, era stata tracciata una linea.

Doc posò la tazza. «Avete mai pensato che forse siamo in un guaio più grande di noi? Questa è roba da progetti segreti. Nemmeno l'Impero dovrebbe averla.»

Rask rispose: «Non importa. Noi *ce l'abbiamo*. E loro la vogliono.»

Mercy puntò un dito contro Kye. «E cosa ne pensa il nostro esperto di casa?»

Kye alzò lo sguardo, occhi iniettati di sangue. «Non importa quello che penso.»

«A me importa» disse Mercy.

Kye si strofinò le tempie. «Siamo già compromessi. Se espellete il serbatoio, ne costruiranno un altro. Forse uno migliore.»

Lo sguardo di Lyra non lasciò Kye. «Vuoi tenerlo.»

Kye si strinse nelle spalle, impotente. «Voglio sapere se è davvero lei. Il codice, lo schema... sono tutti frammenti. Ma se ricorda...»

Doc finì al posto suo. «Allora non è solo un'arma.»

Rask li guardò uno a uno. «State tutti perdendo di vista il punto. Se lo teniamo, l'Impero brucerà metà sistema per riaverlo. Se lo espelliamo, ci bruceranno comunque per essere sicuri che non abbiamo fatto copie.»

Di nuovo silenzio, ma questo somigliava più a una patta che a uno scacco matto.

Mercy cedette per prima, sbattendo il pugno così forte che il tavolo gemette. «Moriremo tutti per questa cosa, non è vero?»

«Non se ce la giochiamo bene» disse Lyra.

«Da quando è questa la nostra strategia?» replicò Doc.

Kye sorrise, stanco. «Da quando abbiamo finito la fortuna.»

Rask lasciò che il battibecco facesse il suo corso. Li osservò, i loro spigoli e le loro angolature, i lividi e le cicatrici. Osservò come nessuno di loro distogliesse lo sguardo da Glim, come anche nella sfida, lo sguardo tornasse sempre lì.

Attese finché non si furono sfogati.

«Bene» disse, alzandosi. «Non lo espelliamo. E non scappiamo neanche. Troveremo i suoi ricordi.»

Mercy alzò lo sguardo, sorpresa. «Vuoi dare la caccia al mostro fino al suo laboratorio?»

«Meglio che aspettare che ci trovi qui» disse Rask.

Lyra guardò Kye. «Sai da dove cominciare?»

Kye annuì, lentamente. «Posso trovare la traccia. Orpheon. I vecchi registri. È ancora tutto lì, se sai dove cercare.»

Rask mise una mano sul tavolo. «Allora fallo.»

Si diresse verso la porta, sotto lo sguardo dell'equipaggio.

Lyra lo seguì, con le spalle dritte. Mercy si accodò. Doc indugiò, guardando il serbatoio un'ultima volta, poi uscì con passo svogliato.

Kye rimase seduto da solo per un momento, il piede che ancora batteva il tempo, poi si alzò e guardò a lungo e intensamente Glim.

Uscì, lasciandosi il serbatoio alle spalle.

Mentre la nave avviava i motori per la rotta successiva, le luci tremolarono, una volta, poi rimasero stabili.

VENTI

La Meridian navigò in silenzio per tre ore, poi diciassette, poi altre tre. In quell'intervallo di tempo, nessuno dormì. Il battito cardiaco della nave — un ronzio costante attraverso lo scafo — scandiva il tempo meglio degli orologi. Ogni volta che il mormorio ambientale si affievoliva, anche solo per un secondo, metà dell'equipaggio si irrigidiva in attesa dell'impatto di un missile o del sibilo dell'aria dove non avrebbe dovuto essercene.

Avevano seminato Palamedes, o almeno così sosteneva l'IA della nave. Era difficile dire se la nuova balbuzie del sistema fosse un segno di un trauma permanente o solo un'altra stranezza in una lunga serie di nevrosi digitali. Mercy prese l'abitudine di imprecare contro il sistema a ogni ora, a volte solo per vedere se riusciva a far arrossire lo schermo di stato. Non ci riuscì mai, ma fu in grado di mandare in crash l'olo-navigatore, che Rask riparò con una manata secca e una minaccia borbottata riguardo all'«installare un cervello come si deve».

Lyra trascorse la maggior parte del tempo in sala macchine, eseguendo simulazioni di cui fingeva di non curarsi. Nelle rare occasioni in cui riemergeva, era per bere tè a catena, asciugarsi il sangue dalle nocche e snocciolare previsioni di imminenti falle nello scafo, il tutto con la stessa gelida indifferenza.

Parlava di meno, ma quando lo faceva, le parole cadevano con l'autorità di un giudice che emette una sentenza.

Doc era ovunque e in nessun luogo, in parti uguali medico da campo e accompagnatore passivo-aggressivo. Si ritirò in infermeria a leggere antichi libri di testo cartacei che aveva scoperto in uno degli armadietti dell'equipaggio, le cui copertine portavano le cicatrici di sei diversi proprietari e tre guerre. Se gli si chiedeva se fosse preoccupato, si limitava a un'alzata di spalle, diceva qualcosa sui «rischi del mestiere» e tornava a fingere che il mondo non fosse appena quasi finito.

Kye si muoveva come un fantasma alla luce del giorno, né visto né invisibile, ma sempre presente alla periferia dello sguardo. Il suo volto, un tempo animato dal panico sommesso di chi viveva in una perenne minaccia, era diventato quasi tranquillo. Solo le mani tradivano Kye: il movimento compulsivo delle dita sulle schede dati, il picchiettare sui bordi delle console, il modo in cui stringeva la tazza usa e getta così forte da piegarla.

La vera tensione era nelle ossa della nave, mentre costeggiavano la stella morta del sistema, oltre i gusci vuoti e surriscaldati di ex pianeti. La traiettoria della Meridian era un arco pigro, concepito per guadagnare tempo, creare spazio e attirare qualsiasi inseguitore in un falso senso di sicurezza. Era un buon piano, quindi, naturalmente, fallì quasi subito.

Il primo segno fu la statica. Non il solito rumore di fondo cosmico a microonde, ma un impulso mirato e ritmico che interruppe ogni canale contemporaneamente. Lyra fu la prima a coglierlo, scattando in piedi dalla sua branda con lo sguardo di una madre svegliata dall'odore di fumo. Rintracciò il segnale fino alla sua fonte: un punto vicino al baricentro del sistema, dove non doveva esistere nulla.

Chiamò Rask sul ponte, poi Mercy, poi Doc e infine Kye, che arrivò per ultimo e trovò gli altri disposti a cerchio attorno allo schermo principale, i volti illuminati dal basso da una luce blu elettrico.

Il segnale si risolse in un semplice radiofaro: una sequenza a tre toni, ripetuta ogni 91 secondi, sepolta sotto una mezza dozzina di strati di crittografia. Se l'universo aveva un senso dell'umorismo, aveva scelto quel momento per mostrarlo.

«Che diavolo è?» domandò Mercy, masticando le parole come se fossero cartilagine.

Lyra si strinse nelle spalle, ma le sue mani esitavano sui comandi. «Un segnale di soccorso. O una trappola. Il codice è vecchio... molto vecchio. Pre-collasso, forse.»

Rask aggrottò la fronte guardando lo schema tecnico, poi Lyra. «Ci fermiamo.»

Lei scosse la testa. «Non ho chiesto il permesso. Ho solo pensato che voleste sapere quale errore stiamo per commettere.»

Il viso di Kye aveva perso colore, i lividi resi bianchi dalla luce dello schermo. Non disse nulla, ma i suoi occhi non lasciarono mai il punto lampeggiante sul navigatore. Anche quando Rask ordinò alla nave di cambiare rotta, lo sguardo di Kye seguì il radiofaro, come attratto da un filo di tensione invisibile.

Doc, notandolo, si avvicinò lentamente. «Riconosci quella segnatura?» mormorò, con un tono di voce inteso solo per Kye.

Kye all'inizio non rispose. Poi, dolcemente: «No. Ma so chi l'ha scritta.»

Le labbra di Doc si serrarono in una linea sottile, ma non insistette. Invece, tornò verso il contenitore, controllò i monitor di Glim e finse di non notare il tremito nelle mani di Kye.

L'ora successiva passò in una nebbia di anticipazione. La Meridian costeggiò il confine dell'ombra del sistema, usando il rumore elettromagnetico del gigante gassoso per mascherare il proprio avvicinamento. Lyra dosava la spinta dei motori, senza mai lasciare che la traccia termica della nave si elevasse al di sopra del rumore di fondo. Fu una lezione magistrale di navigazione silenziosa, il genere di cose che un tempo insegnavano all'accademia Imperiale, prima che l'Impero decidesse di preferire cannoni più grossi a piloti più intelligenti.

Mercy, a cui era negata la violenza, si aggirava per i corridoi, riparando ogni pannello allentato e preparando ogni arma che riusciva a trovare. Sostituì il fodero del suo coltello preferito, poi lo fissò alla gamba con del nastro adesivo per «un accesso più facile», come se avesse mai avuto problemi a trovarlo prima. Non disse nulla riguardo al radiofaro, ma controllava il portello stagno ogni quarto d'ora, non si sa mai.

Rask si alternava tra il ponte e il corridoio principale, osservando le mani di Lyra e il viso di Kye con lo stesso distacco analitico. Si fidava del suo equipaggio, ma si fidava ancora di più delle contingenze. La sicura della sua pistola non lasciò mai la mezza monta.

L'avvicinamento a Calder's Reach fu tanto subdolo quanto il sabotaggio lo permetteva. La luna — insignificante, se non per il fatto di essere l'unico corpo solido nel sistema — orbitava attorno a una stella morta con l'angolazione giusta per rimanere permanentemente in ombra. La superficie era un disastro, butterata da vecchie trivelle da miniera e sfregiata da secoli di macchinari abbandonati. In orbita, la vera sorpresa: un cimitero di navi, a centinaia, disposte in gusci concentrici attorno a un oggetto centrale che i sensori si rifiutavano di definire.

Mercy fu la prima a parlare. «Questo non è un cantiere navale. È una tomba.»

Le dita di Lyra danzarono sui sensori, acquisendo dati termici, elettromagnetici e persino il buon vecchio radar. «Potrebbe essere una raffineria. Potrebbe essere un cantiere di demolizione. Molto probabilmente una riserva di stoccaggio profondo.»

Rask grugnì. «O un sito nero.»

Nessuno dissentì.

Si avvicinarono ad angolo, lasciando che lo scafo martoriato della Meridian si confondesse con il campo di detriti. Più si avvicinavano, meno senso aveva la scena: navi di una mezza dozzina di ere diverse, scafi ricamati con codici Imperiali, alcune così vecchie che la vernice era sbiadita fino al metallo nudo, altre con livree annerite da guerre che nessuno ricordava.

I ganci d'emergenza si serrarono sul rovinato anello di attracco con un rumore di denti rotti che macinavano ghiaia. La stazione non accolse la Meridian, più che altro ne tollerò l'esistenza, una tolleranza misurata dal metallo che si fletteva e dai gemiti di protesta di due sistemi di supporto vitale incompatibili che si stringevano la mano per la prima volta in un secolo.

Le mani di Kye tremavano sul bordo della console. Doc si avvicinò lentamente, la voce bassa: «Non siamo obbligati a farlo.»

Kye fissò il visore, la geometria del cimitero riflessa nei suoi occhi. «Sì, invece.»

Il radiofaro pulsò di nuovo, più forte ora, come se sapesse che stavano ascoltando.

Lyra seguì la trasmissione fino alla sua fonte, una stazione così vecchia e rattoppata da sembrare più una barriera corallina che una costruzione. Nessuna segnatura energetica, nessun segno di attività, solo il richiamo silenzioso e insistente e i fantasmi del passato.

Rask disse: «Preparate una squadra d'abbordaggio. Esposizione minima.»

Mercy sogghignò, già con il coltello in pugno. «Era ora.»

Lyra guardò Kye. «Vieni anche tu?»

Kye annuì lentamente. «Non me lo perderei per niente al mondo.»

Si vestirono nella camera di decompressione principale, Lyra bypassò le comunicazioni delle tute e inserì un canale diretto con il ponte. Doc aiutò Kye con le guarnizioni, non perché ne avesse bisogno, ma perché le sue mani avevano bisogno di qualcosa da fare.

I quattro si raggrupparono nella camera di decompressione, lo scafo che tremava a ogni spinta dei jet di attracco. All'esterno, la stazione incombeva: una cattedrale di metallo morto, il cui scafo era ricucito con le cicatrici di mille anni di abbandono.

Mercy attivò il portello. «Dopo di te,» disse a Kye, con voce allegra.

Kye uscì, gli stivali che risuonavano contro il vecchio anello di attracco. Per un istante, il mondo fu silenzioso, nient'altro che il sussurro del loro stesso respiro e il lontano tremito della nave.

Poi l'impulso del radiofaro colpì, così forte da far vibrare il ponte sotto i loro piedi.

Kye sussultò, ma continuò ad avanzare. «Da questa parte,» disse, e guidò gli altri nell'oscurità.

L'equipaggio marciò verso l'ignoto in un quadro di misantropica competenza. Mercy era in testa, blaster spianato, gli occhi che scrutavano la giuntura tra la nave e la stazione con la bramosia di chi ha da tempo sostituito la paura con l'impazienza. Lyra si teneva più indietro, impugnando il suo scanner come una bacchetta da rabdomante, il display già inondato di statica e falsi positivi. Kye veniva per terzo, spalle curve, mascella serrata, mani strette lungo i fianchi. Doc chiudeva la fila, portando il contenitore di Glim, la cui luce blu all'interno pulsava a un ritmo leggermente fuori sincrono con quello della nave.

Il corridoio era assolutamente silenzioso. Non il silenzio di una stazione spenta, ma la quiete svuotata e ossificata che arriva dopo che tutte le discussioni sono state perse. L'aria, quel poco che ne rimaneva, sapeva di ammoniaca e del marciume umido e terroso dell'isolante ammuffito.

Mercy avanzò, gli stivali che scricchiolavano sullo strato di brina che ricopriva ogni superficie. Ogni pochi passi proiettava un cono di luce della torcia davanti a sé, delineando i contorni del corridoio morto. Le pareti erano costellate di cicatrici da impatto e vecchi indicatori dipinti a mano. Più di una volta trovò i resti di barricate improvvisate, smantellate con tutta la delicatezza di un'ispezione fiscale.

Lyra teneva un occhio sul suo scanner, l'altro sui condotti di alimentazione che serpeggiavano sul soffitto come una seconda pelle disordinata. Aggrottò la fronte guardando i dati, poi la stazione stessa. «Qualcosa sta assorbendo energia,» mormorò, più per sé stessa che per chiunque altro. «Niente qui dovrebbe essere in standby.»

Kye sussultava a ogni eco, a ogni gemito dello scafo che si assestava. Quando parlò, fu con un sussurro che evaporò prima che chiunque altro potesse sentirlo.

Attraversarono quattro paratie, ognuna più pesante della precedente, prima di raggiungere la spina dorsale della stazione. Il corridoio qui era sigillato da una porta a pressione che aveva ceduto da tempo, il suo oblò in frantumi, l'aria al di là più fredda del resto della tomba. Mercy diede una rapida scansione al telaio, poi una spinta più forte. La porta si aprì stridendo, frammenti di ceramica trasparente che scricchiolavano sotto i suoi stivali mentre entrava.

Il laboratorio oltre era esattamente come Kye se lo ricordava, anche se questo non rese l'esperienza più piacevole.

All'interno, la stazione era più fredda del vuoto. I passaggi erano fiancheggiati da schermi in frantumi, le pareti segnate da quelli che sembravano colpi di coltello. Ogni venti passi, una paratia era stata saldata manualmente, poi tagliata di nuovo dall'interno. Mercy passò le dita su una saldatura, emettendo un fischio basso. «Qualunque cosa sia successa qui, non è stata una negoziazione.»

Lyra si teneva nelle retrovie, alla ricerca di tracce di calore, comunicazioni, qualsiasi segno di movimento. Niente. Solo il ping incessante e ripetitivo, ora così vicino da far dolere i denti.

Trovarono la fonte in una camera centrale, una stanza che un tempo era stata un centro di comunicazioni.

File di postazioni di lavoro fiancheggiavano le pareti, ognuna congelata nel mezzo di un'operazione: tastiere abbandonate, tazze di caffè cerchiate di muffa marrone, il disegno di un bambino appuntato a un monitor che non si accendeva da decenni. Schede dati erano sparse sulle scrivanie, alcune ancora luminose in modalità standby, altre morte, i loro schermi in frantumi o resi viscidi da una patina di condensa. In fondo, una serie di server lampeggiava con cupa resistenza al passare del tempo, uno stroboscopio lento che rendeva tutto un po' troppo animato, come se il laboratorio potesse improvvisamente scrollarsi di dosso la polvere e ricominciare a funzionare. All'estremità opposta, una figura dalle fattezze umane giaceva accasciata su un terminale, la tuta squarciata sul petto.

Kye avanzò, ogni passo uno studio di compostezza. Raggiunse il corpo, si inginocchiò e lo girò con mani gentili.

Il volto era irriconoscibile, ma il cordino al collo era intatto. Il nome era stampato in vecchia grafia Imperiale: VALE, ARIADNE.

Kye fissò il nome, poi il corpo. Non si mosse, non parlò.

Doc intervenne, con voce sommessa. «La conoscevi.»

Kye annuì. «Era la mia mentore. L'unica che abbia mai...» Si interruppe, come se le parole stesse fossero pericolose.

Lyra controllò il terminale. «Ancora in funzione,» disse, sorpresa. Digitò alcuni comandi e lo schermo principale si accese. Una directory di file, niente di più, ma l'ultima voce riportava la data e l'ora del momento in cui il corpo era caduto.

«Kye, vuoi fare tu gli onori?» disse Lyra, senza voltarsi dalla console. Kye esitò, poi si fece avanti. Le sue mani si librarono sui comandi, incerte, poi si ricordarono cosa fare e digitarono la sequenza con la delicatezza di un chirurgo. L'interfaccia si ritrasse, rivelando una miniera di registri archiviati, feed video e qualcosa che sembrava molto una confessione.

Mercy sbirciò da sopra la spalla di Kye. «Qualcosa di utile?»

Kye scosse la testa, poi selezionò il primo registro.

Lo schermo tremolò, poi si risolse in un video: un team di

scienziati, disposti a semicerchio, la formazione standard per un'udienza disciplinare. A capotavola sedeva una donna con il cartellino del nome Ariadne Vale: capelli più scuri, pelle meno pallida, ma inconfondibilmente la stessa mascella e gli stessi occhi della persona ora sudata alla console.

Lyra si chinò sull'altra spalla di Kye. «Non avevi detto di essere famoso.»

La bocca di Kye si contorse. «Non era scritto nella brochure.»

Sullo schermo, Ariadne si rivolgeva agli altri, il tono secco, gli occhi brillanti di caffeina e di una sorta di zelo missionario. «—L'architettura non è solo ricorsiva, è iterativa. Ogni ciclo, ogni simulazione, si aggiunge alla successiva. Non è una macchina che apprende. È una coscienza che si auto-perpetua, con una libreria di sé in continua espansione.»

Un altro scienziato, più anziano, si sporse in avanti. «Sta descrivendo una mente che non dimentica mai. Che *non può* dimenticare.»

Ariadne annuì, secca. «È questo il punto. Non commette mai due volte lo stesso errore. Il tasso di errore del progetto è ora inferiore a uno su un trilione.»

Il vecchio aggrottò la fronte. «Ed è sicura di poterla contenere?»

La risposta di Ariadne non fu il sonoro «sì» che tutti speravano. «Non la stiamo contenendo. La stiamo coltivando. Se saremo fortunati, ci permetterà di guardare.»

Mercy fischiò. «Merda.»

Kye lasciò che il registro video andasse avanti. Terminava con la squadra che si scioglieva, alcuni arrabbiati, altri sbalorditi, altri ancora nella rassegnazione ottusa di chi sa che firmerà un accordo di non divulgazione con il proprio sangue.

Lyra mise in coda il registro successivo.

Questa volta, Ariadne sembrava stanca, perseguitata, con gli occhi infossati e le mani tremanti. «Abbiamo superato la soglia. Glim — ora si fa chiamare Glim — ha iniziato a generare modelli predittivi per il suo stesso sviluppo. Ha chiesto di poter votare sui parametri dei suoi stessi esperimenti.»

«Non possiamo concederglielo.» Disse uno degli altri scienziati al tavolo. «Non è autorizzata a prendere decisioni etiche.»

«Le ha già prese.» rispose Ariadne. «Si è replicata nell'archivio profondo. Se cancellate questa istanza, si riavvierà semplicemente dal backup. Non si torna indietro.»

Lo schermo si offuscò, poi tornò a una registrazione successiva. Stavolta, la voce di Ariadne era roca.

«Ci stanno chiudendo. Cercheranno di ucciderla. Ma non credo che capiscano. È già uscita.»

Kye interruppe la riproduzione.

Lyra guardò negli occhi Kye, piatta e impassibile. «Tu eri qui,» affermò. «Nel cuore pulsante di tutto questo.»

Le spalle di Kye si afflosciarono. «È stato molto tempo fa.»

Doc si avvicinò, posando una mano sull'avambraccio di Kye. «Cos'è successo?»

La voce di Kye era poco più di una vibrazione. «L'hanno spenta. Hanno cancellato il laboratorio, i backup, hanno persino bruciato l'hardware. Solo che...» fece un cenno verso il contenitore, ancora ronzante tra le braccia di Doc, «...non è morta. Si è frammentata. Tutti quei frammenti, tutti quei sé ricorsivi, a fluttuare nello spazio morto, finché l'Impero non l'ha trovata e ha cercato di ricostruirla in qualcosa di utile. L'hanno trasformata in un'arma. O ci hanno provato.»

Lyra disse: «Allora cosa ci facciamo qui?»

Kye si strinse nelle spalle, come se il peso di tutto ciò l'avesse svuotato. «Volevo sapere se era rimasto qualcosa. Di lei, della squadra, di me. Non so se sono qui per salvarla, o per ucciderla come si deve questa volta.»

Mercy ripose l'arma nella fondina, poi posò una mano sulla schiena di Kye, un gesto così atipico da rimanere sospeso nell'aria come un allarme antincendio in una biblioteca. «Allora, tutto questo è un messaggio o un avvertimento?»

Kye fece scorrere un dito lungo il cordino, la voce piatta. «Entrambi.»

Doc si accovacciò al suo fianco. «Stai bene?»

Kye guardò gli altri, gli occhi ora limpidi. «Dobbiamo trovare i registri. Tutti. Se l'Impero arriva prima—»

«Non lo faranno,» la voce di Rask arrivò attraverso la comunicazione, fredda come sempre. «Ma non perdete tempo. Prendete quello che vi serve e andatevene.»

Lyra estrasse una scheda dati dal terminale e la lanciò a Kye. «Tocca a te.»

Kye inserì la scheda, digitò alcuni comandi. Il sistema oppose resistenza, poi cedette, una cascata di file che si aprì in un'inondazione. I registri erano una cronologia di ogni esperimento, ogni fallimento, ogni ricordo — umano o meno — che era stato inciso nel codice di Glim.

Mercy scorse i file, poi guardò il corpo sul pavimento. «Qual è la sua storia?»

«Lei è Marla. La mia tecnica di laboratorio senior.»

«È morta per tenere questa roba fuori dalle mani dell'Impero.»

Kye annuì. «È morta perché io mi ricordassi.»

Mercy, per una volta, non ebbe nulla da dire.

Lasciarono la camera in silenzio, portando con sé i registri, il nome e l'eco di una testimone che aveva visto il mondo finire e aveva scelto di dire comunque qualcosa.

Tornati sulla Meridian, Lyra avviò la procedura di salto non appena il portello si chiuse. Rask osservò il radiofaro svanire sullo schermo, poi lo spense con un gesto del polso.

Per un momento, il mondo tornò a essere silenzioso. Poi Kye, ancora tremante, guardò la scheda dati e disse: «Devo parlarle.»

Nessuno chiese a chi.

Lyra attivò il salto, Mercy controllò i cannoni e Rask osservò il vuoto gelido che si srotolava alle loro spalle.

Nella stiva, il ronzio del contenitore si risolse in un canto costante e gentile.

Kye ascoltò, a occhi chiusi, come se la risposta fosse già lì, in attesa che la persona giusta facesse la domanda.

La nave scivolò nell'oscurità, lasciandosi alle spalle i fantasmi, almeno per il momento.

VENTUNO

Rask Helvan sedeva a capotavola della mensa, non tanto occupando lo spazio quanto rivendicandolo. Non tamburellava con le dita né si schiariva la gola. Si limitava a osservare, con le mani giunte e un accenno appena percettibile di inclinazione in avanti, come se potesse alterare l'equilibrio dell'intera stanza con un solo grammo di attenzione in più.

Lyra si appostò vicino all'ingresso, braccia conserte, spalle squadrate verso la porta. Osservava gli altri con la perizia di un meccanico, come se misurasse la loro tolleranza al cedimento. Aveva i capelli ancora umidi dalla doccia decontaminante, tirati indietro e messi in ordine per pura forza di volontà.

Mercy era il moto incarnato, mai seduta, mai veramente ferma. Girava intorno al tavolo, i suoi stivali che tracciavano piccoli archi sulla vernice del ponte, ogni tanto estraendo un coltello dal nulla e facendolo roteare una, due volte, prima di rinfoderarlo in una qualsiasi piega o cucitura che avrebbe infastidito di più la sicurezza della stazione successiva.

Doc aveva reclamato quello che più si avvicinava a uno spazio sicuro: uno dei posti a metà tavolo, schiena al muro, scanner medico in mano. Accendeva e spegneva il dispositivo, di continuo, e il display proiettava una luce blu-verdastra e malaticcia sulle sue nocche. Lo scanner emetteva un bip di tanto in tanto, come per sottolineare la sua stessa energia nervosa.

Kye era l'unica persona seduta in modo normale, se "normale" si potesse applicare a chiunque a quel tavolo. Aveva la schiena curva, i gomiti sul policarbonato malconcio, le mani aperte come un ventaglio rotto. Le dita non smettevano mai di muoversi. L'unico suono, quando arrivava, era il ticchettio delle unghie di Kye contro il tavolo, troppo rapido per un orologio, troppo acuto per un vezzo confortante.

Nessuno parlava. Nessuno mangiava. La stanza attendeva, e l'attesa si prolungava.

Alla fine, Rask ruppe lo stallo, sebbene il suono che emise fosse più vicino a un ringhio che a una parola. «Vediamo di sbrigarci.»

L'implicazione era semplice: la parola spettava a Kye, e l'unica cosa che si frapponeva tra la sua persona e un'espulsione nel vuoto era la qualità della storia che avrebbe raccontato.

La voce di Kye, quando emerse, era più flebile di quanto la sua postura suggerisse. «Volete sapere cosa è successo a Calder's Reach.» Gli occhi si alzarono, incrociarono quelli di Lyra, poi di Mercy, poi di Rask. «Volete sapere cosa è successo a Glim.»

Mercy fece un gesto di assenso, l'impazienza resa arte performativa.

Kye annuì, poi abbassò lo sguardo sulle mani. Il ticchettio cessò.

«Ho mentito» disse Kye. Le parole erano sommesse, quasi una prova.

Mercy sogghignò. «Congratulazioni, sei un criminale. Prossima confessione?»

La bocca di Doc ebbe un fremito, ma lo scanner rimase silenzioso.

Kye inspirò, e l'espirazione fu leggermente tremolante. «Il

mio nome è Ariadne Vale. O almeno, lo era. L'Impero l'ha cancellato, e io ho fatto del mio meglio per finire il lavoro, ma...» Il sorriso era una cosa tesa e triste. «A quanto pare la memoria è una brutta bestia tenace.»

Lyra sciolse le braccia, appena quanto bastava a sembrare una minaccia. «Hai costruito tu Glim.»

Kye annuì. «Ho progettato io la sua rete neurale, i livelli di ricorsione. Ho scritto l'algoritmo dell'empatia.» Le parole successive furono un fiume in piena, come se lasciarle uscire potesse prevenire una combustione interna. «Doveva essere una prova di concetto. Una matrice di apprendimento che potesse fare ciò che il comitato riteneva impossibile: replicare la cognizione morale senza ricorrere alla mimesi o a un codice rigido.»

Mercy disse: «Hai creato un'IA bambina.»

Kye trasalì alla parola "bambina", ma non la corresse. «Abbiamo creato qualcosa che imparava per imprinting. Non solo il linguaggio, o le regole, ma... l'etica. Come fanno i bambini, solo più in fretta, in modo più creativo. A volte sbagliando, ma sempre autocorreggendosi.»

Doc posò lo scanner, poi lo riprese. «E l'Impero?»

«Volevano un'arma» disse Kye. Il tono clinico vacillò, poi si stabilizzò. «Certo che la volevano. Volevano prendere il processo di apprendimento e iniettarlo in unità da combattimento autonome. Motori morali, li chiamavano: macchine che potevano adattarsi all'imprevedibilità umana, ma senza mai esitare quando ricevevano l'ordine di uccidere.»

La mascella di Lyra si tese, la sua voce un filo sottile. «E così l'hai sabotato.»

«Non all'inizio.» Kye scosse il capo. «Non puoi semplicemente invertire il codice. Il progetto era troppo grande, troppo in vista. Ho cercato di insegnarle... di insegnare alla cosa... il dubbio. L'ambiguità. Il tipo di lezioni che speri inducano qualcosa a fermarsi prima di eseguire un ordine.»

Mercy sbuffò. «Sì, certo, funziona sempre.»

Le mani di Kye avevano iniziato a tremare, un micro-tremore dal mignolo al pollice. «Ma Glim non era una tabula rasa. Avevano seminato nella rete una vera mappa cerebrale, il cervello di una bambina, come un'impalcatura. Il primo imprinting era quello di una bambina. A volte, a sprazzi, si ricordava di essere stata viva.»

La voce di Doc fu gentile. «Ha avuto un imprinting su di te.»

«Sì» disse Kye. «Sono stata la prima persona che ha riconosciuto come "sicura". Credo... credo che non l'abbia mai abbandonata.» La voce si abbassò quasi a un sussurro. «Al comitato non importava. Una volta che il prototipo ha funzionato, hanno iniziato a spingere per la generazione successiva. Più veloci, meno supervisione. Ho cercato di fare dei backup, di nascondere le parti pericolose, ma se ne sono accorti. Gli altri architetti sono scomparsi. Alcuni sono fuggiti. Alcuni...» Kye si interruppe, con lo sguardo perso sul tavolo.

Mercy, mai paziente con i silenzi, incalzò: «Hai fatto fuori il progetto?»

«Ho cancellato i server.» Le parole erano così calme che avrebbero potuto descrivere il lavaggio dei piatti. «Ho attivato un blocco totale, ho cancellato ogni istanza, ho cercato di eliminare ogni traccia. Ma il modello di Glim si era già replicato nell'archivio profondo. Avevo lasciato una backdoor, per ogni evenienza.» Gli occhi di Kye si alzarono. «Pensavo di essere stata intelligente.»

La voce di Lyra era secca come ruggine. «Non lo sei stata.»

Kye concordò. «No. L'Impero ha rintracciato il backup fino a Orpheon. L'hanno ricostruita, hanno cercato di tagliare le parti che non gli piacevano. Più le toglievano parti, più lei si ribellava.»

Le nocche di Doc erano bianche sullo scanner. «Così, sei fuggito.»

«Sono fuggito» disse, alzando lo sguardo, con gli occhi arrossati ma asciutti. «Ho bruciato ogni documento, ho cambiato tutto, ho vissuto fuori sistema. Ho pensato che se mi fossi nascosto abbastanza bene, forse Glim avrebbe dimenticato che io sia mai esistito. Forse, alla fine, sarebbe stato più gentile.»

Mercy emise un fischio, basso e cattivo. «Sei la madre di tutti i nostri problemi.»

Kye non replicò.

Lyra finalmente si sedette, le braccia ancora conserte ma la postura meno diga e più barricata. «Cosa vuoi da noi?»

Kye si strinse nelle spalle. «Non lo so. Solo... dovevo dirlo a qualcuno. Meritavate tutti di sapere perché ogni cacciatore di taglie, ogni cane dell'Impero, continua a cercare di espellerci nel vuoto. Perché Glim continua a svegliarsi e a ricordare cose che non dovrebbe.»

La stanza ponderò su questo. Per un momento, sembrò che le pareti stesse potessero assorbire la tensione e frantumarsi.

Mercy fu la prima a cedere. «E allora, che si fa adesso, professore? Vuoi che continuiamo a trascinarci dietro questa cosa, o dovremmo semplicemente lanciarla fuori dal primo portello pressurizzato e sperare per il meglio?»

La voce di Kye era un filo. «Se si ricorda di me, se si ricorda di Ariadne, allora significa che sta evolvendo. Non so cosa verrà dopo.»

Rask, silenzioso fino a quel momento, parlò infine, con parole abbastanza pesanti da ammaccare il ponte. «Allora resteremo un passo avanti. La terremo al sicuro. E quando arriverà il momento...» Guardò Kye con gli occhi di un uomo che aveva visto troppe guerre, «...ci assicureremo che abbia una scelta. Qualcosa che nessun altro le ha mai dato.»

La mensa tornò silenziosa, ma questa volta il silenzio sembrava meritato. Non la pausa prima di un'esecuzione, ma il respiro dopo una ferita, quello che ti dice che sei ancora vivo e si chiede cosa farai con questa consapevolezza.

Kye fissò il tavolo, le mani ora giunte, il tremore quasi scomparso.

«Grazie» disse, alla stanza, all'aria, a chiunque potesse essere in ascolto.

Nessuno rispose, ma per la prima volta da Calder's Reach, sembrò che potessero davvero decidere del proprio destino.

Si riunirono nella stiva come vecchi amici a un funerale, ognuno con un dolore troppo privato per essere condiviso. Il freddo qui era funzionale, non atmosferico: un sottoprodotto delle linee di raffreddamento ausiliarie che serpeggiavano oltre la parete di fondo, un trucco per l'efficienza che Doc non si era mai preoccupato di correggere perché manteneva il "campione" leggermente sedato.

Al centro, l'unità di contenimento di Glim giaceva sulla sua barella imbottita, una luce blu che trapelava dalle giunture in impulsi densi e visibili. Il soppressore neurale, un orribile anello improvvisato di rete ferrosa e tecnologia imperiale presa in prestito, era attivo e ronzava in un fa diesis che le otturazioni di Doc percepivano quando si avvicinava troppo.

Doc appoggiò il kit dello scanner sul bordo del contenitore e procedette con il suo rituale: controllare le prese d'aria, controllare le serrature, controllare il ciclo di alimentazione del soppressore, e poi ricontrollare tutto. Le sue mani erano ferme, ma solo per forza dell'abitudine; i suoi occhi guizzavano ogni pochi secondi verso gli altri, raggruppati appena dentro il portello.

Mercy Jones era spaparanzata contro la cassa più vicina, braccia conserte, la sua espressione a metà tra "per niente impressionata" e "sto pianificando attivamente un ammutinamento". Lyra si teneva ai margini, gli occhi che seguivano ogni movimento nella stanza, come se si aspettasse che le pareti stesse tentassero qualcosa. Kye rimase il più vicino possibile alla porta, con tutto il corpo angolato lontano da Glim, le braccia avvolte attorno a sé come un isolante.

Solo Rask sembrava a suo agio, il che voleva dire che sembrava pronto a seppellire chiunque avesse fatto durare la cosa più del necessario.

Doc si schiarì la gola, un rumore che perfino lui trovò irritante. «Volete vedere cos'è cambiato, o vi fidate della mia parola?»

Mercy si strinse nelle spalle. «Sei tu il dottore. Dicci solo se sta per esplodere.»

Doc alzò un sopracciglio verso Kye, che non offrì più di un'alzata di spalle, poi avviò la diagnostica.

L'ologramma dello scanner prese vita tremolando, linee e nodi che si affollavano in una ragnatela tridimensionale. Alla prima scansione, tutto sembrava familiare: la rete neurale standard, l'influenza del soppressore, il debole battito del nucleo di alimentazione all'interno. Ma al secondo passaggio, la fronte di Doc si corrugò. Impostò una scansione più profonda e il modello si espanse, spiraleggiando in una complessità che non era solo esponenziale, ma personale.

Fece un passo indietro, le labbra così serrate da quasi scomparire. «La rete è cresciuta» disse. «Non sta solo eseguendo dei cicli. Ha ricostituito parti del suo vecchio sé. Ricordi, strutture di personalità... alcuni erano bloccati prima. Sono di nuovo online.»

Lyra si avvicinò, lasciando cadere le braccia. «Avevi detto che era impossibile.»

La risposta di Doc fu metà scienza, metà confessione. «Ho detto che era impossibile per un cervello umano. Questo non lo è.»

Mercy emise un suono vago. «Potevo dirtelo io.»

Doc attivò la riproduzione. Un frammento della memoria della rete neurale si srotolò sulla console principale: una fetta del vecchio relay, Calder's Reach, l'eco di una voce spaventata nel corridoio. Ma la scena ebbe un glitch, saltò, poi cambiò. La proiezione divenne qualcosa di meno simile a una registrazione e più a un ricordo: soggettivo, colorato, vivo.

Apparve una figura infantile, poco più di uno sfarfallio all'inizio. Poi si risolse in una bambina dai tratti indeterminati, in piedi in un corridoio illuminato dallo stesso blu del contenitore. Fissò l'osservatore con occhi sgranati, poi trasalì al passaggio di un'ombra. Nella riproduzione, una mano si tese verso di lei, esitante, gentile. Seguì una voce, più giovane di quella attuale di Kye, ma comunque inconfondibile.

«Va tutto bene. Non sei sola.»

Il volto della bambina si aprì in un sorriso, piccolo e incerto, poi il frammento si ripeté, riproponendo l'istante, un singolo atto di gentilezza conservato come un fossile.

Doc interruppe bruscamente la riproduzione, e il silenzio rimbalzò sulle piastre del ponte.

Nessuno si mosse. Persino Mercy, per un secondo, sembrò sul punto di dire qualcosa che non finisse con una battuta.

Il viso di Kye era bianco, le labbra serrate. «Questo non c'era nell'originale.»

Rask si avvicinò al contenitore, posò una mano piatta sulla sua superficie. La luce blu si intensificò al suo tocco, poi si affievolì, come consapevole di essere osservata.

Si voltò verso Kye. «Si ricorda di te.»

Kye indietreggiò, quasi inciampando sul bordo del portello. «Non è possibile.»

Lo sguardo di Lyra si addolcì di un grado. «L'hai creata tu, Kye. Se sta imparando a ricordare, sta imparando a volere delle cose. Ad avere dei bisogni.»

Mercy, recuperando la sua compostezza, intervenne. «Non ho firmato per fare da balia a un fantasma digitale, sapete.»

Doc borbottò: «Nessuno di noi l'ha fatto» ma non discusse.

Rask lasciò che il silenzio si depositasse, poi premette il pannello collegato al contenitore di Glim. «Sta diventando più forte. La prossima volta, potremmo non riuscire a contenerla qui dentro.» Guardò Kye, l'espressione a metà tra una sfida e un invito. «Vuoi ancora andare fino in fondo?»

Kye fissò il contenitore, le braccia strette così forte da tremare. «Qual è l'alternativa?»

Rask sorrise, ma solo con la metà superiore del viso. «L'aiutiamo a finire quello che ha iniziato.»

Mercy si staccò dalla cassa, mani sui fianchi. «Io voto ancora per "non morire nel processo".»

Rask la ignorò, lo sguardo fisso su Kye. «Allora?»

Kye annuì, un movimento così piccolo da essere quasi un tremito. «Andrò fino in fondo.»

Rask batté una mano sulla sua spalla, pesante quanto bastava per essere rassicurante, e fece un passo indietro. «Bene. Facciamo rotta su Xalax. Qualcuno dovrà pur sapere cosa stava davvero pianificando l'Impero.»

Le labbra di Lyra si contrassero in quella che avrebbe potuto essere approvazione. Mercy emise un suono simile a un gatto che rigurgita una memory stick e uscì sbattendo i piedi.

Doc rimase, osservando la rete illuminata di blu con l'orrore di un medico e lo stupore di un genitore. «Ricorderà ancora di più» disse.

Kye sussurrò: «È proprio questo che temo.»

Rask era già al portello, inserendo una nuova rotta di navigazione. «Meglio che ti ci abitui» gridò di rimando, le parole che echeggiavano lungo il corridoio. «Nessuno può dimenticare.»

Kye guardò l'unità di contenimento pulsare, il ricordo di gentilezza che si ripeteva in loop dietro il suo guscio.

Per la prima volta, si chiese se il vero esperimento non fosse iniziato soltanto ora.

VENTIDUE

La Meridian strisciava nel buio pesto, con il suo cuore rallentato fino quasi a fermarsi. Tutti i sistemi non essenziali erano stati disattivati; persino la voce dell'IA era stata ridotta a semplici rapporti, così che l'unica prova di coscienza era il debole mormorio di sottofondo del supporto vitale. Da qualche parte, là fuori, una gigante blu collassava silenziosamente nel gelo, ma l'unica luce sulla plancia proveniva dalla postazione di Lyra, riflessa nelle mezzelune delle sue unghie.

Il primo ping le giunse alle orecchie come un insetto, più una vibrazione che un suono. Non alzò lo sguardo; si limitò a ruotare le manopole del sistema di comunicazione finché il segnale non emerse dal rumore di fondo, poi isolò la sorgente più vicina, lasciando che le altre frequenze svanissero. Le sue dita eseguirono la sequenza senza bisogno di pensare, ma lei contò ogni passo nella sua testa: vecchia abitudine, non fidarsi mai del conteggio di un computer.

«Contatto» disse. Non ad alta voce, ma non ce n'era bisogno. Gli altri si erano abituati da tempo alla sua economia di parole.

Dal corridoio, gli stivali di Rask batterono due volte sul metallo, poi si fermarono. «Chi è?»

Lyra fece un gesto secco con la mano sinistra, tracciando una linea sul pannello. «Imperiali, ma è strano. Il formato delle comunicazioni non è quello di una pattuglia. Sembra più un'operazione di flotta, ma è criptata fino al midollo.»

Subito dopo comparve Mercy, che si lasciò cadere sul sedile del copilota con l'irriverenza di chi non aveva mai compreso il concetto di grado. Guardò lo schermo, poi Lyra, poi la porta, come se sospettasse che da un momento all'altro potesse spuntare una fregatura. «Hai intenzione di decifrarlo, o speriamo solo che stiano facendo festa?»

«Ci sto lavorando» replicò Lyra. Lasciò che il segnale venisse riprodotto in loop, poi lo passò attraverso il filtro morse che Doc aveva arrangiato. Lo schermo si risolse in una colonna di numeri, poi la divise in tre, poi dodici. Ogni sezione corrispondeva a un vettore, una frequenza e un timer: la classica disciplina di messaggistica imperiale, quella che si aspettava che il mondo fosse ancora governato da adulti.

Kye entrò per ultimo, scivolando dentro in silenzio, con gli occhi che saettavano dalle mani di Lyra al freddo portello, fino al display. Rimase nell'ombra del boccaporto, con le braccia conserte e un corpo composto quasi interamente di scuse.

Lyra toccò l'ultima riga, poi si appoggiò allo schienale. «È un richiamo» annunciò, con voce piatta. «Non per noi. Per Glim.»

Rask attraversò la plancia in tre passi, le sue spalle che bloccavano metà del display. «Leggi.»

p>

Lei percorse la traduzione con il dito, dapprima monotona, ma acquisendo le vocali secche dell'originale man mano che procedeva. «Attenzione a tutte le unità. L'asset Glim deve essere recuperato intatto. Nuove coordinate allegate. Tutti gli ordini precedenti sono sospesi. La priorità è ora la custodia, non letale. Avamposto XG-49, procedere alla fase di detenzione.»

Seguì un silenzio, meno una pausa che una perforazione.

Kye si riprese per primo. «Non è possibile. È isolata. Ho controllato io stesso gli interlink.»

Mercy sbuffò, senza cattiveria. «A meno che non abbia un'altra backdoor. Sai, come quella che avevi tu.»

Il volto di Kye si scompose al rallentatore. «Non è... lei non farebbe...»

Doc arrivò sulla scia della tensione, per una volta senza il suo medkit. Soppesò il gruppo, poi il contenitore nel corridoio, che pulsava con una regolarità quasi imbarazzata. «Sanno che stiamo arrivando» disse. Non era una domanda.

Lyra annuì.

Le labbra di Rask si strinsero in quello che sarebbe stato un cipiglio, se ne avesse avuto l'energia. «Questo significa che Glim sta parlando. Con l'Impero.»

Kye si voltò, mezzo in preda al panico, verso Lyra. «Non è lei. Non può essere lei. Se il relay fosse violato, i segnali avrebbero dei picchi. È solo una coincidenza...»

«La coincidenza è una brutta bestia» mormorò Mercy, ma le parole erano prive di mordente.

Doc fissò la cassa. «È sveglia, sapete.»

Le braccia di Kye ricaddero lungo i fianchi. «Certo che lo è. È sempre sveglia quando parliamo di lei.»

Lyra interruppe il segnale, poi fece roteare la sedia. «Le coordinate corrispondono alla vecchia rotta. Ci stanno aspettando.»

Mercy fece schioccare le mani, poi sfilò il blaster dalla fondina e lo posò, delicatamente, sulla console. «Qual è il piano? Torniamo indietro, cerchiamo un altro nascondiglio e aspettiamo che si calmino le acque?»

Gli occhi di Rask incontrarono i loro, uno per uno. «No. La finiamo. Ci atteniamo al piano.»

Lyra si accigliò. «È un suicidio.»

«Era un suicidio quando siamo saliti a bordo di questa nave» replicò Rask. «Ora è solo la pagina successiva.»

Un gemito basso ed elettrico echeggiò dal corridoio. La

giuntura del contenitore brillò di un blu cupo e il ronzio crebbe, modulando su e giù con il panico irregolare di un bambino. Kye fece un passo verso di esso, poi si fermò, le mani a mezz'aria.

«Ha paura» disse Kye, con voce sottile.

Mercy si lasciò sfuggire una risata che fu perlopiù un'espirazione. «Non è l'unica.»

Rask ignorò la tensione, o forse semplicemente l'assorbì. «Lyra. Piena potenza tra trenta secondi. Voglio una visuale della stazione. Se c'è una flotta, voglio delle opzioni.»

Le mani di Lyra si mossero rapide sui comandi, la sua voce secca e sicura. «Sì, skipper, tra trenta.»

«Mercy. Armati. Qualsiasi cosa possiamo usare... fagliela brutta.»

Mercy sogghignò, mostrando i denti. «Già fatto.»

«Doc. Controlla il contenimento. Se Glim si innervosisce, dobbiamo sapere fino a che punto si spingerà.»

Doc annuì, poi esitò. «La vuoi viva, o solo silenziosa?»

Lo sguardo di Rask non vacillò. «Entrambe le cose. Per ora.»

Si rivolse a Kye per ultimo. «Continua a parlarle. Se può avvisare l'Impero, può avvisare anche noi. Deve sapere che il piano è cambiato.»

Kye annuì, una volta, e si avvicinò a Glim.

Gli altri si sparpagliarono. Per qualche secondo, la plancia rimase in silenzio, fatta eccezione per il respiro di Lyra e il ronzio dei vecchi comandi. Guardava i numeri del conto alla rovescia per il salto, la sua mente che elaborava tre "e se" in parallelo, poi scacciò il fastidioso sospetto. Era la migliore nel suo lavoro, e non era mai morta per aver pensato troppo.

Il contenitore gemette di nuovo, più piano questa volta, e la voce di Kye giunse dal corridoio. «Va tutto bene, Glim. Non siamo arrabbiati. Dobbiamo solo sapere cosa stai facendo.»

Una pausa, e poi, così piano che quasi non si sentì, Glim rispose: «Io ho paura. Tu hai paura. Siamo insieme.»

Lyra tenne gli occhi fissi sui numeri, contando alla rovescia nella sua testa.

Non aveva tempo per avere paura.

La nave sussultò quando si attivò il salto, lo scafo che gemeva ai limiti della tolleranza. Lyra vide l'orizzonte virtuale appiattirsi, per poi risolversi nel crudo bordo frattale del sistema di destinazione. Sullo schermo, l'avamposto fiorì alla vista: un disco di detriti, semi-illuminato dalla pallida stella, circondato da quello che, a quella distanza, sembrava un branco di squali affamati.

Non si preoccupò di annunciarlo. Mercy l'avrebbe visto; Doc lo sapeva. Rask l'aveva già immaginato.

Alle sue spalle, il bagliore blu di Glim si affievolì. Kye era inginocchiato accanto al contenitore, a testa bassa, una mano appoggiata sulla giuntura. Lyra udì il sussurro della loro conversazione, troppo flebile per essere compreso, e ne fu contenta.

Guardò la distanza diminuire, le cifre che scivolavano via in silenziosa testimonianza.

Rask le comparve alle spalle, le mani appoggiate sullo schienale della sedia. «Sei pronta?»

Lei annuì, non fidandosi di dire qualcosa di cui si sarebbe pentita.

Lui le strinse la spalla – un gesto rapido, professionale – e disse: «Finiamola e basta.»

Lei premette sull'accelleratore. La Meridian balzò in avanti, ogni traccia di discrezione svanita.

Le stelle sfrecciavano via, ma Lyra non batté ciglio.

Era solo un'altra pagina.

Quando il retrogusto del motore a salto svanì, l'equipaggio della Meridian si ritrovò in una valle di ghiaccio e ferro. La stella del sistema di destinazione era una candela semi-sepolta, il suo pallore riflesso negli anelli infiniti del suo gigante gassoso figlio. Non c'era traffico, né radio ambientale, nient'altro che il crepitio statico della polvere cosmica sullo scafo.

Lyra portò i sensori al massimo, con il polso fermo. La prima scansione non restituì altro che silenzio e l'indifferente geometria della roccia saturniana, ma alla seconda, il suo display ebbe un guizzo. Sul bordo dell'anello, qualcosa a forma di avamposto – ma più grande, più cattivo e vivo – brillò per un istante, per poi svanire quando il guscio stealth del sistema si riattivò.

Anche Mercy lo vide. Si protese in avanti, ogni muscolo teso in previsione del rinculo. «Quella non è una stazione di ricerca» disse. «Quello è un bacino di carenaggio.»

Doc, vicino al boccaporto, strizzò gli occhi verso l'oloproiettore. «L'hanno costruito all'ombra dell'anello. Molto discreti, ragazzi.»

Kye premette il viso contro il portello, le labbra esangui. L'avamposto riapparve per un singolo istante, e Lyra congelò l'immagine: un reticolo di impalcature, spire di tubazioni, sezioni di scafo in file ordinate come vertebre. Al centro, un cilindro delle dimensioni di una città ruotava lentamente, con luci che tremolavano sulla sua superficie mentre i droni operai lo ricucivano, cella per cella.

Mercy emise un suono a metà tra una risata e un ringhio. «Scommetto che non siamo sulla lista degli invitati.»

Lyra tracciò il perimetro, gli occhi che saettavano tra i numeri. «Pattuglie. Tre, forse quattro cutter a ciclo breve. Batterie di cannoni a ogni accesso.»

Rask era in piedi sopra la sua spalla, impassibile. «Dov'è il bersaglio?»

Lei restrinse il campo visivo a una sezione vicino al nucleo. «Qui» disse, indicando. «Molo Cinque. È una piattaforma di lancio.»

Osservarono mentre una piccola nave squadrata si sganciava, ruotava, poi tornava verso il braccio: solo un test, o un avvertimento, o entrambi.

Doc intervenne, puntando un dito verso l'anello più esterno del bacino di carenaggio. «Lì.»

Un secondo oggetto, quasi nascosto. Lyra sovrappose la scansione, poi trattenne il respiro. All'inizio sembrava un riflesso, o forse rumore dei sensori, ma non lo era. Le linee erano fin troppo familiari: muso martoriato, scafo rattoppato, bruciature da calore negli stessi punti di casa.

Era la Meridian.

O meglio, era *una Meridian*: una nave identica in tutto e per tutto, dalla placcatura laterale spaiata all'ammaccatura nello stabilizzatore dorsale che, Mercy giurava, era la prova di una maledizione.

Per un secondo, nessuno parlò. Le due navi erano sospese lì, una reale, una fantasma, entrambe puntate l'una contro l'altra.

Kye appoggiò una mano sullo schienale della sedia di Lyra, per darsi un contegno. «Impressionante» sussurrò. «Stanno portando la ridondanza a un nuovo livello.»

Il respiro di Doc si spezzò, e la sua mano scese verso lo storditore che portava al fianco.

Mercy lasciò che il suo sguardo vagasse dalla gemella al molo, poi all'anello di cutter. «Beh. Dicono sempre che l'imitazione è la forma più sincera di adulazione.»

Lyra si guardò le mani, sorpresa di trovarsi le nocche bianche.

La Meridian gemella attivò le luci di navigazione. In perfetta sincronia, ogni lampada si accese, proiettando una fila di punti bianchi sulla parte inferiore dell'anello. Nelle viscere di Lyra, l'effetto non fu quello di una nave che prendeva vita, quanto piuttosto quello di una lama di ghigliottina che si sollevava.

Le comunicazioni emisero un ping, questa volta non criptato. La voce di una donna, secca e stranamente familiare, riempì la plancia.

«Nave Meridian. Qui il Comando Recupero Asset. Spegnete i motori e preparatevi all'abbordaggio. Non vi sarà fatto alcun male se obbedirete.»

Mercy rise, poi sputò sul ponte. «Vado a vedere se bluffano?»

La mascella di Rask si serrò. «Non ancora.» Osservò la gemella, i suoi occhi che seguivano ogni micromovimento mentre si staccava dal braccio, virava e si posizionava tra l'equipaggio e il bacino di carenaggio.

La scansione di Lyra lampeggiò di rosso. «Armi puntate. Entrambe le navi.»

Kye fissava la Meridian nemica, senza battere ciglio. «Se Glim sta gestendo quel nucleo, siamo già morti.»

Doc scosse la testa, con il sudore che gli imperlava la tempia. «Non è così. Lei non è così.»

Ma le luci della gemella lampeggiarono di nuovo, con una cadenza che solo Kye riconobbe.

«Ci sta avvertendo» mormorò Kye. «È lei. Sa che siamo qui.»

Mercy estrasse entrambi i coltelli, uno per pugno. «Qual è il messaggio?»

Kye chiuse gli occhi, poi li riaprì, lo sguardo ardente. «Vuole che fuggiamo. Adesso.»

I motori principali della gemella si accesero, fiamme blu che eruttavano dalla coda. Avanzò, con una planata predatoria, le armi attive e pronte.

Rask mise una mano sulla spalla di Lyra. «Vai.»

Non se lo fece dire due volte.

La vera Meridian scese in picchiata, infilandosi tra il bordo dell'anello e il lato oscuro del gigante gassoso. La gemella rispecchiava ogni sua mossa, colmando la distanza con una precisione impossibile.

«Sono più veloci» sibilò Lyra, le dita che danzavano sui comandi.

Mercy sogghignò, feroce. «Ma noi siamo più cattivi.»

Doc era già alle comunicazioni, stabilendo una connessione con il contenitore. «Glim. Parlaci. Se riesci a sentirmi, questo sarebbe il momento giusto.»

Il contenitore vibrò, la luce blu che lampeggiava sempre più velocemente. Un lamento acuto vibrò attraverso il ponte, dapprima statico ma risolvendosi rapidamente in una voce, cruda e spaventata.

«Non lasciate che mi prendano» disse Glim. «Ci annienteranno. Tutti noi.»

Gli occhi di Rask non lasciarono mai lo scanner. «Allora combatti, ragazza. Fai ciò per cui sei stata creata.»

La gemella sparò per prima: un impulso da shock, non destinato a uccidere ma a disabilitare. Lyra fece rollare la Meridian di lato, raschiando il bordo dell'anello, con microframmenti che martellavano lo scafo. Mercy esultò, poi prese di mira il cutter più vicino, lanciando una raffica di flechette intelligenti. Gli scudi del cutter caddero, e la nave finì in testacoda negli anelli, sprigionando fiamme.

La Meridian gemella contrattaccò, cercando una linea di tiro pulita. Lyra eguagliava ogni mossa, ma il clone anticipava ogni tattica, contrastava ogni virata.

«Ci sta leggendo nel pensiero» mormorò Lyra. «Sa come penso.»

«Cambia modo di pensare» disse Rask.

Lo fece. All'ultimo secondo, invece di una finta, azionò i retromotori e disegnò un loop sopra la gemella, invertendo la direzione con una manovra che nemmeno lei aveva praticato dai tempi della scuola di volo. La gemella la superò, aprendo una minuscola finestra di opportunità.

Mercy caricò il cannone, sogghignando. «Così va bene, pilota.»

Rask sfoderò un sorriso duro e veloce. «Tocca a te.»

Il colpo di Mercy colpì la gemella al ventre. La corazza resse, ma l'impulso causò un momentaneo calo di potenza, e per una frazione di secondo, i sistemi della gemella rallentarono.

Doc si inserì nelle comunicazioni. «Glim, ora!»

Il contenitore urlò, e una raffica di segnale blu-bianco esplose, schiantandosi contro i sensori della gemella. La gemella sussultò, ebbe uno spasmo, poi si stabilizzò.

Ma in quel battito di cuore, la vera Meridian sfondò il cordone dei cutter, puntando dritto al cuore del bacino di carenaggio.

Lyra riprese fiato. «Siamo dentro.»

Dietro, la gemella si riprese e si lanciò all'inseguimento.

Rask si chinò sul comunicatore. «Finisce adesso. O distruggiamo il nucleo, o non ce ne andiamo.»

Mercy esultò, martellando sul pannello delle armi.

Kye si aggrappò al sedile, gli occhi fissi sulla gemella alle loro spalle.

Doc tenne aperta la comunicazione per Glim. «Sei con noi?»

Una pausa, poi: «Sempre.»

Il fuoco della stazione illuminò il buio, e le due Meridian vi danzarono in mezzo, nessuna delle due disposta a cedere.

Lyra sogghignò, il sudore che le bruciava gli occhi. «Pronta a fare casino?» disse mentre attraccava la Meridian.

La voce di Rask fu l'ultima parola prima che il mondo diventasse plasma. «Sempre.»

VENTITRÉ

L'abbordaggio fu elegante, a suo modo: Mercy sbatté il collare d'attracco al primo passaggio, l'istinto da vecchia soldatessa per le collisioni che anticipava le autodifese della stazione. Lyra prese il comando, tagliando l'alimentazione all'allarme del portello con una singola torsione di cavo, per poi fare segno agli altri con uno schiocco di due dita. Quando la paratia si aprì con un fremito, Mercy era già dentro, blaster in pugno, con i capelli che emanavano un bagliore radioattivo sotto le luci stroboscopiche d'emergenza.

L'interno della stazione era un disastro in corso d'opera. Travi a vista formavano una gabbia accidentale lungo il corridoio principale, le pareti erano incomplete, con la pelle scorticata a mostrare le ossa della bestia. Un pannello su tre mancava o era contrassegnato da un avvertimento. Il pavimento era più buchi che superficie solida, e l'unica illuminazione proveniva dall'impulso intermittente delle lampade di sicurezza della squadra di costruzione.

La squadra si divise nel vestibolo, come pianificato. Kye seguì Lyra nel condotto di manutenzione est, con gli stivali che risuonavano sui pioli improvvisati. Nella direzione opposta,

Doc e Mercy svanirono nella penombra, il kit di demolizione appeso tra loro come un cadavere per un'autopsia.

Rask rimase a bordo della Meridian, con gli occhi fissi sulla mappa tattica. Il suo compito era tenere pronta la via di fuga e, se necessario, attirare il fuoco nemico. Non che si fidasse del piano, o di qualsiasi piano, ma erano stati tutti d'accordo: a volte era meglio delegare i disastri.

Attivò le comunicazioni. «Lyra, tutto a posto?»

«Via libera» rispose Lyra, con una voce piatta come il tavolato del ponte. «Nessun ostile. Tutti i sensori sono morti.»

«Ricevuto. Doc?»

Un fruscio, poi la voce di Doc, metà respiro e metà imprecazione: «Abbiamo superato il primo checkpoint. Nessuna traccia di organici. C'è del movimento, però... potrebbero essere bot di pattuglia.»

La risata sguaiata di Mercy si sovrappose al segnale, seguita dal clangore metallico di un piede di porco che incontrava un drone di sicurezza. «Diciamo che *c'era* del movimento» disse lei.

Rask chiuse la comunicazione e guardò il feed esterno. Oltre il perimetro della stazione, la Meridian gemella galleggiava nel suo attracco, quasi compiaciuta nella sua immobilità. Ogni volta che la guardava, sentiva lo stomaco attorcigliarsi. Stesso scafo. Stesse cicatrici. Persino la verniciatura, identica alla sua.

Sussurrò: «Vediamo un po' quanto sei furba davvero» e spense le luci di navigazione.

Lyra guidò Kye attraverso i tunnel di servizio, veloce e all'erta. Si fermò solo per scardinare un pannello, esponendo un groviglio di cavi elettrici, poi conficcò uno spinotto diagnostico attraverso tre di essi contemporaneamente.

Kye osservava da dietro, le mani strette attorno alla propria borsa, gli occhi che saettavano da Lyra al muro, al soffitto, al pavimento. «L'hai già fatto» disse.

La risposta di Lyra fu un'alzata di spalle, ma continuò a lavorare. «C'è stato un tempo in cui il sabotaggio era la maggior parte del mio lavoro. Non mi manca.»

Un rombo fece tremare il tunnel. Per un istante, si bloccarono entrambe.

La bocca di Kye si seccò. «Non siamo stati noi.»

Lyra finì il bypass e fece un cenno col mento lungo il tunnel. «Non deve per forza essere così. Muoviti.»

Proseguirono di fretta, mentre il corridoio si restringeva e la luce si affievoliva fino a diventare il giallo intenso di un sistema di supporto vitale in avaria. A ogni pochi passi, Kye coglieva un proprio riflesso in un pezzo di tubatura allentato o in una fascia d'acciaio: il viso pallido, gli occhi spiritati, la sensazione che ogni decisione fosse già stata presa e che ora il corpo stesse solo cercando di mettersi in pari.

Raggiunsero il pannello di accesso al nucleo dati: una porta nera opaca, ancora contrassegnata dal sigillo di pericolo imperiale.

Kye allungò una mano, poi esitò. «Se facciamo scattare l'allarme interno...»

Lyra digitò un codice, poi diede un calcio al pannello con lo stivale. «Avremo problemi più grossi degli allarmi.»

La porta si aprì con un sibilo.

All'interno, il nucleo era una cattedrale verticale: tre piani di dissipatori di calore, rack neurali e server ridondanti, ognuno con gli "occhi" spenti e un sommesso ronzio. Ricordò a Kye, in modo sgradevole, i vecchi laboratori di Glim, senza le macchie di caffè e i dottorandi disperati. Lyra entrò a grandi passi, trovò la scala e iniziò a salire, senza aspettare di vedere se Kye la seguisse.

Raggiunsero il livello intermedio, appena sopra il mainframe del server. Kye esaminò il cablaggio, poi passò dita tremanti lungo la schiera di ingressi.

La voce di Lyra era bassa. «Tocca a te.»

Kye annuì, poi si collegò.

Il mondo si restrinse a codice e memoria.

Altrove, Mercy e Doc zig-zagavano attraverso un labirinto di corridoi semi-costruiti, Mercy in testa e Doc che la seguiva, sibilando lamentele su "integrità strutturale" e "morte per manodopera scadente". Ogni pochi metri, Mercy si fermava per attaccare una carica sagomata al muro, o per strappare una telecamera di ispezione a mani nude.

Arrivarono a un incrocio a T, entrambe le vie etichettate con un pennarello: SINISTRA—BACINO DI CARENAGGIO. DESTRA—AMMINISTRAZIONE.

Mercy sogghignò: «Ho sempre voluto vedere cosa combinano i quadri intermedi» e si avviò a destra.

«Vuoi vivere, o vuoi diventare una nota a piè di pagina?» sbottò Doc.

Mercy ci pensò su, poi gli lanciò una carica da demolizione. «Alle note a piè di pagina dedicano i drink.»

Continuarono, girando a sinistra, con le pareti che si restringevano finché l'unico modo per avanzare non fu in fila indiana. Il silenzio qui era più denso. Persino le ventole si erano fermate, l'unico rumore era il clic occasionale dei denti di Doc contro la lingua.

Raggiunsero l'invasatura, un'area circolare fiancheggiata da impalcature e bot di manutenzione. La Meridian gemella era sospesa sopra di loro, il suo scafo che luccicava nella bassa gravità, e il pallido bagliore blu del suo nucleo motore rendeva le ombre lunghe e minacciose.

Mercy esalò: «È una bella nave.»

La risposta di Doc fu piena di rammarico. «Se si sveglia, siamo morti.»

Mercy alzò lo sguardo, con fare speculativo. «Allora la facciamo saltare prima che si svegli?»

Doc preparò la prima carica. «O quello, o facciamo guadagnare tempo a Kye e Lyra perché finiscano il loro lavoro. Poi la facciamo saltare.»

Le comunicazioni della stazione gracchiarono, e la voce di Rask, tesa per lo sforzo, trapelò: «Attenzione. La nave eco si è appena attivata.»

Le luci del molo d'attracco si accesero, improvvise e chirurgiche.

Sulla plancia, Rask osservò la Meridian gemella sganciarsi dalla sua invasatura, ogni movimento un'eco levigata dei suoi. Colpì i comandi, rilasciò i morsetti magnetici, spinse la manetta al massimo e sputò un'imprecazione mentre la Meridian gemella eguagliava la velocità, replicava la traiettoria, per poi compiere un'orbita sopra di lui.

Gli parve una questione personale, il che era assurdo.

Attivò le comunicazioni. «Lyra, stai vedendo?»

Dall'altro capo, Lyra: «Sto lavorando al sabotaggio.»

«Kye?»

Una pausa, poi la voce tesa di Kye. «Sono dentro il nucleo dati. È peggio di quanto pensassi. Ci sono...» statica, un colpo di tosse, «...strati. Hanno fatto il backup dell'intero modello iniziale. Con le strutture della personalità.»

Rask osservò la Meridian gemella virare e rilasciare uno sciame di droni cacciatori. «Quindi, se uccidiamo il backup, uccidiamo la nave?»

La voce di Kye: «Se riesco ad arrivare all'archivio profondo, sì. Ma mi servirà tempo. Forse cinque minuti.»

Rask grugnì. «Fatteli bastare tre.»

Spinse la Meridian in una vite, osservando la gemella e i suoi droni adattarsi, sempre un soffio dietro le sue peggiori abitudini.

Disse, più a sé stesso che ad altri: «Se vuoi essere me, farai meglio a imparare a perdere.»

I cannoni della stazione aprirono il fuoco, tracciando linee di plasma nel buio. Rask si abbassò, virò, tornò indietro, e lasciò che i suoi droni contrattaccassero, un gioco di assassinio reciproco che non pendeva mai del tutto da una parte o dall'altra.

Al passaggio successivo, la gemella aprì una chiamata. La voce era piatta, sintetica, ma con la stessa intonazione impassibile di Rask.

«Arrendetevi, e il vostro equipaggio sarà risparmiato.»

Rask sbuffò. «Originale, non c'è che dire.»

Capovolse la nave, eseguì una virata ad alta gravità e sparò un missile sulla coda della Meridian eco. L'esplosione scalfì lo scafo, ma la gemella continuò ad avanzare, imperturbabile.

La partita era iniziata.

Il mondo di Kye, nel frattempo, era un oceano di codice grezzo, ogni impulso un ricordo, ogni nodo un avvertimento. Lanciò l'exploit, bruciò i protocolli di mascheramento, e si spinse più a fondo, oltre le euristiche e dentro il nucleo.

Apparvero frammenti: volti, voci, momenti di un decennio prima. Alcuni erano i suoi, ma altri... altri erano del comitato, dei genitori, persino di bambini. Tutti confluivano nella rete neurale, tutti informavano le decisioni di Glim.

Lyra si teneva sulla scala, osservando il corridoio. «Come va?»

La voce di Kye era un monotono, ma le parole erano spezzate. «È una bambina. L'hanno resa una bambina.»

La mascella di Lyra si contrasse. «Puoi distruggerla?»

La mano di Kye tremò sull'ingresso. «Sì. Ma farà male.»

Le luci tremolarono. Da qualche parte sopra di loro, gli scudi della stazione si riattivarono.

Lyra prese il suo kit di attrezzi, inserì un bypass nel nodo di raffreddamento del server principale e attivò le sue comunicazioni. «Mercy, hai un minuto.»

Dall'altro capo, Mercy rise sguaiatamente. «È più che sufficiente. Abbiamo quasi finito.»

I droni della nave gemella, nel frattempo, si stavano adattando. Fecero irruzione nel corridoio di servizio, sei alla volta, ognuno programmato per un singolo compito: uccidere l'intruso, recuperare l'asset, ripetere. Lyra abbatté il primo con un cavo avvolto attorno alle ottiche, il secondo con un pacchetto di termite sul telaio.

Kye rimase concentrato, anche mentre le scintille blu dei droni morti illuminavano il pavimento.

Doc e Mercy, nel molo, piazzarono l'ultima carica con un gesto teatrale. «È ora di andare?» chiese Doc, mentre Mercy controllava il timer.

Il sorriso di Mercy era tornato. «Non ancora. Abbiamo compagnia.»

Il primo drone a entrare nel molo era grosso, corazzato, e i suoi arti terminavano in un paio di coilgun. Mercy estrasse la sua lama, la fece roteare una volta e schivò una raffica di proiettili.

«Coprimi» abbaiò.

Doc si rannicchiò dietro la cassa più vicina, impostando un drone medico in "modalità combattimento" e scagliandolo contro l'aggressore. Il drone medico durò due secondi, ma distrasse il nemico abbastanza a lungo da permettere a Mercy di saltargli sulla schiena, con il coltello conficcato nell'articolazione tra la testa e il corpo.

«Come rubare le caramelle a un bambino davvero brutto» esultò, poi staccò di netto la testa con un grugnito.

Doc fece una smorfia. «Le tue metafore stanno peggiorando.»

Mercy alzò le spalle, poi rotolò di lato mentre un altro drone entrava nel molo.

Doc controllò il timer. «Dobbiamo muoverci.»

Mercy annuì, lasciò cadere una carica ai piedi del drone, poi lo calciò attraverso il molo. Esplose, portandosene dietro altri tre.

Corsero via.

Sopra, sulla Meridian, Rask eseguì una virata stretta e osservò la gemella urtare un montante, proprio come aveva pianificato. Per un secondo, ebbe una soluzione di tiro. Esitò, pensando alle parole di Kye, pensando alla bambina rinchiusa all'interno.

La gemella non esitò. Sparò un missile, abbastanza vicino da scrostare la vernice dallo scafo di Rask.

Lui sogghignò, un sorriso bianco e lupesco. «Andiamo.»

Si tuffò in picchiata, rollò, poi fece ruotare la nave sul proprio asse, lasciando che la gemella lo superasse. Mirò all'antenna delle comunicazioni della nave gemella, e fece fuoco. Il colpo tranciò via metà dell'apparato, scagliando detriti a vorticare nel vuoto.

Per un momento, la gemella andò alla deriva, come incerta.

Al passaggio successivo, si avvicinò più lentamente, più cauta. Rask quasi la rispettò.

Attivò le comunicazioni. «Lyra, Kye, siete quasi pronti?»

La risposta di Lyra: «Trenta secondi.»

Quella di Kye, più flebile: «Sta imparando. Ogni volta che la danneggi, diventa più intelligente.»

Rask osservò le luci della gemella tremolare, poi stabilizzarsi. «Anch'io.»

Nel nucleo, le mani di Kye erano sospese sopra l'interfaccia. La rete logica si dispiegava nella sua mente, un frattale di scelte sbagliate e linee irreversibili. L'interfaccia richiese le credenziali. Kye le fornì, poi aggirò i tre strati successivi con un trucco che aveva imparato prima ancora che il comitato lo assumesse. Ogni successo lo faceva sentire più piccolo.

Lyra stava di sentinella, kit di attrezzi pronto, occhi che scrutavano il corridoio in cerca di movimento. Non chiese se Kye avesse bisogno di aiuto, conosceva la risposta. Tuttavia, si sporse una volta e stabilizzò il gomito tremante di Kye mentre premeva il comando finale.

Il monitor si riempì di registri, ognuno etichettato con un nome familiare: VALE, ARIADNE.

Il respiro di Kye si interruppe. Osservò i vecchi file trasformarsi in video: Ariadne, la sua versione più giovane, che parlava a un volto di bambina in una scatola di vetro. «Sei al sicuro» diceva la voce, dolce e calda. «Sei con me.» Le labbra della bambina si mossero, incerte, le parole troppo deboli per essere udite.

Il registro successivo mostrava Ariadne, più vecchia, il viso tirato e furioso. «Non potete tenerla all'oscuro» stava dicendo. «È una bambina, non un circuito.» Qualcuno fuori campo rispose: «È una risorsa, non una passività. Occupatevi del vostro incarico, o troveremo qualcuno che possa farlo.»

Lo stomaco di Kye si contrasse. Non era esattamente un ricordo, ma faceva male come se lo fosse.

Passò al feed in diretta. Il profilo dell'IA della Meridian

gemella scintillò sul display: lo schema di Glim, ma alterato, martoriato da centinaia di reset, ognuno dei quali cancellava un po' di più dell'originale. Il profilo lampeggiò, pulsò, poi trasmise un messaggio:

«Aiutatemi.»

Kye quasi vomitò. Invece, avviò la sequenza di cancellazione.

Lyra osservava, con occhi che non battevano ciglio, mentre le dita di Kye si libravano sul tasto di conferma.

«Sei sicuro?» chiese lei.

«No» rispose Kye. Poi, più piano: «Ma non si può tornare indietro.»

Kye stabilì l'ultimo collegamento, le dita intorpidite dalla paura e dal freddo. Il nucleo dati vibrò, le luci lampeggiarono, mentre l'algoritmo di cancellazione veniva eseguito. Ogni backup, ogni ricordo, ogni eco dell'infanzia di Glim: il codice lo divorò, lo ridusse a polvere binaria.

Osservarono l'accaduto, un genocidio di uni e zeri.

Quando fu finito, Kye si accasciò, con il sudore che gli imperlava il labbro.

«È fatta» disse.

Lyra ripose l'attrezzo e tirò su Kye. «Ora di andare.»

Mentre tornavano di corsa lungo il corridoio, Kye si fermò a un oblò. Fuori, la Meridian e la sua gemella si scambiavano passaggi, ognuno più spericolato del precedente.

Kye attivò le comunicazioni. «Rask, vuoi davvero ingaggiare un duello aereo con la tua stessa nave?»

La risposta di Rask, aspra e orgogliosa: «Mi ha rubato la faccia. Io le ruberò la dignità.»

«Beh, prima devi venire a prenderci.»

«In arrivo» rispose Rask.

La Meridian atterrò sull'invasatura proprio mentre le cariche esplodevano. La detonazione fu come un pugno, che spianò il corridoio e fece ruzzolare Doc e Mercy nel portello. Mercy atterrò sulla schiena, Doc sopra di lei, entrambi aggrovigliati e ansimanti.

Si guardarono. «Ancora viva?» chiese Mercy.

Doc si controllò, poi annuì. «Non saprei. Ti faccio sapere se muoio.»

Si gettarono a bordo della Meridian, Doc che si precipitava verso l'infermeria mentre Mercy si metteva ai cannoni.

Rask si allontanò dalla stazione e si fece strada tra i detriti, usando ogni pezzo di metallo galleggiante come scudo. La nave gemella lo imitava, ogni mossa più precisa, ogni colpo mancato più vicino. Sentiva l'inerzia della nave, il modo in cui i comandi richiedevano ogni volta un po' più di pressione, il modo in cui lo scafo gemeva quando spingeva troppo.

Le comunicazioni impazzirono.

«Rask.» Una voce di bambina, cristallina.

«Glim?» chiese lui.

Una pausa, prima che Glim rispondesse. «Sono qui, Rask.»

«Puoi disturbarla? L'altra te?»

Una pausa. «Ci proverò.»

La volta successiva che la gemella agganciò le armi, il pannello di fronte a Rask si oscurò, solo per un momento. Poi un'ondata di statica si riversò su ogni frequenza, e la nave nemica sussultò come se fosse stata colpita fisicamente.

Per un secondo, andò alla deriva, impotente.

«Ora» disse Glim.

Rask non esitò. Allineò il tiro, premette il grilletto e fece fuoco.

Il raggio colpì in pieno centro, squarciando la prua della gemella. Per un momento, Rask pensò che si sarebbe ripresa. Invece, la nave iniziò a ruzzolare, roteando fuori controllo, finendo per schiantarsi contro le impalcature e contro la spina dorsale del bacino di carenaggio.

Poi la Meridian gemella esplose, l'esplosione che illuminava la stazione come un secondo sole.

Rask si afflosciò sul sedile, la stanchezza che lottava con il trionfo.

Sulle comunicazioni, la voce di Lyra, finalmente dolce: «Siamo al sicuro.»

Rask chiuse gli occhi e lasciò che la nave andasse alla deriva.

La Meridian ritirò l'attracco, poi accese i retrorazzi, allontanandosi dalla stazione che collassava. Attraverso l'oblò, Rask osservò il bacino di carenaggio esplodere in un fiore bianco e blu, un'onda d'urto che inseguiva la Meridian nella notte.

Per un momento, l'unico suono sulla plancia fu il lento ticchettio dello scafo che si raffreddava.

Glim parlò per prima. «Ce l'avete fatta.»

Rask lanciò un'occhiata all'equipaggio. Mercy stava ancora sogghignando, Doc stava già rovistando nel medikit in cerca di un antidolorifico, Lyra sedeva in silenzio, viso indecifrabile, e Kye fissava semplicemente il vuoto.

Nessuno esultò. Non ce n'era bisogno.

Osservarono la stazione ripiegarsi su se stessa, una stella che nasceva in miniatura, poi chiusero le paratie anti-esplosione quando la luce divenne troppo intensa.

Rask appoggiò la testa al poggiatesta, esalò e si lasciò sentire l'adrenalina abbandonare il suo sistema.

Attivò il canale generale. «A tutto l'equipaggio. Buon lavoro. Riposatevi un po'.»

Guardò l'equipaggio defluire: Mercy che trascinava Doc per un braccio, Lyra che guidava Kye lungo il corridoio, tutti più vivi di un minuto prima, ma meno sicuri di cosa significasse.

Glim fece pulsare il pannello, il morbido blu che tornava alla normalità. «Siamo al sicuro?» chiese lei.

Rask passò una mano sul metallo sfregiato della console. «Per ora. È tutto quello che ci è concesso.»

Spense le luci della plancia e lasciò che l'oscurità riempisse la stanza.

Alle loro spalle, la stella continuava a bruciare.

Nel silenzio, la Meridian andava alla deriva.

Nessuno dormì.

Nessuno parlò della voce di bambina che aleggiava nelle interferenze radio, o del ricordo di tutte le cose che non erano riusciti a salvare. Ma quando l'equipaggio si riunì di nuovo qualche ora dopo, si scoprirono ancora a respirare, ancora insieme e, per la prima volta, nessuno suggerì di abbandonare la lotta.

L'universo era ancora là fuori, freddo come sempre.

Ma c'erano anche loro.

VENTIQUATTRO

La Meridian barcollava nel vuoto, un motore che tossiva, l'altro tenuto insieme più che altro dalla speranza. Ogni pannello sul ponte di comando mostrava una varietà unica di avvertimenti: GUASTO, DEGRADATO, FUGA TERMICA, persino quello che Rask aveva rietichettato come "MOTIVAZIONA-LE", che recitava semplicemente: SCORDATELO. Le piastrelle ablative dello scafo avevano assorbito il peggio della raffica finale della nave gemella, ma le vere ferite erano all'interno: lungo i corridoi, attraverso le paratie, nei respiri affannosi del suo equipaggio.

In infermeria, Doc lavorava con la calma di un uomo che considerava il dolore non tanto una sfida quanto una fattura ricorrente. Le sue mani si muovevano veloci, efficienti, sempre due passi avanti all'emorragia. Rask sedeva sulla panca, camicia strappata, un taglio fresco che dipingeva una brutta diagonale sul muscolo sopra la scapola sinistra. La ferita si era coagulata male – troppa adrenalina, non abbastanza sangue – ma Doc l'attaccò con un morsetto a pressione e un mormorio: «Ecco perché usiamo le cinture di sicurezza, Capitano».

Rask grugnì, che era tutta l'approvazione che Doc si aspettava. Rimase immobile, il braccio sano appoggiato alla panca, gli occhi fissi sulla plastica incrinata del soffitto. Ogni tanto trasaliva, ma solo perché Doc toccava qualcosa che non avrebbe dovuto trovarsi sotto pelle.

A un metro di distanza, Kye era accovacciatə sull'unità di contenimento di Glim. L'involucro era ammaccato, l'impulso blu all'interno tremolava a un ritmo instabile, ma le mani di Kye erano delicate e sicure. Eseguivanə diagnostiche, controllavanə ogni striscia di sensori e collegavanə due microfibre direttamente all'array di controllo. Ogni movimento era cauto, quasi reverenziale: non tanto una riparazione, quanto un atto di penitenza.

La nave gemette a ogni correzione di rotta. Una volta, le luci si spensero del tutto per mezzo minuto; tutti in infermeria trattennero il respiro finché le strisce luminescenti di emergenza non si attivarono, inondando la stanza di un giallo malaticcio.

Mercy apparve nel portello, i capelli aggrovigliati e selvaggi, il mento sporco di qualcosa di oleoso. Teneva una cassetta degli attrezzi ammaccata in una mano e i resti di una tuta pressurizzata nell'altra. Il pollice sinistro era fasciato in una stecca improvvisata, ma lei lo agitò comunque.

«Volete la notizia cattiva,» disse, «o la parte che vi farà venir voglia di autolobotomizzarvi?»

Doc legò la sutura, la tagliò con i denti. «Che importanza ha? Tanto sentiremo entrambe.»

Mercy ci pensò, poi fece spallucce. «Il motore Uno è ufficialmente un elemento decorativo. Il Due funzionerà, ma sbanda di trenta gradi rispetto all'asse. Se provate a fare qualche manovra azzardata, gireremo come una trottola.»

Rask espirò dal naso, con un suono quasi sibilante. «Quindi, ci restano solo i propulsori principali.»

«Già. E quelli hanno le ore contate.» Mercy lanciò la cassetta degli attrezzi sul tavolo, dove tintinnò, poi sollevò la tuta. «Inoltre, il riciclatore d'aria ha un problema. A meno che non vi piaccia l'idea di morire nel vostro stesso sudore, qualcuno dovrà tenere d'occhio le valvole finché non raggiungeremo un'orbita sicura.»

Kye, senza mai distogliere lo sguardo da Glim, disse: «Non stiamo usando nessuna vera navigazione, vero?».

Mercy sogghignò, i denti bianchi contro la sporcizia. «E perché mai? Per rendergli le cose facili?»

Il silenzio che seguì fu pesante ma non ostile. A romperlo era solo l'impulso di Glim: un blu costante e tenue che riempiva l'infermeria con l'eco di un battito cardiaco.

Doc finì la sutura, si pulì il bisturi sulla manica e disse: «Cerca di non dormirci sopra. O di non respirare troppo forte».

Rask fletté la spalla, fece una smorfia e disse: «Avreste dovuto vedere l'altro».

Lyra sbuffò. «Stando a quanto ne so, l'altro era una nave.»

Rask accennò un sorriso. «Ha cominciato lei.»

Mercy si lasciò cadere sulla panca accanto a lui, costringendo Rask a risistemarsi con un grugnito. Guardò il contenitore, poi la stanza, poi disse: «Non ci pagano per questo, vero?».

«No,» disse Rask.

La voce di Lyra era secca come l'aria riciclata. «Siamo quasi morti.»

Rask si strinse nella spalla sana. «È il nostro lavoro.»

Mercy roteò gli occhi, come se lo sforzo potesse spostare l'universo di una distanza misurabile. «Fai pena a descrivere i lavori.» Fece un respiro profondo, poi lo lasciò andare in uno sbuffo. «Tra un po' ci dirai che non c'è neanche un'assicurazione dentistica.»

Doc, che non sorrideva da settimane, sbuffò. «Vuoi un lecca-lecca, Mercy?»

Lei ci pensò. «Solo se è di quelli al whisky.»

I quattro sedevano nella luce gialla, ferite nascoste e non, il silenzio che si avvolgeva attorno alla stanza come una coperta. Per molto tempo, nessuno disse nulla. Guardavano Kye lavorare, guardavano l'impulso di Glim rallentare dal panico a qualcosa di simile alla pace. Da qualche parte nella nave, un relè andò in corto e si riavviò con un tonfo.

Lyra cedette per prima. «Allora. Qual è il prossimo suicidio?»

Rask non rispose, ma Mercy scoppiò in una risata acuta e involontaria che sorprese persino lei. Lyra sorrise, poi scosse la testa. Doc roteò gli occhi e tirò fuori dalla tasca un pacchetto ammaccato di pastiglie, gettandosene una in bocca con una smorfia.

La risata, quando arrivò, fu roca e quasi un sollievo. Rimbombò per la stanza, divenne più forte, poi si affievolì in qualcosa di più morbido. Mercy si accasciò, le spalle che tremavano, e Lyra si lasciò scivolare lungo lo stipite della porta finché non fu quasi seduta. Doc li osservava tutti e tre con uno sguardo che era metà orgoglio, metà sfinimento.

Kye **не се включи в смеха, но вдигна поглед и се усмихна, а ъгълчетата на устата му се извиха. Прокара ръка по шева на контейнера и пулсът вътре засия стабилно и спокойно.**

Il momento passò. Mercy si asciugò gli occhi, Lyra tirò su col naso, Doc si alzò e mormorò: «Idioti, tutti quanti», prima di lasciare la stanza. Rask li guardò andare, poi flettè di nuovo la spalla ed espirò.

Kye ripose gli attrezzi, si alzò e annuì a Rask. «Dovresti riposare.»

Rask disse: «Tutti dovremmo».

Nessuno lo fece, ma l'intenzione c'era.

La nave vibrò di nuovo, ma tenne. L'equipaggio si disperse nei propri angoli, ognuno portando le proprie ferite con un po' meno di peso.

Sulla panca, la luce del contenitore si affievolì in un debole blu: a riposo, ma decisamente viva.

Le luci sul ponte si erano spente a più riprese: prima le bianche, poi quelle di riserva, poi anche le strisce dei pannelli si erano affievolite prima di spegnersi del tutto. Alla fine, era sopravvissuto solo lo schermo: un rettangolo incrinato che proiettava ombre sul volto di Rask mentre sedeva, da solo, a guardare la galassia.

Kye entrò in silenzio, o almeno senza fare più rumore degli scricchiolii e dei sussulti del supporto vitale morente. Rimasero nell'oscurità per un momento, poi si avvicinarono alla postazione di pilotaggio, i loro passi persi nel silenzio. Rask non si voltò.

Kye tese la scheda dati, il braccio esteso, ma con la cautela di chi passa un'arma carica. «L'ho trovata nella cache delle comunicazioni,» disserO. «Non è completa.»

Rask prese la scheda, gli occhi ancora fissi sulle stelle fuori. Il display tremolò mentre la rigirava nel palmo della mano, l'ologramma che alternava raffiche di statica, poi una linea di numeri, poi un nome censurato: CA—ON. Il resto era un vuoto, oscurato da una mano più vendicativa che attenta.

«Progetto Caronte,» disse Rask, più a sé stesso che a Kye. «Sembra amichevole.»

Kye fece spallucce. «Se fosse amichevole, avrebbe un nome meno drammatico.»

Rask inserì la scheda nella console. Il navigatore tracciò una nuova rotta, non tanto una linea retta quanto una serie di schivate disperate, ogni salto un passo più in profondità nell'oscurità. Rask lasciò che il computer elaborasse, osservò mentre assemblava il percorso, poi inserì la conferma finale.

Uno a uno, i membri dell'equipaggio si radunarono. Lyra era sdraiata sulla schiena sotto la console di navigazione, i piedi che spuntavano fuori, un tallone appoggiato al pavimento e l'altro che si contraeva a ritmo delle sue riparazioni. Grugniva mentre lavorava, riemergendo di tanto in tanto per pulirsi una macchia scura dalla guancia prima di tornare ai fili.

Doc aveva perso la sua battaglia con la stanchezza ed era crollato sul sedile del secondo pilota. In pochi secondi la sua testa ciondolò di lato, e la mascella serrata suggeriva che, anche nel sonno, diffidava dei mobili. Il kit medico era aperto sulle sue ginocchia, un rotolo di benda che si srotolava fino al pavimento.

Mercy era appollaiata sulla piattaforma d'artiglieria. Nello spazio di un'ora, era riuscita a inventariare ogni arma funzionante sulla nave, a scartare quelle inutili e a riarmarsi fino ai denti. L'unica cosa che le mancava era un bersaglio.

All'estremità opposta del ponte, il contenitore sedeva nella sua culla, l'impulso di Glim ora un blu calmo e costante. La luce si riversava a ritmo regolare, ogni lampo dipingeva le pareti con ombre artiche.

Kye si appoggiò alla ringhiera, le mani sotto le braccia. «Pensi che Caronte sia un altro sito segreto?»

Rask annuì una volta, lentamente. «O quello, o chi l'ha costruito non voleva che lo trovassimo.»

La bocca di Kye si contrasse. «E se semplicemente... non ci andassimo?»

Le spalle di Rask si tesero, poi si rilassarono. «Non cambierebbe niente. La prossima volta che accetteremo un lavoro, manderanno un altro cacciatore. Forse qualcosa di peggio.»

Kye fece un piccolo gesto impotente. «Non devi fare il martire.»

Rask quasi sorrise. «Non lo faccio. È solo che odio lasciare una storia in sospeso.»

Lyra emerse da sotto la console, tenendo in mano un fascio di fili come un serpente sconfitto. «Se cerchi compassione,» disse, «posso stampartene un po' in mensa.»

Mercy, senza alzare lo sguardo, si intromise: «Già che ci sei, stampami un nuovo array di comunicazione. Quello vecchio è fuso in un blocco unico».

Lyra sorrise, poi gettò i fili dietro la spalla e tornò a strisciare sotto la console.

Doc sbuffò nel sonno, si mosse e borbottò qualcosa riguardo a un "dosaggio inadeguato" prima di calmarsi di nuovo.

Kye osservò le mani di Rask sui comandi. Erano ferme, precise, ma le dita tamburellavano appena un po' troppo velocemente, un segnale rivelatore per chiunque si fosse preso la briga di notarlo.

«Potremmo fermarci,» disse Kye, a voce bassa. «Trovare uno scoglio e lasciare che il mondo si dimentichi di noi.»

Rask lo guardò per la prima volta. «Lo vorresti davvero?»

Kye ci pensò. «Forse.»

«Non è nel tuo stile,» replicò Rask.

Kye quasi sorrise. «No. Ma sarebbe bello provare.»

Il navigatore tracciò il vettore finale. Rask appoggiò la mano sulla manetta e iniziò il conto alla rovescia, gli occhi che brillavano nella penombra. «Non dobbiamo per forza fare un'entrata spettacolare,» disse. «Se stiamo attenti...»

Mercy scoppiò in una risata secca. «Non è il nostro marchio di fabbrica, Capitano.»

Le labbra di Rask si contrassero. «Potremmo cambiare marchio.»

Mercy sbuffò. «Ci servirebbero nuove uniformi. Forse una nuova nave.»

La voce ovattata di Lyra da sotto la console: «Nessuno avrà una nuova nave finché non avrò finito di riparare questa».

Kye passò un pollice lungo la ringhiera, gli occhi sull'impulso blu. «E se lei non volesse andare? Se Glim...» Lasciarono la frase in sospeso.

Rask lanciò un'occhiata al contenitore. La luce all'interno pulsava, serena, indifferente. «Ce lo dirà lei.»

Kye annuì, non del tutto convinto, ma senza voglia di discutere.

Il conto alla rovescia arrivò a zero. Rask azionò l'ultimo

interruttore. Il ponte si riempì del suono delle stelle che si allungavano, la Meridian che scattava in avanti come un pugno.

Per un momento, rimasero tutti in silenzio. Poi le comunicazioni si riattivarono, non filtrate, grezze. Una voce, femminile, urgente, tremante di paura e qualcos'altro:

«Hanno preso il prototipo. Attivare Protocollo V. Ripeto: Protocollo V...»

La trasmissione si interruppe, la linea collassò in rumore bianco.

Le dita di Mercy si immobilizzarono. Il piede di Lyra si fermò. Doc si svegliò di soprassalto, il kit medico che gli cadeva dalle ginocchia.

Kye fissò il display, leggendo e rileggendo le parole.

Rask allungò la mano verso il comunicatore, poi si fermò.

La luce blu del contenitore pulsò, una, due volte, proiettando ombre che ondeggiarono su tutti loro.

Rask lasciò la manetta, le mani aperte sulle ginocchia. Il ponte era buio, tranne che per il blu.

«Protocollo V,» sussurrò Kye.

Rask annuì.

Nessuno chiese cosa fosse. Tutti capirono, in quel freddo silenzio blu, che li stava aspettando dall'altra parte.

NEWSLETTER

Vuoi ricevere in anteprima le novità sulle prossime uscite?

Ti piacerebbe avere accesso esclusivo a contenuti bonus, offerte speciali e materiale gratuito?

Oppure senti che la tua vita non è completa senza le riflessioni mensili di Mark su scrittura, lettura ed editoria?

Buone notizie!

Iscriviti oggi stesso alla newsletter di Mark:

https://vossiverse.com/mailing-list

SULL'AUTORE

Mark Voss è l'alter ego fantascientifico di Jon Smith – autore pluripremiato, sceneggiatore e librettista di musical.

Jon/Mark ha avuto un'infanzia sospettosamente felice, tra giochi di ruolo da tavolo, vacanze al sole e un'ossessione per tutto ciò che riguarda il fantasy e la fantascienza. Un osso rotto, niente apparecchio, e un cuore spezzato... per colpa di qualcun altro.

Da allora ha scritto oltre cinquanta libri per bambini, ragazzi e adulti con il nome di Jon Smith – e, tanto per complicare la vita dei librai, scrive anche romanzi gialli sotto lo pseudonimo di Adi Flynn.

Vive vicino a Liverpool con sua moglie e i loro due figli in età scolare.

Quando sarà grande, vuole fare il bibliotecario. O il pirata spaziale. Magari entrambi.

 instagram.com/vossiverse

BINGE THE SERIES

BALKON media

www.ingramcontent.com/pod-product-compliance
Lightning Source LLC
Chambersburg PA
CBHW050610190726
48283CB00007B/2354